创意写作书系

# 小说写作

## 叙事技巧指南

（第十版）

[美] 珍妮特·伯罗薇（Janet Burroway）
伊丽莎白·斯塔基-弗伦奇（Elizabeth Stuckey-French）
内德·斯塔基-弗伦奇（Ned Stuckey-French） 著

赵俊海 译

# WRITING FICTION

## A Guide to Narrative Craft

(Tenth Edition)

中国人民大学出版社
·北京·

# “创意写作书系”顾问委员会

（按姓氏笔画排名）

| | |
|---|---|
| 刁克利 | 中国人民大学 |
| 王安忆 | 复旦大学 |
| 刘震云 | 中国人民大学 |
| 孙　郁 | 中国人民大学 |
| 劳　马 | 中国人民大学 |
| 陈思和 | 复旦大学 |
| 格　非 | 清华大学 |
| 曹文轩 | 北京大学 |
| 梁　鸿 | 中国人民大学 |
| 阎连科 | 中国人民大学 |
| 葛红兵 | 上海大学 |

深切怀念我的良师益友戴维·戴希斯（David Daiches）

# 前　言

《小说写作：叙事技巧指南》的产生纯属偶然。1972 年，我辞去苏塞克斯大学（Sussex University）的工作离开了英国，在那里我一直教授乔叟、浪漫主义诗歌和悲剧等课程。我来到了佛罗里达州。在这里，作为一名小说家和设立不久的创意写作学位点的新成员，我的任务是讲授“叙事技巧”这门课程，该课程是小说写作的初修课。

对这门课，我完全没有头绪。虽然在巴纳德（Barnard）学院读本科时，我很熟悉这种研讨式的教学形式，但这门课属于指导性的初级课程，内容包括讲解和概念讨论等。我从迈克尔·沙亚拉（Michael Shaara）那里接过这门课，显然他的课非常成功，不过他只留给我十来页难懂的笔记权当指导。事实上，这门课没有现成的参考书籍（现在看来真是难以想象）。斯特伦克（Strunk）和怀特（White）的《风格的要素》（*Elements of Style*）是主要的参考资料，但正如怀特指出的，它并不适合新手作家使用。我再次阅读了 E. M. 福斯特（E. M. Forster）的《小说面面观》（*Aspects of the Novel*），但对于我绝大多数佛罗里达的 18 岁的学生来说，这本书太过抽象和深奥。我梳理了埃里克·本特利（Eric Bentley）的《戏剧人生》（*The Life of the Drama*），希望能找到点情节营造方面的线索。我还阅读了另一本有关方法论的书，书名和作者姓名我已经不记得了，但这本书让我很清楚地记住了一点，就是女性喜欢用感叹号，而男性不应该用。

我就这么战战兢兢地上了几年的课，直到我慢慢明白，诸如人物、情节、视角和背景这些我们在文学课上所讨论的概念都是创作的必要元素。如果我能换个角度思考作家是如何进行写作的——如何塑造人物、塑造情节、确定视角、营造与整个故事和谐的氛围，而不仅仅是描述，那么我就能引导学生们开展易于理解且对他们有助益的课堂讨论了。还好，我慢慢进入状态了。到 20 世纪 70 年代末，我的学生们开始学着提问关于写作技巧的问题，学着相互点评写作的风格和结构，以及学着用叙事技巧的词汇来表达。

那时，我的小说正准备在美国的利特尔·布朗出版社出版。我的编辑和教材部的一位编辑克里斯·克里斯滕森（Chuck Christensen）是朋友，该编辑正要去塔拉哈西谈销售业务，便让克里斯·克里斯滕森带我出去吃午饭，他照做了。我一边吃虾和油炸玉米饼，一边向他描述了我遇到的难题和解决办法。我问他："既然蓬勃发展的创意写作学位已经在美国获得普遍认可，大学的小说写作教材有没有市场?"他说："我不知道，你觉得呢?"我回答说："我也不知道，依你来看呢?"快吃完饭的时候，他说："我们不妨试试看。"第二年，我就将全部精力放在了这份合约上，在艾奥瓦州的作家工作坊期间，我完成了用作大学写作教材的初稿，最初的书名是《叙事技巧》（*Narrative Techniques*）。

《小说写作：叙事技巧指南》第一版出版于 1982 年，第二版出版于 1987 年。与此同时，利特尔·布朗出版社将其教材部出售给了斯科特·弗莱斯曼出版社，该出版社又将其转售给了哈珀柯林斯出版社。等到哈珀柯林斯出版社被艾迪生·韦斯利·朗曼收购，也就是在第四版出版的时候，这本书已经成了创意写作的主要教材。到了第六版时，艾迪生出版社变为朗曼出版社。第七版的出版社为培生出版社。第六版，我聘请了原先的校订者苏珊·温伯格（Susan Weinberg)。第七版，我请了我的同事伊丽莎白·斯塔基-弗伦奇（Elizabeth Stuckey-French）帮忙校订，尤其是请她承担为书中的"作品选读"部分挑选新的故事这一艰巨的任务。她的丈夫内德·斯塔基-弗伦奇（Ned Stuckey-French）和她一起参与了第八版和第九版的修订工作，第九版于 2014 年出版。

伊丽莎白、内德和我一直担心这本书的售价，因为每一次改版、每更换一家新的出版社，书的价格都在上涨。授权费加重了出版的费用，尽管现在有越来越多的网络小说，但授权费也在增加。我们知道，有些老师会把自己最喜欢的例子融进教材，有些人选择了其他的作品选读，这无疑增加了学生购书的费用。有人告诉我们，凭良心他们不愿要求学生购买我们的教材。同时，我们也担心这笔费用会使那些没有修读写作课程，但想自学小说写作课程的新手作家买不起我们的教材。我们一直希望能找到一种使更多的人买得起这本书的方式。

因此，《小说写作》第十版没有包含“作品选读”部分，而是在每一章的结尾列出了十部短篇小说的书名，每一部都可以作为那一章内容的示范。其中有些小说是公众资源，可以在网上免费获得；有些可以在刊载该小说的文学杂志档案中找到；还有一些需要在图书馆检索（也许这是学生们应该学习的一项技能）。当然，罗列出来的小说几乎都会展示书中所讨论的技巧，这跟老师们自己选择的小说的效果是一样的。有些老师可能不喜欢使用我们列举的短篇小说，或者根本不使用其中的任何小说，而是直接讨论学生的作品；即便如此，所列举的小说对学生而言也是一种资源。

与前几版一样，第十版希望对新手作家进行从创作冲动到最终定稿的全程指导，并运用了文学研究中常见的小说元素的概念，只是这一版将视角转向了正在进行创作的作家。不管学生有无经验，我一直愿意把他们当作艺术家同行，他们所担心的是对写作的恐惧，但这其实是弄懂并培养写作技巧的问题。据我所知，许多教授初级和高级写作课程，以及给理解水平不同的学生上课的老师在使用《小说写作》，我尽力让这本书实用、全面、灵活，并且把注意力集中在学习写作的学生以及他们的写作过程上。

新版包含了第九版的全部内容，只是去掉了“作品选读”部分。除了短篇小说列表，在正文中增加了新的例子、新的练习以及从之前版本中挑选出来的练习、成功作家关于写作的建议，还增加了关于干扰（distraction）、文化挪用、体裁、青少年和中级小说（middle-grade fiction）以及白空间（white space）等方面的内容。

有经验的老师都清楚，编写小说写作教材的想法本身就是有问题的。数学和历史等学科需要组织和传达大量的信息，而小说写作通常是一个不断尝试和犯错的过程——总有学不完的东西，但无奈的是，作家需要在创作的瞬间知道所有的知识。这些年来，我和校订者们调整章节布局，试图找到完美的章节顺序，但这些都是徒劳的。在新版本中，我还是坚持这样做，有时还把章节还原到了最初的顺序。与此同时，为了便于老师安排教学任务，也方便作家查阅，我尽力使章节保持独立，老师们可以按照自己的喜好来安排顺序。

由于规制的需要而将写作研究划分为小说、非虚构、诗歌和戏剧等类型，这种做法的风险是迫使（或者至少说服）那些修读写作课程的人过早专于某一文学类型，而此时他们的写作天赋刚开始萌芽，尚未完全形成。我一直鼓励我的学生尽早多尝试各种体裁的写作。因此，老师和读者会发现，本书偶尔会鼓励打破体裁界限的混合写作和类似于诗歌的超短篇小说写作。

最近，很多人反对越来越多的大学将创意写作作为一门课程。文学杂志、时尚杂志以及一些书上已经出现这种批评意见，比如马克·麦克格尔（Mark McGurl）的《创意写作的兴起》（*The Program Era*）①、洛伦·格拉斯（Loren Glass）主编的对《创意写作的兴起》进行回应和进一步分析的论文集《课程的时代之后》（*After the Program Era*）②，以及查德·哈巴赫（Chad Harbach）编辑的《艺术硕士对阵纽约市》（“MFA vs NYC”）③。发表批评意见的人，有认为创意写作不配获得大学学分的学者；有鄙视学术界的作家；有认为出名才算真正成功的名人作家；还有自命不凡的门外汉，他们瞧不起学位，认为“学位”这个概念听起来就是有害的。如此众声喧哗，那就是只有写小说的人才读小说，只有诗人才读诗歌，只有“胸无大志”的作家或文学杂志的作家才读杂志，而且这些封闭的圈子没有存在的意义了？就像我教过的许多学生的父母一样，他们言之凿凿：“如果你不能靠写作谋生或发财，那么写作就是一条死胡同。”

上述观点可谓谬矣。依我之见，在我们所处的历史节点上，电脑

---

① 该书英文全名为 *The Program Era*: *Postwar Fiction and The Rise of Creative Writing*，中译本为《创意写作的兴起：战后美国文学的“系统时代”》（广西师范大学出版社，2012 年 1 月出版），作者在书中分析了战后美国小说的发展，评价并反思了创意写作作为大学课程对小说写作的影响。除特别注明外，本书脚注均为译者所加，特此说明。

② 该论文集英文全名为 *After The Program Era*: *The Past*, *Present*, *and Future of Creative Writing in the University*，暂译为《课程的时代之后：大学创意写作的过去、现在和将来》。

③ 该文章的英文全名为“MFA vs NYC: The Two Cultures of American Fiction”，暂译为《艺术硕士对阵纽约市：美国小说的两种文化》。纽约市是美国的出版业中心，文章讨论了美国小说作家面临的两种模式，即以创意写作为代表的学院派模式和以市场为代表的商业模式。

和互联网已重新将写作变成了一种经常性的活动，精英文化已然变成大众文化。当然，这一结果有好的一面，也有坏的一面。18 世纪时，教育还不是很普及，但西方所有接受过教育的人皆在写作。尽管人们普遍认为那些专业性更强的艺术，如音乐、绘画和雕塑，需要师徒式和学院式的学习，不过阅读使人们“自然地”学会写作。贫苦人家的女子根本没有条件从事职业性的写作活动，只能写写日记和书信——还好还好，今天我们对那个时代日常生活的感受正是从她们留存下来的手稿中获取的。

在过去的两百年里，通过经纪人、市场以及原先不以文学出版为主业的出版公司的介入，作者的职业化程度越来越高。电影、电视和互联网在提升作者孜孜以求的知名度和财富，抑或说名声和金钱方面，发挥了促进作用。与此同时，社会对文学的推崇已然下滑。[诺曼·梅勒（Norman Mailer）[①] 认为他能够改变世界。哪个当代作家能做出这样的声明呢?] 适逢集约化出版公司开始与写作产业分一杯羹之际，出生于 20 世纪 50 年代的女性闯进了职业写作领域。电影和喜剧成了叙述故事的主要形式。曾经很红的《星期六晚报》（*Saturday Evening Post*）和《妇女家庭杂志》（*Ladies Home Journal*）的作者没之前那么火了，他们的收入来源枯竭了，有些学院和大学希望教授这些作者的叙事技巧，但相关院系遭到指责，认为这是在制造毫无价值的东西。

虽然情况不妙，但作为一名年轻老师，让我吃惊的是，我发现我的学生（总体来说没读过什么书）对写小说有一股热情。是什么在鼓舞着他们? 是肤浅而自私的幻想在作祟吗? 还是他们喜剧和肥皂剧看

---

① 诺曼·梅勒（1923—2007），美国著名作家，国际笔会美国分会主席，美国“全国文学艺术院”院士，“美国文学艺术研究院”院士。他将写作视为一项英雄般的事业，不仅苛求自己与同时代的同行竞争，也把自己视为托尔斯泰和陀思妥耶夫斯基式的人物。他的作品之多、创作期之长，让其他作家惊叹。1948 年，他即以《裸者与死者》（*The Naked and the Dead*）出名。1968 年和 1979 年，他凭借《夜幕下的大军》（*The Armies of the Night*）和《刽子手之歌》（*The Executioner's Song*）两度获得普利策奖。作为记者，梅勒还成功地将小说的写作技巧融入纪实作品中，如今这样一种写作手法被许多记者模仿，无怪乎他被誉为 20 世纪最伟大的美国作家之一的同时，也被称为 20 世纪伟大的记者。

多了，这种消极吸收致使他们想写小说？或者他们的热情是变着法子偷懒，不想触碰正经的学术研究？或者我们实际上是新黑暗时代[①]的僧侣，想让文化得以存续？

我们或许能够从2017年12月发表于《大西洋月刊》（*Atlantic*）上的两篇观点相对的文章中找到答案，一篇是布莱恩·卡普兰（Bryan Caplan）的《大学有什么好的？》（“What's College Good for?”），另一篇是埃德·扬（Ed Yong）的《为什么需要讲故事的人》（“The Desirability of Storytellers”）。

经济学教授卡普兰认为，大学生的收入比没有读过大学的人收入高，不是因为他们学到了什么，主要是因为他们表现出了早就具备的特质。比如，一个获得哲学博士学位的学生，表现得“聪明、勤奋、忍受得了极度的无聊”，这些显然是极好的就业素质。学习哲学也许是一种热情，或者哲学本身就很有趣，但在卡普兰的价值体系中这不是哲学本身使然。他直截了当地提出：“为何英语课的重点是文学和诗歌而非商业和技术写作呢？”他抱怨学生们每周有12个小时用于社交。他没考虑到，对于刚刚自立的年轻人而言，参与社交是社会化的必要过程。

另外，扬讲述了社会科学家们在菲律宾和玻利维亚的原始狩猎与采集部落生活的经验。在玻利维亚的茨曼，他们发现故事承载着有关食物、天气、动物习性以及增强道德规范和伦理的重要信息。在菲律宾的阿格塔，他们惊奇地发现讲故事的人被视作最受欢迎的伙伴和配偶，他们有着比猎人和武士更高的威望。他们所讲述的故事表明，那些既没有宗教也没有政府的游牧民族，依靠惩戒来培养规范的公民意识，而正是故事促进了人与人的合作、男女平等，巩固了社会关系。

大学有两个截然不同的目标：一个是让学生为现实生活做好准备，

---

① 黑暗时代（欧洲史上约为公元5世纪后期到15世纪中期），是18世纪左右开始使用的一个名词，指中世纪早期的西欧历史。随着罗马帝国的衰落，西欧进入一个所谓的黑暗时代，大部分的罗马文明在这段时期遭到破坏，并且被蛮族文化所取代。这个名称的使用，一方面也是因为从这个时代开始，便只有少数的历史文献流传下来。

另一个是让学生储备好在现实世界暂时用不着的知识和智慧。在这个资本全球流动的世界，我认为持有把写作搞好的愿望是可喜可贺的，创意写作作为大学的一门课程必须予以保留，因为就像哲学和历史（以及类似的没有经济回报的研究），不经过课堂教学的努力，是教不好也学不好的。

人们喜爱阅读，但不会把阅读构思巧妙、精雕细琢的文本作为日常生活的一部分。虽然阅读文学作品的人少之又少，但电脑和互联网使所有年代的作家得以存在，而且持续产生。写邮件、发消息、发帖子、发推特、发博客都是写作的福音。写一个语法精准的帖子、一则押韵的推特、一篇富含隐喻文采的博客都对挽救我们的文化有所裨益。认识一些语法、押韵和隐喻的技巧将更加有助于挽救我们的文化。

在《人类简史》（*Sapiens*：*A Brief History of Humankind*）中，尤瓦尔·诺亚·赫拉利（Yuval Noah Harari）指出，区分人种的不是语言，而是能够对不在现场的事物进行想象的能力。对不在现场的事物进行想象，使我们拥有了灵性、国家意识、商业和法律，想象对故事而言是不可或缺的。写出越来越好的故事，能够促进合作、性别平等和巩固社会关系。如果一个作家既有抱负又有天赋，则善莫大焉。如果她的作品被出版，甚至还有稿酬，那真是妙不可言。她的母亲说得没错，她需要一份正经工作。凭借她的文学才能，她也许能谋到一个公关、营销或法律方面的职位（我大学里最好的朋友原本希望闯入新闻界，但她最终却成了纽约最高法院的首位首席女法官……）。但无论如何，人类都应该坚持学习小说写作的技巧，这对我们丰富多彩的生活和文化都大有裨益。

我希望本书在今后的岁月里能够对这样的学习有所助益。

**珍妮特·伯罗薇**（Janet Burroway）

# 目录

## 第四章 “有血有肉”：人物塑造（二）



## 第五章 “很久以前”与“遥远的地方”：小说的背景



## 第六章 塔和网：情节与结构

## 第七章 “请叫我以实玛利”：叙述的视角



## 第八章 似是而非：比拟



## 第九章 “萨姆，再来一遍”：修改与主题

# 第一章　想方设法：小说创作的过程

- 行动起来
  - 坚持写日志
  - 自由写作与自由撰稿
- 坚持下去
  - 速写练习
  - 电脑
  - 关于写作批评的一点忠告
  - 选择一个主题
  - 像作家一样阅读
- 关于小说主题
- 写作练习
- 推荐阅读

当你想写作时，写作为何如此艰难？

对少数幸运儿来说，写作是件轻松的事。在他们眼里，白纸的香味比空气更芬芳。这些人为了写作废寝忘食，甚至认为全世界都干扰了他们敲击键盘的美好时光。但是，你和我都不属于此类人，我们写作是不得已而为之。我们陷入了一种令人愧疚的矛盾之中，总是抱怨自己没有时间写作，而当我们有时间的时候，我们却又干一些诸如削铅笔、查收邮件或是修剪树篱之类的事。

即便如此，写作也会带给我们乐趣。苦思冥想后写下一句话的满足感、发现一个人物形象时的快感、塑造出一个栩栩如生的角色时的兴奋，都是我们写作的动力。就连最成功的作家也打心眼里承认，写作带给他们的真正奖赏就是这种乐趣，而不是金钱、名誉或个人魅力。小说作家艾丽丝·门罗（Alice Munro）坦言：

> 写作也许不能算作乐趣，因为写作中遇到的困难会使我心情郁闷，难以集中注意力，但写作就是这样，它的乐趣就在于通过不同的方式将我想讲述的东西尽可能全面地讲述出来，把故事的来龙去脉讲清楚。

然而，当作家们面对一张白纸的时候，这种乐趣可能会荡然无存。正如安妮塔·布鲁克纳（Anita Brookner）的小说《看着我》（*Look at Me*）中的女主人公所说：

> 有时，在书桌前坐下来，拿出笔记本这个动作让我觉得很吃力……有时，下笔极其困难，让我倍感头痛。

为了克服这种心理障碍，我们不妨对自己说，多数作家都有过相同的矛盾经历：最想做的事却最不愿意动手去做。我们还应该弄清楚我们迟迟不愿动笔的原因：是担心自己写出来的东西不够好，还是担心写出来的东西会暴露我们的内心世界？凡此种种都会妨碍我们动笔写作。“所谓作家的障碍，不过是一种寻常的恐惧心理罢了。”小说家汤姆·沃尔夫（Tom Wolfe）如是说。的确如此，每当我问一群作家，他们感觉最困难的事是什么。绝大多数人的回答不外乎如此：要么觉得自己还不够好，要么是空白的纸页让他们畏惧，或者有种莫名的恐惧。很多人抱怨自己懒惰，但懒惰这回事跟金钱是一样的，如果不拿来代表某样东西，它其实并不存在——如此说来，恐惧不过是苛刻的自我判断，或者是娜塔莉·戈德堡（Natalie Goldberg）所说的“内疚、逃避和压力的循环”。

劳伦斯·达雷尔（Lawrence Durrell）在《亚历山大四部曲》（*Alexandria Quartet*）中刻画了一个作家的角色，这个名为普尔斯沃登（Pursewarden）的作家揭示了另一种阻碍我们着手写作的因素：他对自己要写的东西究竟有何意义苦苦思索，迟迟不愿动笔，生怕把它写砸了。我们当中的很多人也有相同的经历，就是有了一个想法，但这个想法看起来是如此绝妙、完美却又稍显薄弱，以至于不忍心把它写下来，生怕破坏了思想的完整性。懂得了语言永远无法准确表达我们想要表达的意图和想法，我们就会谨慎地慢慢使自己把握语言真正能做的事。无论我们对语言的驾驭多么娴熟，下一次写作时，我们仍免不了会犯怵。我在书桌上写了一句座右铭来克服这种烦恼：“别害怕！只管写！”这个座右铭还真管用，在我开始写本章的前几个星期，我一直在心中默念着这句话。

作家平凡的日常习惯显然是让人着迷的。大众读书会结束时，作家总会被问到这样的问题：“请问您是在清晨写作还是在夜间写作？”“您每天都写吗？”“您用手写还是用电脑写？”这些问题表明人们对作家们的写作方式非常感兴趣，但更多时候我认为他们是想获得一些实实在在的帮助：有没有什么方法使写作不那么吓人？有没有让他们的写作更流畅的诀窍？

## 行动起来

作家们的习惯各不相同，因此你不可能在某个作家身上找到什么写作的秘诀。唐纳德·霍尔（Donald Hall）的习惯是每天写作十几个小时，在不同的写作任务之间来回穿梭。菲利普·拉金（Philip Larkin）

每隔 18 个月左右才写出一首诗，除非灵感迸发，否则他绝不会动笔写一个字。盖尔·戈德温（Gail Godwin）每日必去她的写作工作室，担心“万一灵感的天使降临而我不在场怎么办”。茱莉亚·阿尔瓦雷斯（Julia Alvarez）则每天阅读她喜爱的作家的作品，先读诗歌，然后读散文，从而“让自己时刻不忘自己所向往的创作品质”。安德烈·杜布斯（Andre Dubus）建议学生们，写作时要像海明威那样，写不下去了，马上停笔，第二天再接着把想法写完整，从而再次进入创作流。叶利佐维塔·P. 伦弗洛（Yelizaveta P. Renfro）常常以列清单的方式开始写作，“通常是在我阅读的书的空白处或衬页开始”。T. C. 博伊尔（T. C. Boyle）从“什么都不知道”开始写，“一无所知。有了第一句话，我就接着往下写”。徐忠雄（Shawn Wong）写作时要“先耳朵里听到了语言再开始写”。狄更斯在写作时不参与社交，他说：“一想到跟人有约，就会让我一整天都不安。”托马斯·沃尔夫（Thomas Wolfe）喜欢站着写作。有些作家吃完早餐，连餐桌都不收拾，就伏在餐桌上写起来。有些作家则需要将自己完全隔离，他们需要一片海滩以及一只猫和一部弦乐四重奏曲的陪伴才能进行创作。

不管怎样，我们都可以从这些作家身上获得某种启示。这启示并不是什么“秘诀”，而是一句历史悠长的忠告：了解你自己。问题的关键是，如果你不设法把故事写下来，就不会有写好的故事。一旦你决定要把它写下来，关键的问题不在于“应该怎样写作”，而在于“你适合用什么方式写作”。不管用什么方式，自律式也好，自由放纵式也罢，只要能让你着手写作的，就是可以接受的、有效的方式。如果早餐后慢跑能活跃你的大脑，那么不妨在写作前慢跑一下。如果你喜欢喝咖啡通宵写作，那就喝个够吧！总有一种作息方式、写作习惯或写作方式能帮助你写作，但只有你自己知道哪种方式适合你。

但是，你没有时间去多想！这是事实，你没有。你要工作，要上六门课，要照顾两个孩子和年迈的父母，还要应付破裂的婚姻。我懂得，这些我都经历过。有一点是真的，这些事情都需要你分秒必争。责任与快乐是累积的，如果你运气好，生活一定是满满当当的。如果运气不好，那就雪上加霜了。所以，不是说没有更好的时间来养成写作的习惯，而是没有多余的时间。

> 我写作过程的另一重要部分是我有一个写作小组……大家坐在一个房间里，一起来体会。
>
> ——詹妮弗·伊根（Jennifer Egan）

当然，我觉得这并不真正是，或主要是时间的问题。我曾经苦恼自己没有时间写作，但注意到自己却有时间去阅读早间社论，做拉伸运动，把鲜花摆到餐桌上，多读一章小说，边看晚间新闻边喝红酒，睡觉前随手翻一本吸引我的深夜漫画书。这些事情有个共同点，就是我没有迫使自己去做，而是不自觉地做了。这倒不是说，为了写作我就得放弃这些乐趣。关键是，我每天都应该自觉地去写作。这不是一项职责，是我自己想做也乐意的一种生活安排。要尝试着去挤出写作的时间——如果必要，反复尝试——不管是一天中的什么时间，不管是长还是短，因为你能够让自己从事写作的时间不是义务使然而是选择使然。

## 坚持写日志

当然，也有一些窍门能够让你随心所欲地进行写作，而这些窍门的核心就是要容忍自己失败。因此，你最好拥有一个能容忍自己失败的私人空间，这样一来，日志就成了作家的必备之物，它会成为你创作中灵感和思想的源泉、写作的实验室和丰收的沃土。

日志就像你最亲密的朋友，它会接纳最真实的你。像选择朋友那样，挑一本外观漂亮、用着舒服的笔记本来记日志。我觉得，那些装订好的空白笔记本过于精美，不适合用作日志本。我多数时候在电脑上写作，更喜欢用三眼打孔机把我写的东西装订起来。当然，你也可以将随意写下的纸页放进活页笔记本里。

刚开始写作时应坚持写日志，写什么和写多少都不重要，重要的是养成坚持写作的习惯。只要坚持写，你就会养成用文字记录你所观察到的事物的习惯。如果你天亮时知道自己在天黑前必须写多少字，那么你一整天都会有意无意地想着如何用文字记录你一天的生活，不管看见什么，你都试图找到合适的辞藻去描绘。一旦养成这种习惯，你就会发现，凡是能吸引你或打动你、让你生气或好奇的事物，都可以成为你创作的源泉。

然而，在养成写日志的习惯之前，你可能一看到日志本上的空白页就会害怕，这时你需要一些策略来使自己动笔。剧作家玛丽亚·艾琳·富尔内兹（Maria Irene Fornes）说，生活中存在着两个你：一个想写，另一个不想写。那么，最好让想写的那个你设法战胜不想写的那个你。也可以用另一种方式来思考这个矛盾，那就是左脑和右脑的功能——左脑活泼，掌管创作中的形象思维；右脑则是直来直往的批评家。在写作过程中，批评家的角色当然不能缺位，但解决上述矛盾的窍门是先将批评家关起来，等到需要批评的时候再将他放出来。

## 自由写作与自由撰稿

从字面上理解，自由写作（freewriting）就是随时将你的想法写下来。只要你愿意，随时都可以写，想怎么写都行。以下这段话是作者在键盘上随意敲出来的：

> 把想到的任何东西都写下来。没错，我说的是任何东西，不管这些东西是经过深思熟虑的还是信手拈来的，写下来就行。你可能会疑惑，与过去相比，这样做能否使自己得到提高。说这话的时候，我的打字速度是如此糟糕，甚至糟糕得不行。啊？我们在说话吗？和谁说？以哪种形式说？我喜欢摁错键的感觉，比如不小心摁到了大小写转换键，也无所谓了。我疑惑大脑的某个地方是不是在提醒我：嗨！注意点儿！一下子，我好像想起了几件事，弗洛伊德和他的口误理论、自我欺骗以及它们在人们的日常

生活中不同的作用方式。哦！不是人们，是我自己！就像姨妈每次迷路或分不清到底为什么难过的时候就会为那只死去的猫而悲伤。我不知道我们能不能分清不同的悲伤，别人想家的时候和我是不是一样，奶奶的房子坐落在哪儿。窗外有小草，还有小狗在柳树下玩锡铁盘。肚子饿得咕咕叫，无效的减肥，减，减，减……

这就是自由写作。它强调的重点，也是唯一的一点，就是一直写下去。当作为批评家的右脑干扰你不断写作，提醒你所写的东西实在太烂的时候，你要么把它隐藏起来，要么认错（比如“我的字打得确实不好”），然后继续写。如果你是在电脑上写，尽量把屏幕调暗，这样你就看不清自己写的东西了。有时，听着音乐可能更容易随性而写，你可以随意听或选自己喜爱的音乐听。如果你经常进行自由写作，很快你就会反感“我多么不想写作”之类的文字（尽管“不想写作”本身也是一个好话题。在自由写作中，写什么话题不重要，写作质量的好坏也不重要），并且你的心思会转移到你感兴趣的那些东西上去。很好，要的就是这种效果。自由写作对文学创作的作用，相当于钢琴的音阶练习或健身房的简短训练，关键是你得亲自去练，这样，你的写作功力自然会得到提升。

当我凝视一张即将由我构造世界和生命的白纸时，我想也许我真的不应该这样做。但如果我开了个头，有了一样东西，接下来就样样都有了。

——塔比莎·查托斯（Tabitha Chartos）

虽然自由写作只是一种写作技巧，但它能影响你对写作内容的选择。很多作家都觉得自己是传达信息的工具而非创作者。不管你认为这意味着谦逊还是神圣，即使你不刻意地、随性地写作，能清楚写作的意义所在也是很有必要的。小说的创作不只是为了向别人传达信息，更是为了思索真理。写小说时，如果你还没思考清楚就急于向读者告白，那么你不是过于武断就是在撒谎。

在《成为作家》(*Becoming a Writer*)① 一书中（作者在书中半开玩笑地声称，她能用这本书教出写作天才——这是那些教写作课的老师认为不可能办到的事情)，多萝西娅·布兰德（Dorothea Brande）认为，开始写作时不一定非得有个想法，也不必在乎形式，但要将你想到的东西落实在纸上。她建议，每天起床后，趁着自己还未完全苏醒、什么都还没读、还没跟任何人说过话、大脑还未从梦境中清醒过来时，赶紧写作，想到什么写什么。如果想喝咖啡，最好头天晚上就泡好在保温瓶里。写上二三十分钟后，把写好的东西丢到一旁，不要去读它。等过上一两个星期，抽出半小时的空闲时间，接着写。这时，即便你的朋友盛情相邀，你也得断然谢绝。写什么并不重要，重要的是养成一坐下来就能够开始写作的习惯。

正如你想到的，自由撰稿（freedrafting）是一种能够让写作进行下去的、更为聚焦和方向更为明确的写作方法。你完成的一项自由写作里面有个有趣的人物，或者你想捕捉食品储藏室里飘出来的味道使你想到了什么，或者你的故事写了一半，但你未能很好地理解两个人物的对话。把注意力集中在兴趣或者问题上，草拟一个清单，或者你联想到的任何东西都行，然后深呼吸，凝视苍穹，把自己发射出去，只关注当前的主题，不做修正也不做评判。你并不指望写出一篇没有瑕疵的或者是没有拼写错误的作品。你是在为自己的潜意识找到一条持续写作的最佳道路。

## 坚持下去

### 速写练习

练习，有时也叫“速写练习”，它对所有作家都有用。无论你是在

---

① 本书中文版由中国人民大学出版社于 2011 年 1 月出版。

日志本上写作（比如布兰德所说的每天早晨要写几页），还是在白天自由写作，或是构思小说的下一个情节，这些练习都能帮你开个头，还能帮你找到重点。

速写练习是另一种能够唤起你的潜意识的方法。写作不是简单地从一个点过渡到另一个点，但是如果你一直在思考一个情节，为之夜不能寐，冥思苦想而不得其解，那么在你的潜意识里一定已经有了一个解决的办法，就等你去唤醒它。刚开始创作小说时，很少会有清晰的思想主题和轮廓框架，更多的时候是以一些形象和引人入胜的人或物开场，然后在情节的发展中对这些形象、人或物不断挖掘，使小说的思想得到升华。一些看似不相关的之前练习时所写的内容可能会让你的写作得以继续，比如，假设你在构思塞巴斯蒂安和内利之间接下来会发生什么，下面这个练习可能对你有用：写两页关于他们争论看哪个电视节目的文字。接下来发生的是：塞巴斯蒂安和内利先是为遥控器争得不可开交，接着内利抱怨塞巴斯蒂安难以接近却老想掌控别人。内利告诉塞巴斯蒂安，他们的关系需要改变，但至于如何改变，他却无所适从。如上这样，写着写着，你的故事情节就铺排开了。

体操运动员需要练习，钢琴家需要练习，艺术家需要练习，作家有什么理由不练习呢？练习可以锤炼你的写作手法，使之不断完善，在写作中运用得更加得心应手。小说家斯坦利·埃尔金（Stanley Elkin）曾谈到他在伊利诺伊大学与他的朋友、年轻的作家威廉·H. 加斯（William H. Gass）共事的经历，他们在同一间办公室工作，他惊讶地发现加斯在办公室的另一边操练语句。

在本书的每一章结尾都会提供一些写作练习，目的是帮助你行动起来，并顺着那些问题一直写下去。你也可以找到一些写作练习手册［安妮·伯奈斯（Anne Bernays）和帕米拉·佩因特（Pamela Painter）合著的《小说作家写作练习集》（*What If? Writing Exercises for Fiction Writers*）堪称典范］。《微光列车》（*Glimmer Train*）杂志每年出版一份名为《作家的问题》（*Writers Ask*）的季刊，为作家们提供建议和视角。很多网站上也有速写练习和写作习题，其中我特别喜爱的是由

《诗人与作家》（*Poets and Writers*）杂志推出的练习。网络杂志《简洁》（*Brevity*）上面有一些短小又精练的文章。通过《文学中心》（*LitHub*）、《石弩》（*Catapult*）和《叙事杂志》（*Narrative Magazine*）也可以获得帮助。

## 电脑

我认为有一点很重要，即从事写作的人应不时地用铅笔进行写作，以使自己不丧失用手写作这项技能；在公园或是海滩上信手写作，不用什么能源，只消动用脑力和肌肉。

但对多数作家而言，电脑能极大地帮助他们在写作时即兴而为，在电脑上进行自由写作会更加顺畅。在电脑上，你可以轻松地删除你写的东西，不用考虑自己写得好还是不好，可以想到什么写什么。你甚至可以把电脑显示器关掉，或者看着窗外的风景，任由手指随思绪在键盘上自由跳跃。

我认为，谁都不会否认电子邮件和社交媒体是注意力的敌人。问题的棘手之处不在于你如何打败这些捣乱分子，而在于从写作习惯这个总体层面上你如何找到最好的办法来对付它们。你是否一开始就能最有效地把这些分散注意力的东西清除干净？或许能。但无数作家的经验是：不管你做什么，这些东西总能吸引你。“先做头等大事。”沃伦·巴菲特（Warren Buffet）说，虽然他不是以小说闻名，但他这一招是管用的。如果你优先处理的是小说的事情，你就会最后再来处理电子邮件。如果你优先关注的是“阅后即焚”（Snapchat）社交媒体，你可能几个小时后才恍然悔悟“时间都去哪儿啦”。也许你出得起每隔半个小时就检查一次邮箱的时间。或者，你会不会像个瘾君子那样欺骗自己：这是最后一次……老老实实好好想想，想通了就老老实实去执行。要去做自己最想做的事情；是你的东西终归是你的。今天的推文等不到明天再发布。你的工作、你的朋友、你的家人更重要。至于最新的应用程序嘛，随它啦。

忘掉灵感吧！习惯更可靠。不管你有没有灵感，习惯可以一直让你坚持下去。习惯可以帮助你写完并打磨你的故事，灵感则不能。习惯在不断的练习中得以保持。

——奥克塔维娅·巴特勒（Octavia Butler）

## 关于写作批评的一点忠告

关于所有能帮助你放手去写作的技巧和方法，有一点需要谨记在心：技巧和方法是灵感的营养剂，但光靠技巧和方法是不行的。文稿修改是一个持续的过程，一旦让批评介入，那就意味着修改工作正式开始了。你先进行自由创作，完成初稿，然后再去考虑批评的事，但二者都是必不可少的。一定不能忘记批评这道工序。由于在电脑上写作你可以随意删减，写的东西自然就多，所以别忘了批评这件事。

## 选择一个主题

有些作家很走运，他们从来不会遇到寻找话题的问题，因为呈现在他们面前的是一个充满了冲突、危机和解决方法的世界，创作的灵感源源不断地涌入他们的大脑。他们唯一的困难就是从中进行挑选。其实，创作的思维习惯是可以培养的，只要你写的东西越来越多、时间越来越长，就不愁没有创作的灵感。

不过，迟早你都会遇到这样的问题：当你想写点什么或临近交稿日期时，却发现大脑一片空白，一阵不可名状的无话可说的酸楚涌上心头。这时，你能做的就是绞尽脑汁，找到一个可以将其变成一篇小说的情景、点子、感觉或者是角色。

有些教师和评论家建议初学写作的人只写他们的个人经历，但是我觉得这个建议不仅误导人，还贬低了入门作者的价值。如果你的想象力从来不曾超越你所处的年龄或校园的范畴，你只会写学校宿舍那点儿事，那么你就严重低估了你的想象力空间。写作时必然要从个人经历中选取素材，这种经历甚至包括你对遣词造句的体验，这一点当然没错，但窍门是你要能够发现自己经历当中那些能够打动和吸引读者的有趣、独特、新颖的东西。

采用那种“写你所知道的”写作方式最不可能写出好的小说，因为这种写作方式只是如实地讲述在某个时间以某种方式在你身上发生了某件事情而已。也许所有好的小说都在一定程度上具有“自传性”，但是，当你想把你经历过的那些糟糕的、滑稽的或悲惨的事情写成小说时，这些事情既可能是机遇，也可能成为问题。如果你写小说写到了只想“如实汇报所发生的事”的份上，那么你已经脱离了叙事创作的核心。有些年轻的作家不满别人说他们所写的东西不能令人信服，经常以“这可是真实发生的”来为自己辩护。但是，言辞的可信性与事实几乎没什么关系。亚里士多德甚至认为，“看上去可能，但事实上不可能”的事物比起“看上去不可能，但事实上可能”的事物更有故事性。换句话说，高明的作家能够使读者对“玻璃山”“飞碟”“霍比特人”这些虚构的东西深信不疑，而拙劣的作家可能无法让读者相信“玛丽·露爱上了山姆”这么简单的事。

进行自传式小说的创作时，首先应认识到这一点：语言文字不等同于人物经历。即使是对个人经历最为写实的描述也存在词语选择和理解的问题，比如，你和你姐姐对同一件事情的回忆可能迥然不同。如果你写的是回忆录或是与自己有关的散文，那么就应该以事实为基础，正如安妮·迪拉德（Annie Dillard）说的：“因为这是非虚构小说作者和读者之间形成的一种传统和默契。”但是，对虚构小说作家和读者而言，小说就应该通过人物的创造、情景的生动性和人物行为的效果来揭示背后的真理，这些东西高于一般事实。对小说中的真理的检验只能在精神和心理层面进行，其合理性与这些事情是否真的发生过或是否有可能发生没有任何关系。洛丽·摩尔（Lorrie Moore）认为：

> 一个作家与他的个人生活的恰当关系就好比厨师与橱窗的关

系，厨师做好的东西与橱窗里摆放的样品并不是一回事。

明白了这个道理后，现在来思考这个问题：你的生活经历中哪些对你而言是重要的？你不妨言简意赅地把所发生的事情写下来，最好不要超过一百个字。内容包括：这个故事是关于什么的？故事中的原始素材（事件、事故或人物的选择等）能不能进行重新塑造？能不能使它变得更丰满？能否把它刻画得入木三分，使它显得有血有肉、别有风味？你所经历的事情一定是有时间顺序的，但你得考虑，按时间顺序来讲述这段经历是不是表现其意义的最佳方式。也许这件事情持续了几个月或者是几年的时间，那么如何才能在最短的时间内用最少的场景来呈现这段经历？如果“你”是这件事的中心人物，那么就要完整地塑造“你”这个人物，这并不容易。你能不能将你身上某些真实的方面进行放大？能不能根本性地改变你的特征，甚至让另一个完全不同的人作为故事的中心人物？你不妨利用本章提出的建议来尝试一下。从你的记忆中随意挑选一些事情，进行自由写作，无须顾及先后顺序。你可以把某件事情的最后一个场景写在最前面。你可以以夸张的方式描写一个地方：如果这个地方天气有点冷，就把它描写成冷得要命；如果这个地方有点乱，就把它描写得凌乱不堪。你可以描写一个中心人物，将其描写得部分逼真。所有这些策略都可以将你和真实经历分隔开来，这样你就可以用虚构的方式对真实事件进行不同的塑造。

尤多拉·韦尔蒂（Eudora Welty）的建议是，把那些你知道但没有完全理解的东西写出来，也就是把经历中让你感到困惑或痛苦的东西表现出来。杰罗姆·斯特恩（Jerome Stern）在《如何写好小说》（*Making Shapely Fiction*）中认为，应该对“写你所知道的”这句话进行全面的理解，认识到“这句话中的‘你’这个概念本身就很复杂……因为‘你’其实是由很多个不同的‘你’构成的……包括过去的‘你’、你曾经想要成为的‘你’、你不想成为的‘你’以及你曾经害怕成为的‘你’”。约翰·加德纳（John Gardner）也在《小说的艺术》（*The Art of Fiction*）中称，没有什么比“写你所知道的”这条建议更能限制我们的想象力了，他因此建议写作的时候要“写你最了解和最喜欢的故事”。

> 你所阅读的东西和你所写的东西同样重要。
>
> ——玛格丽特·阿特伍德（Margaret Atwood）

这项建议很有用，因为对于你最了解和最喜欢的故事，你多少已经了解了这个故事的讲述方式，知道它是如何发生的，涉及何种惊喜、冲突和变化。很多初学写作的人，在他们还没有热衷于阅读的时候，就不知不觉地从电视节目上学到了很多东西，比如故事结构、人物的举止言谈、笑话如何被编排、谎言如何被揭穿，等等。问题是，如果你通过看电视或阅读你最了解、最喜欢的小说类型（如科幻、魔幻、爱情或者是推理小说）学习小说的创作，那么你可能在没有学会对故事进行独特塑造的情况下，就已经学会了创作的技巧。结果就是，你不可能成为一流的作家，只能像那些二流作家那样写一些模仿式的肥皂剧或者太空冒险剧。

你最好写一些你真正在意的事情，所以第一步就是搞清楚那个东西到底是什么。剧作家克劳迪娅·约翰逊（Claudia Johnson）建议她的学生用一个“菜单”列出他们真正在意的事情。就从引起剧烈情绪波动的事情开始，然后把它们列在日志里面，让你生气的事情、让你害怕的事情、让你渴望拥有的东西、让你伤心的事情等。也可以想想你人生中的重要转折点——那些让你真正发生了转变的人或事。凡此种种都可以成为故事的素材，不管它们是自传性的还是非自传性的。小说家罗恩·卡尔森（Ron Carlson）就说：“我总是从我脑海中的经历写起，我不在意自己是否真有这样的经历。”

写日志的另一个思路是把你七岁以前发生的事情分类写下来，比如事件、人、自我意识、你的内心世界、特别的事情等。这些人和事有哪些让你至今仍然难以忘怀？在这些让你难忘的人和事下面画线或者用荧光笔标出，然后从这些人和事当中找到自己在意且有可能成为小说创作源泉的东西。

关于写日志的策略，你还可以从清少纳言（Sei Shonagun）创作《枕草子》（*Pillow Book*）的过程中获得启发。清少纳言是日本10世纪时的一名侍女，她把宫廷中发生的事写成日记，并把它藏在一个木制的枕头里，这本书也因此得名。清少纳言按照不同类型把那些具体但大多很离奇的事情记录了下来。这种策略可以帮助你列举出无穷无尽的事情，并在这个过程中揭示你的内心世界，比如你后悔的不该说的话、让你尴尬得无地自容的事、你希望拖得越久越好的事、可以为之付出生命的事、辛酸的事、只持续了一天的事，等等。

认清我们在意的事情并非易事。我们身处一个被信息包围的世界——戏剧、观点、判断……这些信息以实时、印刷或电子的方式向我们迎面袭来。知道我们该思考什么、感受什么并不难，难的是知道我们真正该做什么。权威机构和人士经常倡导我们关心有意义的事情，但只有很少一部分事情能够真正触动我们；让我们真正在意的事情可能只是那些看似微不足道、很私密或仅仅能满足自己需要的事。

我想，这在很大程度上就是布兰德的第一个练习的价值所在，这个练习促使你如实地把早晨你凭直觉感受到的东西写下来，这个时候你半睡半醒的大脑还在为它真正在意的事情纠结不已。通常看上去毫无价值的东西恰好蕴含着一条普遍的真理，如实地捕捉到它，再退到远处观察，这就是作者与事件的距离，这个距离是使一件事情显得有意义的重要因素。（今天早上你真正关心的事是你将如何观察今晚的舞会。任何人都会碰到这样的小事，不管他多大年纪、身处何方。把这件事如实地写下来。想想还有谁会有相同的感受：是你讨厌的那个人？还是一个在时间上距离你很遥远的人？别想太远，记得你现在是在写小说。）

最终，你会知道哪种经历能够激发故事创作的灵感，而且你会惊诧于自己竟然积累了这么丰富的经历，仿佛你的人生在自动地为你输送素材。另外，下面还有六条建议，能帮助你找到灵感，让你的写作富有成效。

**进退两难或受制于第 22 条军规**

有时，你会面临（或发现别人面临）一种不知所措的局面，你采取的任何行动都将是痛苦的或代价高昂的。在现实生活中，这样的局面可能是无法改变的，但是作为作家，你可以毫不费力地通过想象的场景和人物找到解决办法，即使结果以悲剧收场也没什么关系。有些作家用报纸上的故事来获得这样的思路。这样的场景在早晨的新闻报纸上很常见。那么，新闻报道中的主人公是谁？他们是如何陷入两难境地的？你要做的就是虚构一个类似的故事，并把它的脉络想清楚。

**不合常理**

有些东西之所以吸引你的注意，让你觉得有趣，恰恰是因为你没法解释它，它似乎不合常理。有人在自家豪宅的后院养猪，这个人是谁？她为何这样做？你可以用你富有创造力的头脑想出她这样做的动机和意义。下面是我的亲身经历：有一次，我的电话出问题了，于是我不得不半夜出门，来到一个商业广场用公用电话打电话，那个时候差不多是凌晨 2 点，所有的商店都关门了，但广场上还有三个女人，其中一个推着婴儿车。她们在那儿干什么呢？若干年后，我想到了一个可能的答案，并把这个答案写成了一篇短篇小说。

**寻找关联**

当你发现两个根本不同的人或事物（如两个地方、两个时期）之间具有惊人的相似之处时，你越去探究，就会发现这种相似性越明显。我的小说《贪得无厌》（*The Buzzards*）正是源自这种关联：一位有名的政治人物的女儿被谋杀了，而故事中的“我”正在安慰死者的未婚夫。我当时正在写题为“埃斯库罗斯笔下的阿伽门农”的讲稿（埃斯库罗斯是希腊诗人和悲剧作家，而阿伽门农是特洛伊战争中希腊军队的统帅）。两位政治人物，两个被谋杀的女儿，一个生活在古希腊，另一个生活在当代美国，这种联系一直萦绕在我的脑海里，直到我想明白后将其写成了小说。

**在记忆中搜索**

有些人物、地点和事件在你的记忆中超乎常理地鲜活存在着。按常理说，你应该不记得 K 阿姨口红的味道，也不会一想起四年级“借来”（却再也没还）的那个球就羞愧得脸红，但不知什么原因，你却依然清楚地记得这些事。这些生动的记忆是可以去探究、润色和赋予其具体形式的。不过，史蒂芬·迈诺特（Stephen Minot）在《三种体裁》（*Three Genres*）中睿智地指出，如果你是根据记忆来写作的，那么这个记忆应该是一年以上的记忆，否则你可能难以区分已经发生的事和必须在故事当中发生的事，或者说难以区分你记忆中的事和你已经写在纸上的事。

*只要坐的时间够久，就可以凑足句子汇成一本书。这其实是不断琢磨的过程。*

——D. B. C. 皮埃尔（D. B. C. Pierre）

**移植**

当你想写一种要么太新、要么太熟悉的感受时，你会发现自己很难下笔。这时，你可以把自己与这种感受分离开来，从而对它加以驾驭，办法是尽可能准确地把它写下来，但要把这种感受放置于一个假想情景中的想象的人物身上。那么，在什么样的情景而非你自己的情景中能够产生这样的感受呢？谁又会身处这样的情景中呢？把它想清楚。

**用笔报复**

你可能遇到了一件不公正的事，而你对此无能为力。但你不可能无能为力，因为你是作家。你可以再现这个事件，但需要换一个环境或场景，用另一套人物角色，使事件的结果符合你自己的要求，惩罚你想惩罚的人。即使故事的结局仍然是不公正的，但通过唤起读者对正义方的同情，你也可以达到平复冤屈的目的。（但丁深谙此道：他把敌人置于地狱，把朋友送入天堂。）另外，还有一类事情可以写：作为凡人，我们的身边难免会有让我们感到极其无聊却又挥之不去的事情，你可以“报复”一下这些让你感到无聊的东西——把它们写下来，让它们变得荒谬或滑稽。

故事的灵感随时随地都会出现。你可以在日志的随笔中发现点子。一旦你发现了故事的点子，你就会去思考，直到你完成故事或者是中途放弃这个故事。多数的写作是手和脑的协作，而不是手和纸张的协作。对于一个十分熟练的打字员而言，只消花 3 个小时便可以打完一篇 12 页的故事，但创作这个故事却可能花费数日甚至数月。即使你的写作进展顺利，写作的多数时间也并不是花在打字上的。如果故事的点子让你非常入迷，思考就变成了一个自动的过程，这是作家的一种天赋。反之，你就得静下心来去构思故事的人物角色，去了解他们，去跟随他们的行为轨迹……但是，要静下心来，是需要很大的意志力的。

从点子到故事的质变包括很多因素，有些是人为因素，有些则伴有神秘色彩。“灵感”的确是存在的，它是从潜意识变成意识的一份“礼物”。但是，或许是受到了“垮掉的一代”作家理念的影响，一些新锐作家可能会觉得那些“费尽力气”写出来的文字缺乏美感。然而，很少有读者能够分辨出哪个故事是作家如行云流水般写就的、哪个故事又是作家一字一句憋出来的。托尼·莫里森（Toni Morrison）说过，一个短小的故事她通常要写八遍，目的是给人一种行文流畅、看似受灵感启发而写就的印象。辛西娅·奥齐克（Cynthia Ozick）写作时，常常是刚开始“稍微费劲”，写到后面才有所突破，因此她写作时常常要忍受“担心和恐惧，直到我渡过难关，享受创作的喜悦”。

成功作家的经历一次又一次地证明，除非他们的工作习惯配合大脑的意识，否则他们不会有灵感。写作犹如在大脑中耕耘，你得耕地、播种、除草，还得指望天公作美。你永远不知道一粒种子是如何长成一棵庄稼的，对此最好的做法就是心怀感激。最终，你会为自己的耕耘感到自豪。

与多萝西娅·布兰德不同，很多作家认为理想的写作方式是在想好故事情节后，一口气写完第一稿——从情节的发展到故事的结局。不管你对某段话、某个人物、某种表达或某个情节多么不满意，都不要停笔。这样做有两个好处：第一是这样你更有可能写出一份连贯的初稿，因为这时你能够心无杂念，对故事情节能够进行总体的把握，而零敲碎打的写作会不时改变你的思路和情绪，则达不到这样的效果；第二是快速的写作能使故事的情节发展更加紧凑。在创作后期，比起增加情节和完善故事，加快情节的发展节奏往往更加困难。如果你属于那种写一页纸需要花费几天时间，对文辞特别讲究的作者，那么你可能需要迫使自己尝试一下这种一口气写完的方法，而且要多尝试几次。有一点需要注意：如果你一口气写完初稿，那你一定不愿意拿这份初稿去交差，因此，你一定要尽早动笔，留意截稿时间。

在你的写作过程中会出现故事情节发展完全偏离你的初衷的情况。你原以为自己很清楚故事发展的方向，但现在却茫然不知所措。你会发现，尽管你一直严格按照自己的想法在写，但进展却不顺利，这就是布莱恩·摩尔（Brian Moore）所说的“故事出故障的地方”。这种时候，通常你需要返回去，找到情节转折不当的地方，或故事人物某项不符合情节发展的行为。这时，故事需要更多富有想象力的修补才会有好的结局。或者你最终发现自己坚持不下去了，尽管你用尽了作家能用的各种招数，但还是被卡住了——你遭遇写作障碍了。

“写作障碍”这个术语现在已经不像几年前那样流行了——作家们对他们经常使用的词语也会厌弃，也可能由于他们开始理解和接受写作困境这个事实了。有时，这个过程就像是你掉进了一个泥潭，你在挣扎的过程中陷入了绝望。在写作过程中，这是让人恐惧的事情。你坐在那儿冥思苦想，在泥潭中越陷越深。这时，你要么决心将你写的所有东西扔进废纸篓，远远离开它们（但你做不到，你会一次又一次地返回去修改它们，就像一个人老是忍不住去舔那颗疼痛的牙齿一样）；要么静下心来，把它们打磨成形，因为只要你坐在书桌前，它们就会一直折磨你。W. H. 奥登（W. H. Auden）认为，写作最艰难的事情是不知道自己到底该将手头所写的东西放一放，还是一直冥思苦想，直到找到合适的文字。

我认识的一位报纸编辑说过，写作障碍其实是认识不足的表现。我以前觉得这个说法不适用于小说创作，直到后来才发现：我常常因为对自己小说中的人物、场景或情节缺乏足够的认识——我的想象力还没达到彻底认识它们的程度——而深感挫败。

诗人威廉·斯塔福德（William Stafford）的建议令人鼓舞，他建议他的学生按最低标准来写作。对此，有人会纠正道："你说的是你的最高标准吧?"哦，不，他说的是按照作者自己的最低标准来写。让·科克多（Jean Cocteau）的编辑也向他提出了同样的建议："如果你老想着要写出杰作，这只会让你缩手缩脚，一看到白纸就手脚发软，所以只管用老办法写。你完全可以这样写：'一个冬天的夜晚……'"在《论写作障碍：创作的新方法》（*On Writer's Block：A New Approach to Creativity*）一书中，维多利亚·尼尔森（Victoria Nelson）指出："宏大的抱负与巨大的写作障碍之间几乎存在着正比关系。"有很多作家好高骛远，不能脚踏实地；很多作家幻想写出伟大的作品，却舍不得放弃谈恋爱的时间。

草稿就是草稿，粗糙一点没关系；创作好比做泥塑，起先粗糙一点，然后再进行塑形和打磨，使之变得光彩夺目。

记住，写作并不难，不要老想着"写作很难"。

## 像作家一样阅读

像作家一样阅读，是指在阅读时重点关注作者的写作艺术、作品中的各种选择以及叙事手法。约翰·加德纳在《成为小说家》（*Becoming a Novelist*）中建议年轻作家在阅读时要"像年轻建筑师看建筑物那样，像医学生观察手术那样，既专心致志，又吹毛求疵；既希望从大师那里学到东西，又要警惕任何可能出现的错误”[①]。T. S. 艾略特（T. S. Eliot）信奉一则格言：“糟糕的诗人只会模仿，优秀的诗人则善于‘偷’别人的东西。”

你可以边阅读边提问：“哪些内容让我难忘、感动和记忆深刻？”再读一遍，仔细品味那些让你产生上述反应的写作手法。“作者为何选择以此为开头？”“她是如何抓住我的注意力的，使我好奇会发生什么，使我的心脏和故事人物一起跳动？”“作者为什么选择这个形象、场景和结局？”“这个情景为什么具有张力？是什么让我感同身受？”你也可以从那些无法打动你的故事中吸取教训：换作你，你会如何处理相同的素材？你会做出什么改变？如何做？像一个贪心的作家一样思考：“从这个故事中我能学到什么？我能模仿什么？‘偷’到什么？”

## 关于小说主题

发现、选择和揭示主题这一过程从你自由写作那一刻就开始，然后一直持续，可能到你的小说出版之后都还没有停止。小说主题就是小说的故事以及你对这个故事的思考，它是小说的核心，你的写作围绕它展开。约翰·加德纳指出，主题“不是你强加给故事的，而是从故事中衍生出来的——它最初只是作者的直觉，但最终却成为作者的思想”。

作者的每一项选择都会使故事的主题逐渐明了，选择的内容包括故事情节、人物、场景、对话、物品、节奏、隐喻和象征的修辞手法、视角、氛围、风格，甚至是句子的结构和标点，有时还包括排版。

由于主题是一个综合性的概念，我把它安排在本书第九章来讨论，在此之前分别探讨小说的各个要素。当然，这样做可能无法令人完全满意，因为在揭示小说主题的过程中，每一个小说要素都在其中发挥作用。你可以先跳过去阅读一下第九章的内容，也可以在写作过程中

---

① 约翰·加德纳．成为小说家．孟庆玲，伊小丽，译．北京：中国人民大学出版社，2016：47.

的每个阶段通过下面这些问题来思考关于主题的内容：“这部分我最感兴趣的地方是什么？”“我要如何通过这个形象、人物、对话、地点……来揭示主要思想？”“在一个意象与另一个意象之间，我发现了什么联系？”“我怎样才能增强这些联系？”“我说的是不是我真正想表达的——我有没有实话实说？”

> 有些人想当作家是因为他们热爱写作……因为他们喜欢这个过程，而且……通过这个过程他们意识到自己比人生的其他任何时候变得更机智、更诚实和更有想象力了。
>
> ——拉塞尔·班克斯（Russell Banks）

## 写作练习

1. 坚持写两个星期的日志。每天按照自己感觉舒适的字数来写，坚持一天都不落下。除了本章提出的日志建议，你还可以尝试：

◆ 翻开一本书，随手指着一处，把离你手指最近的名词挑出来，列出这个名词让你想到的任何东西，用这个清单自由撰写一个段落。

◆ 每次看到汽车保险杠上的贴画，就把它记下来。等攒够六七个，从中挑一个，迅速写下你对那辆车的记忆——车的品牌、型号、颜色、车况，也可以自己编。然后，自由描写车主的肖像。

◆ 把自己经历过的故事的中心找出来，如记得的第一件事、生气的父母、丢失的东西、莫名的恐惧、理发。

2. 每天早上吃早餐前坐下来自由写作一段自己想到的文字，坚持一周。一周结束时，翻阅所写的文字，把自己觉得有趣的词、短语、人、地点或想法圈起来，从中挑选一个，自由撰写一页纸。

3. 给自己一无所知的几样东西列个清单，随意挑选一个，然后自由撰写一段话。

4. 写一小段与阅读或写作有关的备忘录，比如，你发现会读或写自己名字的那一瞬间，或者自己练习写信的那节课，或者鼓励你写作的那个人。看看这是不是故事的中心。

5. 写一小段话，说一下自己为何想写作。再写一段说明写作为何如此艰难。想象某个在某些方面与你完全不同的人，写一页文字解释一下那个人为什么想写作，以及为什么写作对他而言很难。

6. 给你想到的头十样东西列个清单。挑选一个，再列举这个东西让你想到的头十样东西。从中挑选一个，再写一段话。

7. 挑选下列任何一个短语，拿它做开头，自由撰写一页纸：

◆ 晚餐后他经常……

◆ 在我最喜爱的照片里……

◆ 但她为何不得不……

◆ 我看了一眼，然后……

◆ 那点小小的空间让我感觉……

◆ 然后，门开了，接着……

## 推荐阅读

[1] 多萝西娅·布兰德．成为作家．刁克利，译注．北京：中国人民大学出版社，2011.

[2] 罗伊·彼得·克拉克．精简写作．黄筠，译．北京：中国华侨出版社，2018.

[3] *What If? Writing Exercises for Fiction Writers*

Anne Bernays and Pamela Painter

[4] "Why I Write"

Joan Didion

[5] *The Writing Life*

Annie Dillard

[6] "Message from a Cloud of Flies: On Distraction"

Bonnie Friedman

[7] *The Art of Fiction*

John Gardner

[8] "Shitty First Drafts"

Anne Lamott

[9] *The Subversive Copy Editor*

Carol Fisher Saller

[10] *One Writer's Beginning*

Eudora Welty

# 第二章 “眼见为实”：展现和讲述

- 让细节有意义
  - 情感意象
  - 过滤
- 主动语态
- 行文的节奏
- 技巧小结
- 写作练习
- 推荐阅读

文学带给我们各种各样的情感体验，而且都是免费的。文学让我们去爱、谴责、宽恕、希冀、恐惧和憎恶，却不会给我们带来这些情感在日常生活中所包含的风险，因为即使是一些美好的情感体验，诸如亲密、力量、速度、品酒和激情等，也是会造成后果的——强烈的情感可能会造成巨大的后果。小说必须包含思想，这样才能让小说的角色和情节富有意义。如果小说的思想很肤浅或不真实，那么小说本身也会肤浅或不真实。但是，小说的思想必须通过小说角色的体验表现出来，从而让读者感受到，否则小说将会是失败的。

很多非虚构类写作——从评论文章到广告——会尝试让我们有某种独特的感受，主要是通过逻辑和推理达到这一目的。小说则是作家对其情感体验进行的再创造，而这是一件更困难的事情，因为电影和戏剧可以直接给观众带来视觉和听觉上的震撼，但文字首先要经过大脑，然后再被转化成画面。

为了打动读者，一般认为应该“展现，而不要直接讲述”。这一权威观点会让人误解，以为文字就是作家创作的全部手段。这里想表达的意思是，小说创作者不应把重点放在文字（文字是惰性的）和这些文字所表达的思想上，而应该通过文字和思想让读者去感受和体验，因为感受和体验才是理解的关键所在。通过一些技巧可以达到这一目的，从而使叙述更生动、更感人、更能引起共鸣，而这些技巧部分是可以学习并不断得到强化的。

## 让细节有意义

小威廉·斯特伦克（William Strunk，Jr.）在《风格的要素》（*The Elements of Style*）中写道：

> 所有研究过写作艺术的人都会同意这一点：要引起读者注意并让其保持注意，最有效的办法就是让写作细致、确切和具体。最伟大的作家的写作……之所以有效力，很大程度上是因为他们善用细节，很好地处理了那些重要的细节。

细致、确切、具体的细节是小说的生命。细节很有说服力（善于撒谎者都明白这个道理）。玛丽确定埃德上周二忘记去缴煤气费了，但埃德说："我知道我去了，因为我前面站着一个穿着针织背心的老头，他一直不停地跟我讲他的双胞胎孙女。"我们很难反驳像"针织背心"和"双胞胎孙女"这样的细节。约翰·加德纳在《小说的艺术》中将细节比作"证据"，就像证明几何定理的步骤和庭审案件的证据一样。他说："小说家给我们交代了克利夫兰（或者其他任意一个故事背景）的街道、商店、天气、政治以及其他方面，并描述了小说角色的相貌、手势和各种经历，使我们不禁感觉到他讲的故事就像是真的一样。"

当一个细节能调动我们的感官时，它就是"确切"和"具体"的。细节应该被读者看到、听到、闻到、尝到或触摸到。随便找一个放满小说的书架，对其进行简单查阅，便可以找到几十个体现这一原则的例子。下面就是明显的例子：

> 那是一个狭窄的房间，天花板很高，但货物从地板一直堆积到了天花板：一排排的火腿；各种颜色（白色、黄色、红色和黑色）和各种形状的香肠，有肥的，也有瘦的，有的圆，有的长；一排排的蜜饯罐头；可可饮料和茶叶；闪闪发亮的透明玻璃瓶里装满了蜂蜜、橘子酱和其他果酱。
>
> 我站在那里着了迷，我极力聆听，呼吸着那令人愉悦的空气，闻着巧克力、熏鱼和松露巧克力糖的芳香。四周一片寂静，我大声喊道："你好！"我至今仍记得，当时我紧张的、语调怪异的呼喊消失在了寂静之中。没有人回应我。我的口水如泉涌一般。我轻快地向前迈了一步，走到一张摆满了东西的桌子旁。我迅速地将手伸进一个缸中，发现里面装满了巧克力奶油，我抓了一把，将其放入我的外衣口袋里，然后走到门口，下一秒我已经安全地来到了街角。
>
> ——托马斯·曼（Thomas Mann）：《大骗子菲利克斯·克鲁尔的自白》（*Confessions of Felix Krull，Confidence Man*）

这几段文字所描述的情景把我们的五官都调动了起来。托马斯·曼让我们看到了“狭窄的房间”“天花板很高”“一排排的火腿”“各种形状的香肠”“一排排的蜜饯罐头”“闪闪发亮的透明玻璃瓶”等。他让我们闻到了“巧克力、熏鱼和松露巧克力糖的芳香”。他让我们听到了“你好!”那怪异的语调在寂静中消失。他调动了我们的味觉，“口水如泉涌一般”。他让我们触摸到了，“抓了一把，将其放入我的外衣口袋里”。他的写作之所以生动，是因为托马斯·曼让我们用感官来感知文中的情景，让我们有一种身临其境的感觉。

这些感觉意象影响非凡，把未能直接表现的思想表达出来了。我们也据此认识到作者对很多意思进行了概括（实则不需要，我们读者自己会概括）。托马斯·曼通过他文中角色的感官体验“告诉”我们：

> 我很穷，我不曾见过如此丰盛的食物，因此，尽管我很害怕房间里有人，我很可能会被抓，但我还是忍不住铤而走险。

如果作者直接将这些意思告诉读者，那将会多么平淡乏味，而且所有这些意思也都不需要直接“告诉”读者，因为作者已经将所有这些要点都“展现”给读者了。文中角色的贫穷隐含在他看食物、闻食物的方式中——如果他对那些食物习以为常，那么他就不会像文中那样到处看、到处闻了。他的恐惧可以从他“紧张的、语调怪异的呼喊消失在了寂静之中”，以及“迅速地将手伸进”和“抓”这些措辞中流露出来。他的渴望体现在“口水如泉涌一般”。

这里想说明两点，这两点都很重要：第一，作家要充分利用能调动读者感官的细节；第二，这些细节必须是“有用的”细节。作为一名作家，你肯定不会直截了当地将你想表达的意思告诉读者，而是会用心地传达一些言外之意。你想表达的意思大多是抽象概念或是主观评判，比如“爱情需要信任”“小孩有时也很残忍”。但如果你的写作中全是这样的抽象概念或是主观评判，那么你写的就不是小说，而是散文。相反，如果你能让读者调动他们的感官，形成他们自己的理解，那么读者将有一种身临其境的参与感。阅读的乐趣主要来自我们这种自信的认识：我们很聪明，能够领会作者的思想。如果作者向我们解释，帮我们解读，我们会怀疑：作者认为我们不够聪明，无法解读他的意思。

> 我对意象情有独钟，而且喜欢从意象入手。至少要有一个意象，如我想象的某样事物、某个情景或细节，甚或是一张照片。
>
> ——蕾切尔·库什纳（Rachel Kushner）

如果细节暗示了人物的变化或故事情节的发展，它就具有举足轻重的作用。契诃夫曾说过一句名言：如果在第一幕中，一支手枪被放在了一件斗篷上，那么它必然会在剧终射出子弹来。在斯图尔特·迪贝克（Stuart Dybek）的短篇小说《旧爱已逝》（*We Didn't*）中，故事的讲述者（故事主角）和他的女朋友正在沙滩上亲热，但突然被逮了个正着，处境十分尴尬："车前灯打在我们身上，聚光灯相互交错，警车向我们靠近，蓝色的车顶灯旋转着。"警车和探照灯改变了故事的场景，表明这是故事的转折点，而且照射在这对年轻人身上的聚光灯似乎隐约揭示了他们的问题。

在下面这段科尔森·怀特海德（Colson Whitehead）的《地下铁道》（*The Underground Railroad*）节选中，女奴隶科拉一直负责照看过去属于她外婆的菜园：

> 菜园上空萦绕着一团团白色的雾气。在那儿，她看到了第一季卷心菜留下的痕迹。缠在一起的藤蔓已经干枯，堆放在布莱克木屋的台阶旁。地已经翻过并平整好，作为杂交犬舍的院子再好不过了，那犬舍就位于菜园的正中心，好似种植园中央的一座大宅。

在此情形中，对领地有形的和无形的侵犯，使一个温顺的女孩获得了巨大的力量。

如果一个细节能调动某种感官，那么它就是“具体”的；如果它还能传递作者的某种思想或评判，那么它就是“有意义”的。“窗台是绿色的”，这句话是具体的，因为我们可以看见它的颜色。“窗台上霉绿色的漆开始剥落”，这句话既具体，也有意义，因为它既向读者传递了“油漆很旧”的意思，还暗示了作者认为窗台的颜色很难看。另外，第二句话也比第一句话更加生动。

下面这段话是一位年轻作者写的，写得失败的原因正是其未能调动读者的感官：

> 黛比是一个非常固执、个性极强的人。尽管她的父母努力地想让她听话，但她总是我行我素。她父亲是一家服装制作公司的经理，因此他们家很富有，买得起各种奢侈品，生活得很惬意。但黛比却对自己家庭的富有无动于衷。

这段话里包含了大量的评判性语句，我们可能同意他的观点，也可能不同意他的观点。他没能说服我们，让我们相信他。我们从哪里可以看出“固执”“个性”“富有”“无动于衷”？而且作者的评判都是通过概括得出，我们完全感受不到人物角色的性格，而只有人物的个性才能让他们在舞台上富有生命力。黛比经常做些什么事情？她的父母做了哪些努力来让她听话？她父亲的行政级别是什么？她父亲在一家什么样的服装制作公司工作？他们家都买哪些奢侈品？过得如何惬意？我们可以用多种方式来填补上述空白：

> 黛比心情好的时候，常穿着无袖衫，戴着金光闪闪的耳环，穿着凉鞋去参加茶会。
>
> 此时，奇蒂斯特太太会站在门口，摆摆手，对女儿说：“哦，亲爱的，这样穿可不好！”
>
> “为什么？”黛比回嘴道，说着又系上了一根带须边的皮带。
>
> 奇蒂斯特先生是卡丹时装公司波士顿分公司的艺术总监，他因自己的设计“质感高雅”而享有很高的声望。他设计的产品种类丰富——从手织的花呢装到金丝装。他很乐意将他设计的时装

拿给女儿穿。黛比却偏爱她的层压手镯。

通过这段文字，我们并不能对文中这几个人物的品性下定论，但现在我们可以更加深入地了解他们，而且可以初步得出某些结论。这些结论是我们自己得出的，而非作者强加给我们的。黛比的独立个性与她父母的价值观格格不入，她完全不顾及他们的感受。她精力旺盛，而且可能是一个轻浮的女孩。奇蒂斯特太太对此很无奈。尽管黛比如此恶俗，使得我们最后站在了奇蒂斯特先生一边，但奇蒂斯特先生也是一个势利小人。

但这还远不是作者的想法。我们对作者真正的想法还一无所知。也许作者的想法更贴近下面这个版本：

> 一天，黛比买了一本《尤利西斯》回家。思特鲁姆太太称这本书“很污秽”，将其扔到了日光浴室的另一边。黛比弯腰从木地板上捡回了她的书，并将其放好，说道：“不，这本书才不污秽呢！”
>
> “要不是看你太小，我准用鞭子抽你！”思特鲁姆太太警告她。
>
> 思特鲁姆先生是瑞迪服装公司的控股人，他养家糊口靠的不只是他的公司，还有他的公款报销账户，对此他引以为豪。去年夏天，他想方设法带一家人去比利时公款旅游。在那儿，他们参观了美国公墓和根特城堡的酷刑室。黛比对这次旅行不知好歹：旅行的其他时间，她一直窝在酒店里，读着某位诗人的劣作。

现在，我们对黛比的“固执”“个性”“无动于衷”以及家庭的“富有”有了更清晰的理解——我们不仅理解了人物的本性，也知道该如何评价他们。这一次，我们的评价明显偏向了黛比一边，部分出于读书人对读书人的同情，还因为我们从“污秽”和“用鞭子抽你”这些字眼里读出了一种过分，而黛比对此进行了无声而有力的反抗。思特鲁姆先生对他的公款报销账户的态度表明他很腐败，而他“奢侈消费”的口味——文中所提及的旅游景点则表明他很变态。当然，这段文字中不无明显的评论性语句，比如说黛比对旅行“不知好歹”，但请注意，当我们读到这个地方时，我们知道，这一评论是思特鲁姆先生对女儿的评论，事实上，确实没有什么东西值得黛比珍惜。我们不仅理解了作者说的内容，还知道作者是在说反话，我们能够理解这一点，这就是反讽文字带给读者的乐趣。同样，说诗人的作品是“劣作”，表明了思特鲁姆先生对于我们认为是精品的东西所持的粗俗的物质主义态度。这段文字的最后，作者没有给我们交代细节：黛比窝在酒店里看的是哪位诗人的作品。我们再一次明白，作者是从思特鲁姆先生的视角写的——正是思特鲁姆先生（而不是黛比，不是作者，当然也不是我们读者）这样的人，才不会注意约翰·济慈（John Keats）和斯坦利·库尼茨（Stanley Kunitz）有何不同。

> 形象是小说的起点，是可以和你一起进入梦乡的目标……最重要的是，这些形象能让你产生共鸣。
>
> ——卡尔·奥夫·科纳斯加德（Karl Ove Knausgaard）

可能有人会反驳：这两个改写版本都比原版本长啊！不正是因为“增加”了这么多细节，才使得它们变长的吗？对于这个问题，答案既肯定又否定。肯定是因为细节需要更多的文字；否定是因为通过精挑细选的细节可以展示故事人物的价值观念、人物活动、生活方式、态度和性格，而如果要将这些内容像原版本那样通过概括性表达“告诉”读者，文本将需要更多的字句。如果你想通过细节让你的故事人物活起来，你不可能从头到尾、点滴不漏地描写一个人、一件事或一天中某个时刻发生的所有事情。你必须选择其中比较重要的事情来写——那些对我们理解故事起着至关重要的作用、特征鲜明的细节。

只有当你不断推动故事情节的发展并反复修改故事的时候，细节的重要性才会显现出来。正如弗兰纳里·奥康纳（Flannery O'Connor）所说：“你看一个物体的时间越长，你就越能在其中看到更大的世界。”她还指出，有些细节的“重要性常常随着故事情节的发展不断加强”，最后具有了“它们在故事中的象征意义”。细节“在故事的文字层面有着重要地位，但它们不仅在表面上发挥作用，也会在深层次起作用，从而全面地完善故事”。

因此，除非细节具有隐含的意义和价值，否则再多的细节也无法打动读者。下面是一段失败的文字，失败的原因不是它缺乏细节，而是因为这些细节没有意义。

> 特里·兰登是一个帅小伙，22岁，身高六英尺四，肩膀很宽，有着一头不长不短、浓密的金发，皮肤有点自然黑的脸上，长着一双热情友好的蓝眼睛，放着光，睫毛很长。

在这段文字中，我们获得了很多可以调动感官的信息，但我们还是对特里知之甚少。这个世界上22岁、宽肩膀、金发的人实在太多了，其他的外貌特征也是如此。这种罗列人物特征的方式很像是罪犯的通缉画像：男性，白种人，中等身高，黑头发，最后一次被人看到时身穿黑色雨衣。这样的描述或许可以帮助警方在人群中找出嫌犯，但这种假设的前提是被描述者的身份未知。作家一般都希望读者能快速地了解到故事人物的个性特征。

事实上，我们所有的认识和判断都是通过感官认知形成的，而我们每一天、每时每刻所接收到的信息都不仅仅是感官信息那么简单。四个人在一个鸡尾酒会上可能无所事事，只是站着啃面包，也可能只是在谈论政治和最新的电影。但假设你十分确定：X对Y非常生气，Y正在和Z调情，Z正在伤害Q，而Q却在努力地安慰X。如果你只用你的感官观察这一切，那么你如何得出以上这些结论？你会通过哪些手势、眼神、语气、动作、措辞来推导出这些结论？

不断地强调做判断，可能会让作家和读者变得有些武断或自以为是。“我想客观地（中性地）向读者呈现我的故事角色，而不做任何价值判断。我想让读者自己去做判断。”然而人类无时无刻不在做判断：“那部电影怎么样？”“他看上去很友好。”“这堂课简直无聊透顶！”“你喜不喜欢这里？”“她太瘦了！”“这不可思议啊！”“我太笨手笨脚了！”

“你今晚好漂亮！”“生活太疯狂了，不是吗？”诸如此类。

当我们停止做这样的判断时，说明我们变得冷漠了。尽管你（作家）可能不愿美化或丑化自己故事中的人物，但你肯定希望读者关注这些人物；如果你不引导读者做判断，那么读者可能会对你的故事毫无兴趣。通常如果你“不想让我们做出判断”，那么就意味着你想让我们百感交集，让我们的心理矛盾而复杂。比如：“她极其惹人讨厌，但这不是她的错。”“他很性感，但在性感的外表之下，又有些冷酷。”如果这正是你想要表达的意思，那么你必须同时从两个或多个方面引导读者做出这样的判断。在《微不足道的生活》（*Olive Kitteridge*）这部小说中，伊丽莎白·斯特劳特（Elizabeth Strout）笔下的中心人物情绪无常，对家人颐指气使，但对那些弱小的年轻人，她又表现出善解人意、温柔的一面。我们感觉得出她不好惹。我们知道，她身上的矛盾是人（我们自己）的本性使然。

即使是一个仅作为一种类型或功能而存在的角色，如果作者通过有意义的细节将其呈现，那么这个角色便有了生命，就像多萝西·阿利森（Dorothy Allison）的小说《别告诉我你不知道》（“Don't Tell Me You Don't Know”）中描述的一位阿姨那样。和故事的成年叙述者提到的很多其他女性亲戚一样，这位阿姨身上有一种强势的监护人的力量，但最终还是未能保护叙述者童年时免遭虐待。

> 我们家族里都是一些身形魁梧的妇女——那种喝肉汤长大的、通常在矿难报道图片上看得到的劳动妇女。这些阿姨有劲儿没处使，就昂首阔步地到处走，见人就告诉人家该做这该做那。但阿尔玛阿姨一直是我最喜欢的。她以前经营一家街边酒馆，有时让我们免费吃饭。从那时候起，我就喜欢她了……那时候，我们只要去她店里，她就会拿鸡汤和饼干给我们吃。她还会像对待亲姐妹一样款待我妈妈。

从这段文字中，我们非常清晰地看到了这一典型角色的形象。请注意阿利森是如何打动我们的：她先是概括性描述，然后再细致描写，渐渐地将这位阿姨的角色带入我们视线的焦点。起初我们只知道这位阿姨的体型，然后这位角色有了某种抽象的“气势”，接着我们看到了这位阿姨在“我们家”困难时期“让我们免费吃饭”，顿时这一角色的特色变得鲜明起来。

这里想说明的是，不是说一个作者永远不能表达自己的看法、赋予角色笼统的特征或进行评判，也不是说作者要把全部的细节展现给读者。作者叙述的有些内容肯定是通过讲述而非展现效果更好；有些动作过程的描写应以简略的形式带过。过多的细节会分散注意力，给读者一种作者在自我放纵的感觉。大家都读过那种冗长的描述——让过多的细节占据了篇幅，而事实上我们已经了解了这些细节。其实，小说的节奏和魔力就是极速穿过时间和空间。

但即使是创造群体或类型，或者是稍纵即逝的瞬间，增加一点具体性也将会使情景鲜活起来。在下面这段节选自雅阿·吉亚西（Yaa Gyasi）的《回家之路》（*Homegoing*）的平实叙述中，一群亚拉巴马普拉特市的矿工在举行罢工：

> 罢工又延续了 6 个月，老板们才妥协。矿工们都会多得 50 美分。争斗中只有那个趁乱逃跑的男孩失去了生命。加薪只是一个小小的胜利，但这是所有人都乐意接受的结局。男孩死后的第二天，矿工们清理了斗争造成的混乱场面。他们拿起铲子，找到了被枪杀的男孩，把他埋在了乱坟岗。

这段文字含有很多概括性叙述和类别叙述，这些叙述都没有特定的意象：“6 个月”“老板们”“妥协”“加薪”“胜利”“所有”“矿工们”“斗争”“混乱场面”。然而，“趁乱逃跑的男孩”是一个生动的形象，通过之前的故事情景使他出场，在那个情景中他蒙受屈辱，东躲西藏。加薪的数字是精确的“50 美分”，这一点很重要，因为矿工们要的就是这个。而“拿起铲子”这个具体的动作表明他们接受了最终的安排。注意，如果叙述以模糊的口气结尾，故事多少会失去色彩——“找到了被枪杀的男孩并把他埋了。”而把他“埋在了乱坟岗”既传递了怜悯之心，也表明了矿工们的穷苦处境。

> 在所有体裁中，我最期待准确、完美、生动的细节，那种使情景或语句鲜活起来的东西。
>
> ——劳伦·格罗夫（Lauren Groff）

下面是一段通过判断和细节的结合，来更为集中地展现一次经历的叙述：

> 我妻子的目光可以扒掉你一层皮，她可真不好惹。只要她动一动手指，你就得乖乖到她面前。再难的除法也难不倒她的大脑。她还有一个本事就是哭诉。我真羡慕她，感觉这件事好像丝毫没有令她不安：要冤枉一个与你朝夕相处的人不是什么难事。
>
> ——艾米丽·弗里德伦德（Emily Fridlund）：《等待》（*Expecting*）

你可能注意到了，在前面引用的托马斯·曼的那段文字中，也有很多的概括性叙述和判断（狭窄的、很高、一排排、各种颜色、各种形状、着了迷、令人愉悦的、紧张的、怪异的）都是通过细节来调和的。

## 情感意象

“人们对自己不曾经历过的东西也可以感同身受。”女演员米尔德雷德·邓诺克（Mildred Dunnock）说。小说的职责就是要让读者感同身受，但要激发这种情感，并不见得非要描绘读者可能经历过的感官细节。仅仅用爱或者恨来展示人物的情感可能收效甚微，因为这种抽象描写还处于朦胧、理智的层面，而情感是读者的身体对感官接收到的信息的物理反应。现实主义表演法的创始人、俄国大导演康斯坦丁·斯坦尼斯拉夫斯基（Konstantin Stanislavski）要求他的学生摒弃19世纪舞台表演中老套的煽情姿态，而是回忆与自己过去的创伤相联系的感知细节，并表现由此激发出来的情绪。当演员回忆起指尖的刺痛、头发被烧焦的气味、紧绷的小腿肌肉等诸如此类的细节时，愤怒或类似的情绪就会自然而然地从身体中被激发出来。

> 优秀作家在小说里什么事情都可以“告诉”读者，但绝不会把故事人物的感受直接告诉读者……恐惧、喜爱、兴奋、怀疑、尴尬、绝望……这些感受只有通过一些事情才会显得更真实，比如动作（或手势）、对话或身体对周围环境的反应。细节是小说的命根子。
>
> ——约翰·加德纳

同理，在小说作品中，如果作者能准确描绘角色所体验到的身体的感觉，那么读者自己的感觉记忆便会激发某种情感。比如，在乔伊斯·卡罗尔·欧茨（Joyce Carol Oates）的小说《你要去哪里，你又去了哪里？》（“Where Are You Going，Where Have You Been?”）中，主角被吓坏了，以至于“厨房像她从未见过的样子”。她试着打电话求助，但“她的手指摸索着电话的按键，却连按下键的力气都没有”。她狂跳的心脏好像“她体内一个怦怦跳动的、活的东西，却不归她所有”。此处，读者可能会本能地感受到一个人的恐惧，或者是噩梦，使人的视野变得模糊，手指由于着急而乱摸乱碰，狂跳的心脏几乎要从胸口飞出来。如果仅仅是陈述主角的恐惧，将会使她与读者产生毫无感情共鸣的距离，但通过身体反应的细节来使她的恐惧戏剧化，就会使读者一起经历那种感觉。

之所以要避免直接陈述情感，原因还在于：情感往往不是单一的，自相矛盾的情绪常常糅合在一起。当我们身陷某种情绪中时，我们很少会停下来去分析它，所以如果把一种情绪直接告诉读者，读者便会停止融入其中。在小说《简单之道》（“The Easy Way”）中，作者汤姆·佩罗塔（Tom Perrotta）描写了一个彩票中奖者得知一位嫉妒他的朋友死亡时的情景：“我愣在那里一动不动，任那个消息在我身体里膨胀，就像一个气泡堵在我的胸口，吐不出来，又不会爆炸。我等待愤怒或悲痛填满这个气泡，但我只感觉我的双腿发软，一不小心就摔倒在了地上。”佩罗塔通过刻画角色在感到震惊时身体的真实反应，传递出了得知朋友死讯给他造成的复杂影响。

对某种情感进行具体表达是很难的，是作者一贯面临的最困难的事情之一。不过，神经生物学家的研究表明，情感就是这么一回事：身体对于外部世界对感官的刺激所做出的感官反应，通常表现为某种基本需求——食物、性、战斗或者逃跑。不幸的是，我们完全缺乏对这些身体反应做出明确说明的训练，能表示这些反应的方法实在是太少了。夏威夷人可能有 70 个表示“粉色”的词，但是当医生让我们描述某种疼痛时，是用 1 到 10 来表示疼痛的等级，还是用“剧痛”“隐隐作痛”或者“阵痛”来描述？

然而，仔细揣摩人物的特定情感并努力找到情感是如何栖居在人物的体内、栖居在何处，是值得的。我曾经描写过一个身处日本的人物的思乡情感。我一遍又一遍尝试描写思乡情感在她胃中的感觉。我想到了“沉重”“空洞”“不适”——但都过于含糊。然后，我意识到她刚刚从街头的售货机买了某种吃的——应该是某种甜食。我就让她吃了一口，原来是一个半熟的面包卷，“有一股碱的味道”，“吃在嘴里黏糊糊的”。她不愿意把它吐在街上，就把它吞了下去，“它好像停在了我的膈上，沉沉的，消化液拿它毫无办法”。

风格是一件非常简单的事情，一切都跟节奏有关。一旦你掌握了节奏，你就不会使用不当的词语。但也有可能我坐了半个早上，脑海中满是想法和想象，如此等等，却不能把它们落到纸上，因为找不到恰当的节奏。

——弗吉尼亚·伍尔夫（Virginia Woolf）

要做准确的描写，但不应该做过头。约翰·勒赫（John L'Heureux）提醒道："要控制好情感，不要直接陈述情感；避免使用情节剧抒情式的语言，尽量用含蓄、不夸张的语气。"奇玛曼达·恩戈奇·阿迪契（Chimamanda Ngozi Adichie）在《半个黄太阳》（*Half of a Yellow Sun*）中展示了这一原则。女主角奥兰纳在比亚法拉战争中去看望她的亲戚，却发现他们被杀害了。作者没有用"我惊呆了"这样的字眼，而是用高度聚焦的方式表现了人物的震惊：

> 她打开车门爬了出去，稍做停顿才冲向房子，因为外面又亮又烫，火苗从屋顶蹿起，空气中弥漫着沙粒和灰尘。姆贝齐叔叔双腿张开，身体扭曲，面朝下倒在地上。乳白色的东西从他的后脑勺流淌出来。伊菲卡婶婶躺在走廊上。她赤裸的身体上的伤口小一些，布满手臂和大腿的伤口像微微张开的红嘴唇。

## 过滤

约翰·加德纳在《小说的艺术》中指出，除了缺乏细节和过多的抽象概括之外，小说创作中还有一个容易犯的错误，即：

> 通过他人的某种观察，对画面进行没有必要的过滤。业余写作者会这样写："她转过身，注意到两条蛇正在岩石上扭打。"请与另一种描写比较："她转过身。岩石上，两条蛇正在扭打。"虽然在小说创作中没有绝对的法则，但总的来说，为了让描写更生动，必须尽量少用像"她注意到"或"她看见"这样的表述，而应该直接呈现角色所看见的事物。

使用过滤词是一个常见的毛病，并且作者通常很难注意到自己犯了这一错误，而一旦作者掌握了这一原则，将这些过滤词删掉，很容易就能让文字变得更加生动。作为一名小说作家，你可能经常会使用加德纳所说的"他人的某种观察"。然而，当你退一步，让读者去观察"观察者"（即小说角色）——让读者观察角色，而非通过角色的眼睛去观察时，你是在直接"告诉"读者，而不是展现，从而将读者置于小说的情境之外。下面是一个学生写的一段话，写得很精彩，唯一的不足是文中有很多过滤的表达：

> 布莱尔夫人走向窗边的椅子，优雅地坐了下去。她向窗外望去，在街道对面，她看到一辆乳白色的宝马车又停在了消防栓的前面。她觉察出车子好像出了点问题。她注意到宝马车向后面和一边倾斜，接着她看到车子的后缘几乎都要擦到柏油路面了。

如果删除这段文字中的这些画面过滤词，我们就可以以布莱尔夫人自己的意识，通过她的眼睛和她一起观察、一起感知：

> 布莱尔夫人走向窗边的椅子，优雅地坐了下去。街道对面，一辆乳白色的宝马车又停在了消防栓的前面。车子好像出了点问题。宝马车向后面和一边倾斜，车子的后缘几乎都要擦到柏油路面了。

作者在用倒叙手法写的一段文字中也使用了类似的过滤词，他错误地以为读者不够聪明，如果不做一些引导性的过渡，就看不出他的倒叙手法：

> 布莱尔夫人回想起曾经的一段时光，那时她和亨利拥有一辆乳白色的车，尽管那只是一辆雪佛兰。她清晰地记得，那辆车的引擎盖有点像汤匙，铬合金保险杠前后都凸出了一英尺。她回想起一件非常有趣的事情：有一次，车子在鳄鱼谷爆胎了，亨利不得不在那儿换轮胎，于是她想象着成群的鳄鱼会从沼泽里爬出来。

不用过滤词，文中的情境会让读者感觉更有现场感。同样，不用过滤词，能将读者更彻底地带入角色的记忆中：

> 她和亨利曾拥有一辆乳白色的车，尽管那只是一辆雪佛兰。那辆车的引擎盖有点像汤匙，铬合金保险杠前后都凸出了一英尺。有一次非常有趣，车子在鳄鱼谷爆胎了，亨利不得不在那儿换轮胎，于是她想象着成群的鳄鱼会从沼泽里爬出来。

请注意，去掉这些过滤词，阅读的节奏感一下子（至少在一定程度上）就提高了。这从字数上也看得出来，因为去掉过滤词后，文字少了一两行。

## 主动语态

如果想让语言既生动又充满力量，如果想让角色“活起来”，你必须学会使用主动语态。

主动语态是指句子的主语执行句子中的动词所指代的动作，比如“她打翻了牛奶”；而被动语态是指动词的动作对象变成了这个动词的主语，比如“牛奶被她打翻了”。在被动语态下，主语不发出动作，而是被施予动作，其结果是削弱了语言的表达力，增加了读者和所表达动作之间的距离。

被动语态在小说中无疑发挥着重要作用，因为它能表达一种小说人物被施予动作之感。当一个监狱看守对故事主角拳打脚踢时，“我被重重地摞向墙角”和“我被人从身后袭击了一下”这两句话恰到好处地表达了说话人的无助之感。

然而，总的来说，你应该在小说中尽量使用主动语态，只有在动作主体未知、不重要，或者你想达到某种特殊的表达效果时（如上一段中的例子），才选择使用被动语态。

当然，还有别的语法结构可以发挥被动语态的作用，从而使读者与直接体验产生距离。由助动词修饰的动词事实上是被动的含义，因为此类动词暗示了无限制的时间而且不会像一般主动动词那么高度聚焦。进一步改编一下上面引用的例子，加德纳对比了“两条蛇在争斗”（two snakes were fighting）和改进后的“两条蛇争斗”（two snakes fought），前者确定了一个具体的时间，因此他建议把句子中的主动动词替换掉，如“两条蛇扭打在一起”（two snakes whipped and lashed）。

系动词需要借助具有概括性和评价性倾向的补足成分：“她的头发看上去很美。”（Her hair **looked** beautiful.）“他很开心。”（He **was** very happy.）“那房间的装修看上去价格不菲。”（The room **seemed** expensively furnished.）“他们闷闷不乐。”（They **became** morose.）不如让她的头发飘动起来、垂下来、瀑布般泻下来或摇摆起来。让他笑、跳跃、哭泣或者抱着大树，这样我们就可以体验他的快乐。

下面这段话几乎没有动作描写，但主动动词的使用使它充满活力：

> 在米克斯特，她不吃也不喝。修女们偷偷地盯着看她在圣餐后安静地坐在那里冥想，和往常一样把双手深藏起来。早间经文诵读已经结束，所以除了餐具的叮当声没有任何声音，但修女们在大片的面包上涂抹猪油或折叠并围餐巾的时候互相比画着手势。当女修道院院长起身的时候，所有人都起立唱赞歌，然后艾米修女对马里埃特做了个手势：你，去医务室。
>
> ——罗恩·汉森（Ron Hansen）：《忘我的马里埃特》（*Mariette in Ecstasy*）

此处，尽管修道院的晚餐过程进行得悄无声息，也没什么动作，但好几个动词暗示了一种被压制的力量，如“盯着看”“坐”“涂抹”“折叠”“围”“起身”“起立”“做（手势）”。

试比较前文对黛比的初次描写和改写后的描写。在第一版概括性的描写中有“固执”“我行我素”“买得起”“无动于衷”。除了复合动词“我行我素”，其余的都用到了系动词。在改写版本中，人物“买”“称”“扔”“弯腰”“捡回”“放好”“说”“警告”“想方设法”“旅游”“窝在（酒店）”。看看人物是多么精力充沛！改写版本中有两个系动词：“思特鲁姆先生是控股人”（Mr. Strum was a stockholder）而且“引以为豪”（was proud）。这些恰到好处地表明了静止的状态——一种地位和一种态度。

主动动词的一个有益的附加作用是，它会促使作者去寻找有意义的细节。如果你说“她被吓到了”（she was shocked），你是在告诉我们；但如果你通过某种动作描写来表现她被吓到了，你就必须得找到某个形象来表现。“她紧紧攥住椅子的扶手，指关节都变白了。”“攥住”和“变白”明白地表明了震惊，同时我们也看到了她在椅子扶手上的指关节。

“to be”是最常用而且也是被过度使用的系动词，不过所有的系动词都会引发概括感和距离感。to feel，to seem，to look，to appear，to experience，to express，to show，to demonstrate，to convey，to display，在小说中都表明人物是动作的对象或别人的观察对象，而不是人物自己在做出相应的举动。“她感觉开心/伤心/好玩/难堪”，这样的描写并不能让我们信服。我们想要看见她并由我们自己推断出她的情感。“他非常明白地表达了他的不快”，这样的描写对我们来说其实并不见得清楚。他是如何表达的？对谁表达的？

> 好的写作就像音乐……它不应该是目的地而应该是旅途。它必须经由内耳接收，甚或通过大声朗读，专注于声音和音节的平衡，把长的、短的、强的、弱的音节用雅致的顺序连起来。
>
> ——罗塞伦·布朗（Rosellen Brown）

系动词跟被动语态一样，如果需要，也能恰当地传递被动的感觉或无助感。在本章开头引用过的托马斯·曼的文字里，菲利克斯·克鲁尔瞬间被映入眼帘的事物惊呆了，就是系动词达到的效果——“那是一个狭窄的房间……一排排的……”——在他的感官里出现了各式各样颜色和形状的自助美食。要等他慢慢缓过劲来，他才能站稳、呼吸、说话，最后才去抓（一把）。

我并不是要说，作为作者你得边写边分析语法。多数的措辞选择都是出于直觉，而直觉通常是最好的向导。然而，我想说的是，你应该认识到备选动词的活力和多样性，如果一段文字缺乏活力，可能是因为你的直觉害了你。在某条件下人物被描绘或者成为动作对象的频率是多少？在什么时间人物可能行动更有力？

使用主动动词还要注意一点：尽量少用约翰·拉斯金（John Ruskin）所说的“拟人谬化”（pathetic fallacy）——使自然界和人造的物品具有人类的情感。虽然静态的情景可以描写得更富活力，比如房子“站立”、街道“漫步”、树木“弯腰”，但如果称房子“皱眉”、街道“如喝醉一般步履蹒跚”、树木“流泪”，读者感受到的更多是别扭，而非文字的活力。

## 行文的节奏

小说家和短篇小说作家并不像诗人那样必须要通过音韵来加强意义。总体而言，在散文中，只要没有明显的错误，那么，节奏不管怎样都行。但节奏也会出现问题，比如它会和意义发生冲突；反过来，如果运用得当，节奏可以大大加强意义。

> 小河缓缓流淌。它看起来有点慵懒。水面很平静。小鸟懒懒散散地在上方盘旋。乔恩的船向前划行。

在这个有点极端的例子中，短小的句子及其类似的结构——主语、修饰语、谓语动词——与“小河缓缓流淌”相违背。如果文中人物的眼睛不喜欢或不欣赏平静的周围环境，那么这样的节奏就很有效果，否则这段文字就需要调整。

> 小河有点慵懒地缓缓流淌，水面很平静。随着乔恩的船向前划行，小鸟在他的上方盘旋。

修改后的文字没有什么特别的节奏，但至少行文很顺畅，不会阻碍小河的水流。

> 在巨大的市新闻编辑部的门口停下来时，我的第一印象是匆促和忙碌：记者们有的在长长的过道上来回奔跑着将手里的文件塞给对方，有的边高声打着电话边疯狂地比画着。

这个句子很长、很随意，不可能传达出急促和忙碌之感。行文的节奏应该和记者奔跑的节奏一样紧凑，因此应该减少措辞，因为它们会放缓行文的节奏。

> 我停在新闻编辑部的门口，编辑部非常大。记者们有的在长长的过道上跑动，将文件塞给对方，又跑了回去；有的挥舞着双手，大声打着电话。

诗人罗尔夫·汉弗莱斯（Rolfe Humphries）曾说过："very（很/非常）这个词是英语中语气最弱的词。"事实证明，表达强调或突然性的副词（如"极其""快速地""突然地""清楚地""立刻""明确地""非常"等）拖慢了句子的节奏，从而削弱了作者表达原意的效果。汉弗莱斯还说过："'今天是非常美好的一天'不如'多么美好的一天啊'更能表达美好之意。"同样，"他们很突然地停了下来"不如"他们停了下来"更能表达突然之意。

动作和人物特征会在行文的节奏中有所体现，所以我们可以根据作者对行文节奏快慢的控制，去感受人物的情绪和态度。下面这段文字摘自简·奥斯汀（Jane Austen）的《劝导》（*Persuasion*），在原文中，奥斯汀将概括化、被动语态和断断续续的句式结合起来，生动地表现了女主角的盲目，让人窒息。

> 可是，安妮却百感交集，不过其中最令人欣慰的是这次会见是短暂的。这件事的确一闪就过去了。查尔斯来通知后不到两分钟，其他人就来了。她们当时正在客厅内。安妮的眼神与上校只接触了一下。他鞠了一躬，她行了个屈膝礼。安妮听见了他的声音——他在跟玛丽说话，他言谈十分得体。他还对两位莫斯格罗夫小姐说了几句，表示他们之间的关系非常随便。客厅内显得异常热闹，又是人又是说话声，但几分钟就消失了。①

通常散文节奏的变化标志着新的发现，或情绪发生了变化；节奏的变化还可以加强不同人物、不同动作、不同态度之间的对比。在蒂姆·奥布莱恩（Tim O'Brien）的《士兵的重负》（"The Things They Carried"）中，作者通过不断变化的效果表现了节奏的变化：

---

① 简·奥斯汀．劝导．裘因，译．上海：上海译文出版社，2008：62.

> 他们带的东西大多都是生活必需品。在这些必需品或准必需品中，有P-38开罐器、折叠刀、手表、狗牌、驱蚊器、口香糖、糖果、香烟、盐片、饮料、打火机、火柴、针线包、军用票、餐券和两三壶水。这些物品加起来重量在15至20磅之间……

这段话中，一件接一件地罗列物品产生了重负压着士兵的效果，同时也映衬了他们“驮”着行李行进的步调。全篇类似的罗列构成了有节奏的线索，而句式的变化和停顿表现了情绪的变化和突发危机。

## 技巧小结

有意义的细节、主动语态和行文节奏都是为了让读者更好地体验小说情感所用的技巧，用约翰·加德纳的话来说，它们是帮助读者“沉入小说的梦乡”的手段。但是，如果小说中出现拼写或语法错误，以至于读者的视线被拽回到字面上，那么所有的技巧都会大打折扣，因为一旦读者从小说“生动连贯的梦境中”惊醒，他们将不会再回到梦里。

> 完美的思想是不存在的，否则就成了虚无缥缈的东西。
>
> ——马文·贝尔（Marvin Bell）

拼写、语法、分段和标点就像魔法一样，它们的魔力是隐形的。如果娴熟的手法发挥了作用，我们将不会注意到逗号或引号，而会将它们理解为停顿或不同的声音。我们不会注意个别的字词，而会提炼出整体的意思。但是，如果拼写、语法、分段和标点使用不当，被读者识别出来了，那么技巧的魔力也就荡然无存，因为读者的注意力已经从故事本身转移到了字面上。此时，读者会对作者不满，而对作者不满是小说读者不愿意体验的情绪。

标准化的技巧没有一成不变的规律，只要你能通过一定的方法达到某种效果，来弥补读者被分散的注意力——当且仅当这时候，你也可以不用这些技巧。拙劣的技巧只会让编辑看出你的不专业，还会让人觉得你的故事本身可能也有缺陷。和叙事技巧不同，在任何以英语为母语的环境中人们都可以机械地学会拼写、语法和标点符号的规则，而且任何有志于写作的人都应该学会。

## 写作练习

1. 用有意义的细节和主动动词写一个段落，故事人物表现了下列特征之一：讨人喜爱；让人讨厌；脑子有问题；精神不正常；性格内向；搞不懂自己是谁。

2. 选一个你已经写好的情景，然后把细节找出来。从对你有利的角度来想象一件微小的东西——比纽扣、耳垂或黄豆还要小——把你看到的细节写成一页纸。

3. 写一段话，描写人物进入某个地方，用嗅觉来感受当时的情景。

4. 想象人物处于某种困难或恐怖的处境。以人物的动作为开头写一段话，然后告诉我们人物所看到的情景，不能使用“过滤”技巧。

5. 让人物染病或受伤，描写人物身体疼痛或不适的确切位置，把疼痛的感觉用细节表现出来。(很难的哦！)

6. 运用概括和评判的手法，描写一个人或一次经历，要用细节，而且细节要有意义、要具体。改写一遍，使细节达到极致。再改写一遍，使细节达到无可容忍的地步。看看，哪一个版本效果最好？最后那个版本是不是很滑稽？

7. 描写下列事物当中的一个，在行文中要表明描写的节奏：一部机器、一首曲子、性、在轨宇宙飞船、交通高峰期的一辆车、一次雪崩。

## 推荐阅读

[1] 弗兰纳里·奥康纳．上升的一切必将汇合．张小意，译．北京：

人民文学出版社，2016.

[2] 蒂姆·奥布莱恩．士兵的重负．刘应诚，丁建新，译．上海：上海译文出版社，2010.

[3] “Fjords of Killarney”

Kevin Barry

[4] “Window Water”

Frederick Busch

[5] “Linoleum Rose”

Sandra Cisneros

[6] “Without Inspection”

Edwidge Danticat

[7] “Expecting”

Emily Fridlund

[8] “Teen Sniper”

Adam Johnson

[9] “Emergency”

Denis Johnson

[10] “Where Are You Going，Where Have You Been?”

Joyce Carol Oates

# 第三章　刻画性格：人物塑造（一）

- 直接表现人物特征的方法

  人物对话

  外貌描写

  行为描写

  心理活动描写

- 写作练习
- 推荐阅读

人性是所有小说最重要的部分，但人性在小说中往往含而不露。在科学中，将人的特性赋予自然事物的做法可能会遭到鄙夷，但在文学里，这是一种必要的方法。“兔八哥”并不是兔子，他是一个勇敢的少年；“彼得兔”是一个调皮捣蛋的男孩；“贝尔兔”是一个蛮横无理的反叛者。小说《瓦特希普高原》（*Watership Down*，又名《兔子共和国》）中的浪漫主义主角不是源自笼子里的兔子，而是源自亚瑟王式的传统。

只有当你小说中的人物成功了时，你的小说才会成功。不管这些人物在现实生活中有原型还是纯属虚构（所有的小说人物都介于这两者之间），我们都必须让他们吸引读者，让他们生动可信，仔细斟酌他们所经历的事情。

## 直接表现人物特征的方法

表现人物特征的基本方法有六种，其中直接表现人物特征的方法有四种，分别是人物对话、外貌描写、行为描写和心理活动描写。本章将用大量的篇幅探讨对话，因为在把人物写活的过程中，对话发挥着不可或缺的作用。间接表现人物特征的方法（即“作者阐释法”和“其他角色阐释法”）将在第四章讨论。灵活多样地使用这些方法可以帮助你塑造丰满的小说人物。

### 人物对话

在塑造人物特征方面，对话和外貌描写不同，因为对话（主要是通过人物自身）将人物的内在表面化，它不仅可以表现人物的品位和喜好，还可以表现人物内心的真实所想。和小说本身一样，人物对话能使情感具有合理性。

#### 概述性对话、间接对话和直接对话

小说中的对话可以采取不同程度的方式呈现。将对话内容进行概括，使其成为叙述性文字，可以压缩大量的对话。例如：

奥托·施特恩鼓励小乔齐和贾诺斯学习米哈利的做法，因为时间还来得及，但家庭会议决定两个男孩暂时还不能离开家。费伦茨和伊格纳克则希望到维也纳去，借助某人的影响力能被警官学校录取。

——瓦莫什·米克罗什（Miklós Vámos）：《父辈书》（*The Book of Fathers*）

对话可以经第三个人转述，变成间接引语，从而不需要引号，且可以传递一种交流之感。例如：

他买了咖啡没有呢？她等咖啡都等一整天了。前一天在店里的时候，他俩忘记点咖啡了。天呐，没有！他没有买咖啡！现在他不得不跑回去买。是的，如果他还想活命的话，他必须这样做。而他却心想：除了咖啡，其他的东西他都买了。她对他说，他之所以忘记买咖啡，全是因为他自己不喝咖啡，如果他喝咖啡的话，他肯定很快就想起来了。

——凯瑟琳·安·波特（Katherine Anne Porter）：《绳子》（“Rope”）

但是，当人物交流包含“发现”或“决定”的可能性，进而包含了戏剧性行为时，就应该以直接引语的方式呈现对话。例如：

“但我一直以为你不大了解她，莫宁先生。”

他拿起一支铅笔，开始在笔记本上胡乱画着：“这个我之前告诉过你吗？”

“是的，您告诉过我。”

“没错，我那会儿的确不怎么了解她。”

“那么，您到底想要什么呢？您正在调查的这个人是谁？”

“这个我也想知道啊。”

——西丽·哈斯特维特里（Siri Hustvedt）：《莫宁先生》（“Mr. Morning”）

这三种呈现对话的方式也可以综合使用，以便发挥各自的优势。例如：

在度假的问题上，他们意见分歧，而且似乎找不到任何共同点。（概括性对话）

她想：为什么圣诞节期间不去加勒比的海岛呢？但他母亲希望他们一起过节吃火鸡。（间接引语）

“哦，天，对啊，圣诞季不吃个够，我是不会想着出去玩的。”（直接引语）

当作者想让读者迅速了解某个情节的核心，或一个角色需要将一件读者已经知道的事告诉他人，或对话变得冗长乏味时，概括性对话和间接引语通常很有用。

我笔下的人物交流有困难。他们很少说出他们真正的想法或表达他们真实的观点……在生活中，我是个感情外露的人，但在小说中，我喜欢那种不能轻松表达自己真实意图的人物。

——大卫·詹姆斯·泊桑（David James Poissant）

每到需要给他买新衣服的时候就会有一场争吵。吵够了，他们俩便开车到一家年轻男士服装店，然后他就会被交给一个对这种情况很有经验的店员。最终，等他们三个都筋疲力尽时，衣服也就买好了。关于灰色西装的争论也是如出一辙。

“我已经买了一套西装了。”

“但那套是夏装。”

——伊文·S. 康奈尔（Evan S. Connell）：《布里奇夫人》（*Mrs. Bridge*）

但是，最令读者失望的事情莫过于直接告诉他们，重要的事情已经在对话中发生了，却省去了具体的内容。例如：

他们一整晚都在低声交谈。他把他过去的所有事情都告诉了她。她开始意识到，她已经爱上他了。

这样的概括性对话实际上是在“告诉”读者，它会让读者觉得作者太过吝啬笔墨。作者忘了：读者也想有一次坠入爱河的体验啊！

由于直接对话具有双重属性——它是处于理性结构中的情感，所以它在小说中的作用绝不仅仅是传递信息。对话的确可以传递信息（虽然叙述常常是传递信息的更自然的方式），但它同时还可以塑造人物特征、提供说明、营造故事场景、推动情节发展、为后文埋下伏笔、勾起回忆等。威廉·斯隆（William Sloane）在《写作技巧》（*The Craft of Writing*）中说：

> 有一条适用于所有小说对话的试验性法则，那就是小说对话应该同时完成多个任务，否则无法有效满足小说的多重目的。这听起来也许有点苛刻，但我认为这是一条不可或缺的法则，叫作斯隆法则。

创作对话和创作有意义的细节一样，作者总是费尽心思地想要尽可能多地表达字面之外的含义。一个有意义的细节必须能使读者联想到某个意象，同时包含某种意义；与之相反，小说角色的话语可能具有某种意义，但同时也应该能唤起某种意象，表现人物的个性或情感。

因此，小说对话不是口语对话简单转录后的文本，而是经过提炼的口语对话——现场对话（寒暄话语，与强调话语不同）中我们所听到的和无意听到的“补白”成分都被删除了。这样一来，言外之意的分量就增加了。要创作出听起来比较自然的对话，需要经过精心的构思。正确使用独白可以起到强有力的作用。有些人物能说善辩，但听上去很自然的对话可能并不符合语法规范。这样的对话可能充斥着俚语、行话、重复，以及各种费解的语言。总的来说，这就意味着要尽量做到简洁，注意句子的节奏。这样的句子本身就能揭示人物的性格特征，其作用与不能说话或者拒绝说话是一样的。一个连续说很多话的角色给人的印象要么是夸夸其谈（当然，这可能是作者想达到的目的），要么让人觉得他是受作者操控的“傀儡”。通常，角色的话语开头和结尾的词、短语或句子可以删去。角色在对话中的跳跃，以及在对话中留出的空隙，会使角色的意图和关注点凸显出来。即使是约定俗成的对话，也能塑造出人物形象来。一个人物说“认识你真高兴”，从另一个角度表明了他的身份和穿着的不同，这与一个人物说“嘿，老兄，你好”是不一样的。

我好奇我为何非要这么写，因为我讨厌说话，还有说话的人。他们滔滔不绝地谈论自己，以及推着他们谈论自己的那些糟糕的由头。他们必须谈论。他们必须暴露自己。这对他们有用，更可怕的是，这对别人也有用。

——M. F. K. 费舍尔（M. F. K. Fisher）

下面所选的三段对话分别描绘了三个小说角色，他们之间的差别很大，不但因为他们说话的内容不同，而且因为他们的措辞（遣词用字）和句法（所用字词在句中的顺序）也不同。这些无意识的选择表现出人物的社会阶层、所处时代、种族以及政治立场、道德观念，等等。根据下面的对话，你对每个角色了解多少？他们各自长什么模样？

“我曾经有一个表姐——有点巧，姓洛克菲勒——”那个参议员说道，“她向我坦白说，她 15 岁、16 岁和 17 岁的时候沉默寡言，但是……不，谢谢！对于一个那样年纪、那样身份的女孩来说，这完全正常，但对于一个洛克菲勒家族的女孩来说，这种性格非常不招人喜欢。”

——库尔特·冯内古特（Kurt Vonnegut）：《上帝保佑你，罗斯瓦特先生》（*God Bless You*，*Mr. Rosewater*）

阿克塞尔中尉把安娜叫回去的理由在第一次晨训时变得清晰起来，当时他正对着 35 个志愿兵训话。“衣服的重量是 200 磅，光是钢盔就重 56 磅，靴子重 35 磅。在你们想明白要承受这个重量之前，你们得先认识一下站在那边的那个女兵——她在高个子一边，但她没有谢尔曼坦克，跟你们在这里见到的很多女兵一样——她对这身服装毫无怨言，哪怕是穿着它训练。她还能戴着三指手套把绳耳上的张帆索解开。你们一群大老爷们有几个能把张帆索拴到绳耳上？”

——詹妮弗·伊根：《曼哈顿海滩》(*Manhattan Beach*)

“你以为只有你有这种感觉？”他问道，“你以为我从来没有这种感觉？你以为她从来没这样想过？所有人如果将他们生命退回到那个时刻，都会想放弃的。她现在想放弃，你知道吗？她现在有多难过，你知道吗？他走后不久，她也走了。我不想再给她一年时间了。我想让她相信：他会在那儿等她。你可以帮我做到这点，而且你是唯一一个。”①

——厄内斯特·盖恩斯（Ernest Gaines）：《垂死的教训》（*A Lesson before Dying*）

有一些精神错乱的情形会让角色说出违背他们意愿的话。但作为作家，我们设计角色的对话时，不能脱离现实，要进行控制。创作好的对话的诀窍是多聆听。那么，角色应该说什么呢？答案完全在日常的语言中。选择不同的语言能揭示不同的谈话内容、人物特征、情节冲突和语言风格，等等。

为了创作对话，你必须设想一些声音，这是合理的做法。你可以以独白开始，然后设想出一个接一个的声音。你可以用你的笔记本来试验能表现人物特征的说话模式。有的人说话就像发电报一样，句子很短，还会缺失一些话语成分；有的人说话很绕，滔滔不绝，或者加入一长串的修饰词语；有的人一口气说到底，没有停顿，直到上气不接下气；有的人说话谨小慎微，言简意赅，甚至说出的句子不完整。要相信你“内心的耳朵”，用你的笔记本做匹配角色与其声音的练习。自由写作对于对话创作的作用极大，因为用这种方式写出来的对话最接近日常口语。不要花时间去仔细斟酌和编辑，人物对话中所有的修

① 本段原文中有好几处语法错误，之所以译文如此，是为了在文章风格上尽量贴近原文。

饰、更正和否定都要作为创作过程和文本的一部分。

静下心来构思你的人物，把他们弄清楚。把自己置身于人物的内心去感受产生的一切情感。想到一个人物可能会用的词，马上开始写。一直写下去，直到写不下去为止。如果出现了另一个人物，就让独白变为对话，但你还是要置身于第一个人物的体内和情感内。不必在意由于不能捕捉到正确的声音而造成的任何失败，只要坚持下去，写得再长一点、再长一点。把写好的东西收好或找个文件夹保存起来，去喝一杯咖啡或小憩一下。然后回来浏览一遍，看看能不能找到听起来真正像是人物在说话的感觉，如果有一两句还行，那你就赢了。

为了增强“聆听”对话的能力，你可以随身携带一个袖珍笔记本，随时随地将你听到的生动的对白或无意听到的对话一字不漏地记下来。回到家后，翻看你的笔记，找出你觉得很有意思的对话，然后在你的写作笔记上随意创作一段独白文字。不要去寻找正确的字词，只需回想你听到的真实的声音，然后让它自然流淌。慢慢地，不管你有没有捕捉到某个具体的声音，你都已经建立了一套你自己的声音，你甚至可以增强你的听力。

你还可以在你的写作笔记上做一些练习，让对话或独白同时完成多件事。除了揭示人物性格特征外，小说对话还能交代故事场景。例如：

> “我们刚才不知道这里没有人。我们以为这个夏令营完全关闭了。窗帘全拉上了，这儿没有车子，没有设备，什么都没有。我看着它已经倒闭了，你觉得呢，JJ?”
>
> ——乔伊·威廉姆斯（Joy Williams）：《林子》（“Woods”）

对话可以奠定情感基调，例如：

> “我去了一趟费城，返程飞机坐得很不舒服，我在闭路电视上看到我坐的飞机爆了一个胎。我去我的办公室，发现苏西在流泪，因为沃伦在她的单间公寓里搭帐篷。我回到家，发现我太太已经两天没穿衣服了。”
>
> ——琼·狄第恩（Joan Didion）：《公祷书》（*Book of Common Prayer*）

对话可以揭示故事主题，因为正如威廉·斯隆所说，小说人物会谈论到故事的主题。例如：

> “你这人真让人费解，”他说，“我还是想知道……”
>
> “不，你不想。”她抚摩着他的腿，这使他沉默了。
>
> “听着，”他说，“你头脑中也会有黑洞吧？我说的不是在梦中。有时我独自走着，或者向某人走去，突然间我什么都不知道了，就像断电了一样，大脑漆黑一片。那感觉就像如果我再走一步，就要掉进坑里。”
>
> ——莎朗·索维茨（Sharon Solwitz）：《卢尔德往事》（*Once, In Lourdes*）

前面所选的所有段落中的对话，都符合斯隆法则，因为这些对话除了表达内容之外，还推动故事向前发展，或丰富我们的理解。

> 爱好概括的作家就像狂热的醉汉，跌跌撞撞走进你的房子咕哝：我知道我头脑不清醒，没错，但你能有我现在这种感觉吗？
>
> ——乔治·桑德斯（George Saunders）

对话还是揭示过去最简单的方法之一（剧本创作的一个基本手段就是让知道某件事的角色告诉不知道那件事的角色）；对话也是揭示过去最有效的方法之一，因为对话让我们了解到说话人所回忆和讲述的戏剧事件。下面这段独白选自托尼·莫里森的《最蓝的眼睛》（*The Bluest Eye*），它勾起了说话人的回忆，表现了说话人的性格，奠定了故事的场景和基调，揭示了故事的主题——所有这一切都通过短短几行字实现了。例如：

> “我唯一感到开心的一次似乎就是我看电影那一次。每一次有机会看电影，我都会去。那天，我去得很早，我到的时候电影还没开始。他们关掉所有的灯，现场一片漆黑。然后，屏幕亮了起

来，我聚精会神地看着画面。电影里的白人很会照顾女人，他们在宽敞干净的、有浴缸的房子里穿上衣服，浴缸的所在和卫生间是同一个房间。电影给了我巨大的快乐，于是我很不想回家，不想看到乔丽了。我也不知道为什么。”

但需要小心的是，不要随意将说明性文字塞进人物对话中，即让小说角色讨论他们都已经知道的事，一定要为读者考虑。例如：

“我好想你啊，玛吉！自从上次我们在农贸市场碰面后，我们已经一个月没见了。那天你告诉我，你孙子埃迪进了朱利亚尔公司！”

“是啊，苏西，那天晚上，龙卷风侵袭了小镇。当警报拉响时，我们被吓坏了！你还记得当时我们躲在一张摇摇晃晃的桌子底下吗？桌子上还放了几个西瓜。”

像上面这样的对话既可笑又无聊。如果你真的想让读者知道农贸市场、埃迪和龙卷风的事，那就用说明性文字直接告诉读者，不要用这样的方式让你的角色的对话不堪重负。

**对话可以改变故事情节**

如果讲述改变了讲述者和听者的关系，那说明你写到了富有戏剧性的情节，此时对话能够推动情节的发展。

这是一种非常重要的技巧，因为对话对于小说极为重要，它可以成为讲故事的一种手段。

例如下面这段对话中，一个幼儿生了重病，其母亲急切地向一位放射科医生咨询：

“手术医生会告诉你的。”放射科医生说。

“你们有没有发现什么东西?”

“手术医生会告诉你的。”放射科医生重复道，“好像有个什么东西，但手术医生会跟你讲的。”

“我叔叔曾经检查出肾脏里有东西，”小孩的母亲说，“于是医生取掉了他的肾，结果发现那个东西是良性的。”

放射科医生咧着嘴露出了不祥的微笑。“这种手术都是这样的，”他说，“只有等到把东西拿出来放在托盘里的时候，你才知道那东西到底是什么。”

“放在托盘里的时候?!”母亲重复道。

“这是外科医生的说法。”放射科医生说道。

“好有趣的说法啊！”母亲说，“真是太有趣了！”

——洛丽·摩尔：《这儿只有这种人》（“People Like That Are the Only People Here”）

在这段对话中，放射科医生的短短几句话，使得小孩的母亲对他的态度从满怀期待变成了充满怨恨。母亲对孩子的担忧骤然增加，对话本身也发生了显著的转折。

如果对话当中含有变化的可能性，那么它就能改变故事的情节。我们需要做出很重要的区分（有时很难），即纯粹的讨论或辩论与作为戏剧事件和故事情节的对话之间的区分。当你不确定的时候，问问自己：这个人物对话是否真能改变什么？只有当对话包含了某种可能的变化时，对话才算得上故事情节。例如，两个角色都已经态度明确，都清楚对方在某个政治问题或哲学问题上的立场时，他们可能会争论不休，但我们不会有新的发现，没有什么需要确定的东西，因此也就没有改变的可能性。不管他们讨论的话题多么重要，我们很可能还是会觉得无趣。对于小说读者好奇的问题“接下来发生了什么”，答案只会是谈论更多的话题。例如：

“这是江边人民一千年来钓鱼的地方，从道义上来说，我们有责任帮助他们保护他们的生活方式。如果你将这些设备安装到这里，将会破坏这儿的生态系统以及整个县的蓄水层！”

“现实点，西比尔。私营企业就是建立在这种技术进步之上的，没有它，经济基础将受到威胁。”

多么沉闷乏味的对话！要想让读者的情感融入角色的争论中，角色就必须在情感上对争论的结果进行大的冒险，而且要让读者感受到：即使两个角色不大可能改变他们的看法，他们也许会改变他们的生活方式。例如：

“你要是明早在这儿施工，我中午就走人。”

“西比尔，我也是没有办法啊。”

另外，如果你的角色陷入反复的争执中（比如：“是，你就是！”“不，我不是！”），你就可以开始新的情节。你要记住：当人们没能获得他们最想要的东西时，他们一般会改变策略——变得更可爱、采用威胁手段、引诱他人、让别人感到内疚，等等。而且，如果小说场景中的一个角色想从另一个角色那儿得到什么东西，就会增加故事情节发展的动力。当其中一个角色只想退出舞台时，要保持戏剧发展的动力会变得非常困难（虽然不是没有可能）。

我喜爱俚语。我喜爱时髦的语言、民族的咒骂、押头韵以及各式各样的切口。

——詹姆斯·艾尔罗伊（James Ellroy）

**台词和潜台词**

通常情况下，我们可以让角色不说出他们的真正意图，从而使人物对话更有力量；当人们的情绪（不管是恐惧、痛苦、愤怒，还是喜爱）达到极致时，他们的表达能力最弱。试比较两个爱情场景：一个场景是恋人紧张地聊些无关紧要的话题，不敢表露内心的感受；一个场景是恋人直接跳到床上去。前一个场景显然比后一个场景更有叙事张力。一个说“我恨你！”的角色，相较于一个将愤怒隐藏起来、假装屈服、不愿坦露真实情感的角色，前者的恨意就不如后者。

如果对话中的人物将他们的感受表述得太确切、太直白，那么这样的对话可能是失败的，因为人类交谈不仅是为了表露——以达到让人记住、伤害别人、保护别人、诱惑别人或拒绝别人的目的——也是为了隐藏。契诃夫认为，小说对白应该总是能给人一种意犹未尽的感觉。剧作家大卫·马梅特（David Mamet）则认为，人们有时候会说真话，有时候不会，但他们总是会想方设法地通过话语得到他们想要的东西。

下面这段对话摘自艾丽丝·门罗的《改变之前》（“Before the Change”）。对话中，一个做非法流产手术的医生死了，他的女儿接到了一个电话：

> 电话里，一个女人想和医生通话。
>
> “对不起，他死了。”
>
> “我找的是斯特罗恩医生，我没打错电话吧？”
>
> “没有打错，但是他已经死了。”
>
> “那有没有谁……我可以找他的哪个同事吗？那儿还有其他医生吗？”
>
> “没有同事。”
>
> “能否麻烦你给我一个其他的我可以寻求帮助的电话？有没有其他哪位医生可以……”
>
> “没有，我没有任何电话。我也不认识其他人。”
>
> “你肯定知道我为什么打电话来吧，情况非常紧急，这里发生了特殊情况……”
>
> “不好意思。”

很明显，电话中的女人不愿提及“流产”这两个字，医生的女儿也不愿（或无力）将她对父亲及父亲职业的复杂心情告诉那个女人。这段对话充满了讽刺意味。一方面，两个女人和读者都知道说话双方遮遮掩掩提及的“特殊情况”指的是什么；另一方面，只有医生的女儿和读者了解与医生死亡有关的事情，只有读者理解女儿的感受。

应该注意到的是，这番对话不是很流畅，但它很好地表现了戏剧情节，因为明说实情对两个女人来说都太为难；两人都融入了情感，却话不投机。

大多数人都熟谙在对话中“领会言外之意”的道理，因为相较于对话中明说的部分，我们更倾向于解读对话的言外之意。关于台词和潜台词之间（也就是字面上的、与情节有关的对话和潜在的情感之间）的关系，欧内斯特·海明威有一段很有名的描述，他用冰山来做类比：

> 冰山的八分之一露在水面上，八分之七在水下。你可以将你所知道的东西都省略掉，这样反而会更加突出没有露出水面的冰山。

当未说出口的话题一直未说时，小说的矛盾会不断加剧。当这个一直没有明说的矛盾最终浮出水面时，通常便是小说危机的爆发之时。杰罗姆·斯特恩在他的《如何写好小说》一书中指出：“如果你要增加锅内的压力，就不要揭开锅盖。一旦人物完全坦白，将未明说的东西明说了，小说的紧张局势就会被化解。”他建议作者要让锅一直沸腾，直至我们“觉得对话炸开了锅”。

**说“不”式对话**

本章前文所列举的艾丽丝·门罗的《改变之前》里的那一段，同时还表现了人物对话一个重要的冲突要素：当角色之间不断地（以这样或那样的方式）对对方说“不”时，小说的冲突和戏剧性便会得到增强。在下面这段选自希拉里·曼特尔（Hilary Mantel）的《狼厅》（*Wolf Hall*）的对话中，亨利八世和他的未婚妻安妮·博琳在神庙外遇到一个本笃会修女跟他们搭讪。

> “上天通知我，”她说，“就是我与之对话的圣人说，您旁边的异教徒必须被投入大火，如果您不点燃那火，您就会被灼烧。”
>
> “哪个异教徒？他们在何处？我自己身边没有异教徒。”
>
> “这里就有一个。”
>
> 安妮在国王身边开始缩小，在国王鲜红而金闪闪的外衣旁像蜡一样熔化。
>
> “如果您与这个不般配的女人结婚，您的政权挨不过7个月。”

“胡说，7个月？你能不能不要说得有鼻子有眼的？哪个预言家说的‘7个月’？”

“上天就是这么告诉我的。”

这些人物，不管他们彼此说了什么，不论是修女神谕般的语调还是亨利嘲讽的语气，都是在说“不”：“这是上天说的。”“不，不是。”“你错了。”“不，我没有错。”

虽然对话只有区区几句话，但请注意对话一次性实现了多重效果。对话揭示了两位对话人的本质人格特征和态度。对话包含了皇权与教会之间长期争论的核心问题。对话还简明扼要地表达了对即将发生的联姻的普遍谴责。修女直接表达了她的意图，而君主以他的傲慢来回避这一重点。同时，安妮说不出话来，而她的身体（“像蜡一样熔化”这一比喻）背叛了她的态度，向我们表明了她的情感反应——过不了一会儿她就会脱口而出：“她才是疯子！”最终，正如预言历来如此，情绪制造了叙述的张力，因为情绪产生了某种可能性，即这背后也许确实存在着某种阴森的真相。

不过，请注意，斗争不会是一成不变的。在探寻到对方的攻击点后，人物会找到新的方式去挖苦并挑战对方。

和叙述性文字一样，在对话中，我们更容易相信一个在交谈中说出具体细节的角色，而怀疑一个说话时笼统概括或给出评价却没有具体例子支撑的角色。当海明威的《老人与海》中那个男孩反驳说“什么事儿我都记得”时，我们相信他的话，因为他回忆捕鱼的时候讲到了生动的细节。如果一个角色说“他的所有行动充分表明：他喜欢我，他愿意为我做任何事情”，而另一个角色说“我的手上沾满了泥巴，他将手伸过来，把挡住我眼睛的一缕头发捋到我的耳后”，你觉得哪个角色得到的爱更多？

在人物冲突的对话中也一样，史蒂芬·费希尔（Stephen Fischer）说：“细节是人物之间攻击对方的石头。”很不幸，我们对自己遭受的伤害和轻蔑的记忆时间会很长，以笼统的责备开始的指责（如“你从来都不考虑我的感受”）常常会随着争论的升级而紧跟着具体证据的支撑（如“新年前夜，你说你 7 点来接我，结果我在大雪中整整等了你一个小时”）。费希尔解释说：“我们的生活总是很具体的，小说人物冲突所摩擦出来的火花会向我们揭示一些必要的事实，让我们很好地了解角色。”

我们可以注意到一件很有趣的事情：在叙述性文字中，如果你陈述了事实，并让事实产生出情感价值，那么你就展示了你驾驭文字的功夫；而在人物对话中，如果你把重心放在说话人的感受上，你将能更自然地传达信息。“我哥哥将在下午 3 点左右到达，他会把他的四个孩子也带来”，读起来像是平淡的说明文字；而“我的那个白痴哥哥以为他可以在下午 3 点左右来找我，然后随手将他的四个孩子扔给我！”或“我迫不及待地盼着我哥哥下午 3 点到达这里！你会看到，他的四个孩子是世界上最可爱的孩子！”这些听起来才像是谈话，它们从侧面向我们传递了某种信息。

你可以审视一下你的人物对话，看看它是不是可以同时完成多个任务。从角色的口音和句法，能否判断出该角色所在的地域、文化水平和情感态度？人物的遣词造句能否揭示出人物呆板、外向、无比愤怒、缺乏常识、固执己见或担心害怕等特征？人物之间的冲突有没有因为相互以不同的方式说“不”而升级？角色无法或不愿讲出整个事实真相，这有没有加强对话的戏剧性？

如果你能轻松驾驭角色的语气，你就会承认，每个人都有很多种语气，在一个角色的话语范围内，他说什么取决于他跟谁说话。我们每个人都清楚：牧师有牧师的语言，加油工有加油工的语言。马克·吐温塑造的角色哈克贝利·费恩有他独特的说话语气，他对法官说：“是的，法官大人。”他对他堕落的父亲说：“也许我是，也许我不是。”

### 对话的节奏

对话的经济性——提炼对话、避免让角色重复读者已经知道的事情、使对话同时完成多个任务——是对话节奏的一个重要组成部分。

同时，有一点也很重要，即不着急把对话中的剧情泄露出来。

读者喜欢读对话的一个重要原因就是，对话是读者对小说角色最直接的体验，也是角色不受作者干预而直接表达自己的唯一途径。自由写作多轮对话并任其发展，你可以过些时间再来修饰这些对话，你也许会发现只有几句话有用，但也不要急于断定你的人物已经把话说完了。你可能自以为清楚对话的结果是什么，但你要给人物一个让你惊喜的机会，因此请不要把你的计划强加给故事人物。我的写作过程中最激动人心的时刻，是人物激发了我的灵感。我觉得我是在为理解力超强的女主角塑造一个不讲理的、迟钝的附庸，但通过第一个人物却牵扯出了第二个人物不可思议的品性。一个固执的老人辜负了他对小孙女痛苦的爱恋；一对自认为不持种族观念的夫妇开始使用他们曾经鄙视的侮辱性言辞。

小说是一种想象方式，要让你的读者去想象他人。潜台词在他人的互相交流中会被揭示出来。有一点很重要，即对人类的能力极限和矛盾要持开放的态度，要记住：被抛弃的人物并不是被动的听众。监狱看守同样也上有老下有小，也要担心损失。

在写对话时，还有几种方法可用来控制对话的速度。和单口相声一样，对话的节奏至关重要。让对话的句子长短和对话标记（如“说”“说道”“问道”等）的位置富有变化，想好你想让读者在什么地方有所停顿、你想着重强调的东西是什么。

在下面这段摘自托拜厄斯·沃尔夫（Tobias Wolff）的《雪中猎人》（“Hunters in the Snow”）的对话中，沃尔夫组织段落的方式能够让读者很好地体会弗兰克的幽默：

> 弗兰克将他的所有手指呈扇形张开，指尖贴着树桩的树皮，一只脚搭在树桩上。他指关节的汗毛很长。他戴着一个结婚戒指，另一只手的小指上戴着金戒指，戒指的表面很平，看着像镶嵌钻石的地方刻有“F”字样。他把那个刻有“F”字样的戒指翻来覆去地摆弄着。“塔布，”他说，“你已经好多年没见自己有种了。”

重复是改变对话节奏、强调某些字词和情绪的一种好方法。在你的叙述中，你会设法避免重复，但你笔下的故事人物却可以因不能变换词语而揭示他们的特征。在雷蒙德·卡佛（Raymond Carver）的《大教堂》（“Cathedral”）中，很明显，妻子担心他的客人——盲人罗伯特会感觉到她丈夫的敌意。而作为小说叙述者的丈夫正在听下面这段他妻子和盲人之间的对话：

> 我妻子捂住嘴，打了一个哈欠。她伸了个懒腰，说：“我想，我得上楼穿件睡衣了。我要去换身衣服。罗伯特，别客气，你也是怎么舒服怎么来啊！”
>
> “我现在就很舒服。”盲人回答。
>
> “我希望你在我家能觉得很舒服。”她说。
>
> “我很舒服。”盲人说。[①]

每一次重复“舒服”都表现了略有不同的意思，于她是不安，于他是肯定。

**对话的格式与风格**[②]

和标点符号一样，对话的格式原则上应该是“隐身”的，虽然在有些情况下，为了达到某种特殊效果，可以不遵从这一原则，但这样的情况毕竟很少。下面是对话格式的一些基本原则。

角色说的话应该放在引号内，但心理活动不要放在引号内。这可以明确区别角色所说的话及其心理活动，而且也可以突出角色话语的格式。如果你觉得有必要将心理活动和叙述文字区分开来，你可以将心理活动变成斜体，但不要用引号。

每开始一段新对话都另起一段，这能引导读者，让他们清楚是谁在说话。如果要在两个说话者之间插入一个动作描写，那么将这个动作和发出该动作的说话人放在同一段内，例如：

---

① 雷蒙德·卡佛．大教堂．肖铁，译．南京：译林出版社，2009：221.

② 本小节部分内容为英语写作特点，中文写作可参考使用。

> “我多希望我拍下了这个画面。”拉里用他的食指指向地平线。
>
> 珍妮丝把画册一把夺了过来。“你手上有鸡油，”她说，“这是仅剩的一册了！”

注意：引语的标点要放在引号内。

对话标记告诉我们是谁在说话，如“约翰说”“曼说”“蒂姆宣布道”。用对话标记的时候会用逗号把引号里面的话和整个句子连起来，使对话的内容听起来像是一个完整的句子，如：“今晚我买单。”玛丽说。[①]

在对话中不要过度提到谈话对象的名字，因为那样听起来不太像对话，例如：

> “班吉，看在老天爷的分上，我的工作比我们的马拉松垄断游戏重要多了。”
>
> “啊，妈妈，你总是以错误的方式看问题。”
>
> “班吉，你明知道你说得不对。”
>
> “我说得对极了，妈妈，每次都对。”

和行李标签与品牌名称一样，对话标记的作用是说明说话者的名字，通常“说”或“说道”就足以胜任这一功能。人们也会用“问道”和“答道”，时不时也会用“补充道”“回忆道”或“提醒道”。但有的时候，不够自信的作家会滥用一些词作为对话标记，以达到强调目的，如“她气喘吁吁地说”“他抱怨道”“他们齐声说道”“约翰咆哮道”“玛丽吵道”。这类对话标记实际上是没有必要的，因为，虽然无意识地重复“说”常常会使文字显得有些单调，但“说”和标点符号一样几乎是隐形的，所以当我们阅读时，我们几乎不会意识到它；但当我们读到“她恸哭着说”时，我们就会不自觉地注意到这个对话标记。如果不用任何对话标记，读者也清楚谁在说话，那就不要使用对话标记。一般来说，只要在对话的开头说明说话人的身份，时不时地在中

---

① 这里说的是英文的行文方式。例句原文为：“I'm paying tonight,” Mary said.

间插入提示标记，就足够了。如果说话人的身份在对话内容中清晰可知，那就更好了。

同样的道理，表明语气的对话标记也应该少用，如“他饶有兴致地说”“她有气无力地说道”。像这样的表达相当于明显地“告诉”读者，而好的对话应该是通过对话内容本身传递出说话人的语气。例如，在“‘放开我的箱子！’她愤怒地说道”这句话中，我们不需要告诉读者她说话时的语气是“愤怒”的；只有当她“温柔地”说出那句话时，才需要告诉读者。如果从对话的内容中我们看不出说话人的语气，那么我们可以使用动作描写，动作通常比副词的效果更好。例如，“‘我会跟里特先生谈这件事的。’他以终结式的口吻说道”和“‘我会跟里特先生谈这件事的。’他说着，拿起了他的帽子”这两句话，前者就比后者的表达效果要弱。

我是从人物和叙述者开始，我想在开始写故事之前先听到人物的语言。

——徐忠雄

将对话标记插在对话内容的中间，可以让对话标记不显得突兀，如：“想都不用再想了，”他说，“无论如何我都要走了。”（把对话标记插在对话内容的中间还有一个好处，那就是它可以让读者感觉到说话者的短暂停顿或话锋的转变。）如果把对话标记置于话语的开始位置，看起来就会像是剧本。例如：“他说：‘想都不用再想了，无论如何我都要走了。’”如果把对话标记放在一句很长的话之后，又会让读者感到困惑或多余。例如：“‘想都不用再想了，无论如何我都要走了，而且我会在路上的复印店里选择一部分，舍弃一部分。’他说。”在对话标记出现之前，我们迟迟不知道说话人是谁，因此太晚出现的对话标记会失去它的意义，只会让读者将注意力转移到对话标记上。

### 个人化的语言

个人化的语言对小说作者来说是一种很诱人的、表现人物特征的好方法，但要把个人化的语言运用得好并非易事，而且它常常会被作家过度使用。方言等应该通过措辞和句法结构来表现。拼写错误应该尽量减少，因为它们会分散读者的注意力，减慢读者的阅读速度；更糟糕的情况下，它们会让小说角色显得愚蠢。按平时的实际发音来拼写单词也是毫无意义的，这样的例子有：大部分人将“for”拼写成了“fur”，将“of”拼写成了“uv”，将“and”拼写成了“an”，将“says”拼写成了“sez”，常见的还有将“ing”去掉“g”，拼写成了“in”。如果你在对话中犯这样的拼写错误，那就表明说话人很无知，以至于书写错误连连。即便你真想表明说话人的无知，也会因此而疏远读者。约翰·厄普代克（John Updike）在批判汤姆·沃尔夫的一个角色时，很好地说明了这一点：

> 他频频地将发音方式用拼写表现出来，比如将“something”拼写成“sump'm”，将“fire fight”拼写成“far fat”，诸如此类。福克纳的角色就不这样。对福克纳来说，美国南方的生活就是生活；但对沃尔夫来说，南方的生活变成了地方的古怪性。

现代的大部分作家之所以尽量避免拼写错误，很大程度上就是为了避免被指责故意制造“地方的古怪性”。

为了迎合外国角色的语言而运用不纯正的英语，这种做法更需要技巧，因为每个人都有自己的母语，当一个母语为法语或某种少数民族语言的人刚开始学英语时，他所犯的语法错误一定是基于其母语的语法结构的。除非你懂得法语或这种少数民族语言，否则你写出来的错误的英语将属于臆造，你的对话听起来也会像是二流情景剧的对白。

不管对话使用的是方言土话还是标准英语，底线就是，对话必须顺口；如果不顺口，那就不叫对话了。例如：

> “我当时确实非常害怕我不能马上忘记，”里斯后来说，“当我

除了鞋子之外衣服都没脱地躺到床上——天知道我把鞋踢到哪儿去了，我在想，我为什么要为了一个有点不那么聪明的校友不确定的陪伴而让自己去冒一个傻子才会预见不到的危险。”

没有人会这样说话，因为这句话非常拗口。它不仅非常拗口，而且结构太复杂，句子太长，会让说话人喘不过气来。

### 对话技巧

（1）考虑一下什么时候直接、间接或概述性对话最有效。

（2）让人物用短对话而非独白——除非你有充足的理由不这么做。

（3）你的对话有没有同时实现多重功能？有没有揭示人物性格、设定情绪、推动情节发展？

（4）让对话表达说话人的意愿以及故事的内容。

（5）人物互相说“不”，对话才更有意思。

（6）对话当中不要有说明性语言。

（7）让人物不时隐瞒或不说他们真正想说的，或者让他们出于什么原因说不出。

（8）让人物自相矛盾。给他们空间去改变或揭示情感的惊奇转变。

（9）只要可能，就用“说”这个对话标记。

（10）用动作而非副词或其他修饰词去表现人物的感觉。

（11）比起拼写错误，遣词造句更能传递人物的个人化语言。

写完对话，自己要大声地读一读，确保对话读起来口舌轻松、呼吸自然，耳朵听着也舒服。在大声读的过程中，你会发现哪些对话是矫揉造作、懒散松弛的，哪些对话是冗长费力、过于急促的。这是检验对话是否自然合理最有效的方法。

## 外貌描写

人的眼睛是最发达的感知事物的器官，我们通过视觉获得的感知信息比通过其他任何感知途径所获得的感知信息都多。美貌是肤浅的，但人是具体的，所以不管人有多美或多丑，都必须表现出来，让读者感觉得到。这种表现的途径包括人物的言语、行为以及外貌，但外貌往往是他人带给我们的第一印象，他们穿戴的任何东西都能表现其内在的某些方面。

为了能写出超越外貌的东西，作家有时容易忽略外貌描写的巨大作用。事实上，某个角色身上的冲突和矛盾正是基于这样一个常理向前推进的，即人不可貌相。但为了让读者明白这一点，首先要让读者看见外貌。容貌、身材、衣服和装饰等可以表明一个人内在的政治观、宗教观、社会观、知识文化水平以及某些本质特征。一个穿着“超麂皮”牌夹克的人和一个穿着破烂 T 恤的人，他们所表现的东西是不同的。一个用烟斗抽烟的女人和一个吸食大麻的女人，她们给我们暗示的东西也是不一样的。即便是一个完全逃离物质世界、远离超市商场、跑到乡野去种土豆的人，他也会和锄头有种特殊的关系。不管我们对自己的长相多不在意，这种不在意也是我们的身体有过诸多体验后的结果。一个从 6 岁开始就很帅气的美男子，和一个小时候胖得像个蛹、到了 16 岁时突然破茧成蝶变得好看的人自然大有不同。

下面分别是对两个女人的简单描写。两人的特征主要是通过衣服面料、穿着装饰和化妆用品等细节来表现的，但我们绝不会将两人的本质特征混淆起来。

> 海伦太美了！太优雅了！看起来风姿绰约！她让伊斯特·宋福德陶醉。她与埃德温眉来眼去，将她的红色指甲放在他脏了的西服衣领上，把他的魂都勾走了。
>
> 她坐上了一辆有专职司机的车，一脸浓妆艳抹，一身的玫瑰香味。她的长袜是纯丝质的；透过裙子，可以看到她的衬裙是带

花边的。

——费伊·韦尔登（Fay Weldon）：《女性朋友》（*Female Friends*）

我一进那个房间，一股刺鼻的磷的气味告诉我——她喝了老鼠药。她躺在被子里呻吟着。床边的叠席上溅了很多血。她的头发纠结在一起，就像一卷废绳子；她脖子上绑的绷带异常地白……她沾满血的嘴加之苍白的脸，造成一种很恐怖的效果，她的嘴仿佛是张得很大的血口。

——井伏鳟二（Masuji Ibuse）：《多甚古村》（"Tajinko Village"）

在这两个选段中，人物个性鲜明，生动而丰富，但作者仅描写了她们的外貌，再无其他。

要注意到的是，除视觉外的感观印象也是小说人物"外在"的一部分。一次无力的握手、一次温柔的蹭脸、香奈儿香水的香味、牛至的气味或腐臭味……这些感官印象和长相一样也能表现人物——只要小说的文字能让读者触摸到、闻到或品尝到。

角色名字的发音和关联意义也能暗示角色的性格特征。例如在第二章所举的例文中，同样是有钱人，奇蒂斯特（Chiddister）先生自然要比思特鲁姆（Strum）先生优雅一些；哈克贝利·费恩和兰布里亚侯爵一定过着不一样的生活。带有负面意义的名字，如约瑟夫·瑟菲斯（Joseph Surface）、比利·皮尔格林（Billy Pilgrim）、玛莎·奎斯特（Martha Quest），容易给角色的风格定性，就算要使用，也应该少用。而一般的名字能暗示作者想要强调的人物特征。作者还可以梳理各种名单（如电话簿），以找到一些有暗示作用的名字。今天早上我看了一眼电话簿，我发现有几个名字——琳达·霍拉迪（Linda Holladay）、马文·恩茨明格（Marvin Entzminger）和梅尔巴·皮伯斯（Melba Peebles）——其中任何一个我都可以考虑将其用在我的小说人物身上。

声音之所以能作为突出人物特征的"外貌"的一部分，是因为声音能表现噪声或话语的音色、音高或音质，表现说话声音的尖细或粗野，表现笑声的激昂或说话的僵硬。

小说人物的身体动作是人物“外貌”的另一方面。舞蹈家兼作家玛吉·卡斯特（Maggie Kast）提醒我们：“嗅觉、味觉和触觉的形象能够比视觉和听觉唤起更深的反应，但动觉，即由肌肉和关节产生的位置感、运动感和紧张感会如何呢?”在帕德玛·维斯瓦纳坦（Padma Viswanathan）的《翻滚的柠檬》（*The Toss of a Lemon*）中，一个倍感屈辱的小女孩从房子里跑出来，她的情感便是通过味觉和运动创造的：

> 她坐着迅速向后移动了相等的距离，然后跌跌撞撞爬起来往回跑……佳纳克伊跑进果园，从背后抱住了还未长成的木瓜树，之前瓦勒姆就是靠这棵树躲过去的。
>
> 摆在树根之间的小袋子里的土引诱着她。佳纳克伊用一只手抱住树，用另一只手轻轻往嘴里抛了一小块土。那土很松，有一股潮湿的臭味，土里有几片茉莉花瓣。那种暗黑料理的滋味在她嘴里弥漫开来。她叹了一口气，把额头贴在树上，双臂抱紧树干，硕大的树叶在她头顶颤动。

理解“运动”和“行为”的差别是很重要的，因为这两个词不是同义词。身体的运动——他跷二郎腿的方式，她冲向大厅的方式——引人注目，却不一定推动情节的发展。运动通常是情景创设的一部分，是推动情节发展的行为发生之前的情景铺垫。但运动也同样能够像上面的情景那样加剧并推动行为的发展。

## 行为描写

小说中的重要角色必须要能引发行为，也能被行为改变。

我们知道，如果对话表现了变化的可能性，那么它就会成为行为。如果我们赞同这一点，即一个故事记录一个变化的过程，那么这个变化是如何发生的呢？总的来说，人类总会面临机遇和选择、发现和决定——在这两对情形中，前者都是非主观意愿，后者都是主观意愿。

就故事而言，这就意味着人物受欲望的驱使，做出某种行为，产生了一个预期的结果，但这个过程会受到一些干扰。人物外部的某种力量会以信息、事故、他人行为或恶劣天气等形式出现，使未知变成已知，当人物发现这些变化后，他要么采取行动，要么有意地不采取行动，从而使读者发出强烈的质问：接下来会发生什么？

> 我们都是矛盾和琐事的集合体……事实上，我想说的是，人物身上那种棱角分明的悖论和矛盾使其更接近人之常情。
>
> ——丹尼斯·博克（Dennis Bock）

下面这段话摘自托尼·莫里森的《宣叙》（“Recitatif”），其中展现了从行动到发现，直至决定的过程：

> 我把咖啡壶灌满，将它们放在电炉上，然后我看见了她。她坐在一个小包间里和两个男的抽着烟，那两个男的一脸的络腮胡。她的头发浓密而凌乱，我几乎看不见她的脸——除了眼睛。不管走到哪里，我总能认出她的眼睛。她穿着蓝色的三角背心和短裤，戴的耳环差不多有手镯那么大。有她在，那些长得很高大的女孩看起来就像是修女。7点钟以前，我不能离开柜台，但我一直盯着那个包间，生怕那些人在7点钟之前起身离开。接替我值班的人准时到了，于是我用最快的速度清点并叠好收据，然后签字离开柜台，向包间走去……

在这一段文字中，“把咖啡壶灌满，将它们放在电炉上”是动作，描述了故事场景和人物特征。重要的行为从叙述者的发现（“然后我看见了她”）开始。请注意，“她”的特征是通过外貌描写直接表现的，而叙述者的特征主要是通过动作描写（用动词“盯着”“清点”“叠好”“签字离开”）来表现的，直到叙述者做出自己的决定。在叙述者发现和后来做决定这两处，我们都在推测变化的可能性——接下来会发生什么？

下面这两段话摘自约翰·契弗（John Cheever）的《治疗》（“The

Cure”)：

> 我打开客厅的灯，浏览了一遍蕾切尔的书，从中挑了一本由一个名叫林语堂的人写的书，坐在沙发上，在台灯下读了起来。我们的客厅非常舒适。那本书很有意思。我所在的小区大多数人都不锁门。夏夜的街道非常宁静，所有的动物都被关在家里，唯一能听到的是铁路边几只猫头鹰的叫声。四围万籁俱寂。我听到巴斯多家的狗像是被噩梦惊醒一般吠了几声，然后停止了。一切又归于平静。接着，我听到在离我很近的地方有脚步声和咳嗽声。
>
> 我顿时觉得浑身僵硬——那种感觉你懂的——但我没有抬起头，眼睛还是盯着书，尽管我感觉有人在看着我。

这一故事情节中有人物动作，也有人物选择（那本书），但它们都不包含发生变化的某种可能性和戏剧张力。然而，当作者写到“接着，我听到……”时，新的发现产生了，或者说叙述者意识到了异样的东西，故事顿时有了发生真正变化的可能性，进而也就产生了戏剧张力。可以注意到，在第二段中，叙述者产生了一种熟悉但完全被动的反应，即“我顿时觉得浑身僵硬”，接着，叙述者有意不去采取他本能会做出的动作——“抬起头”去看发生了什么。和在真实生活中一样，在小说中，决定不做某事常常伴随着某种矛盾冲突。

大多数情况下，作家都不想让他们的写作手法太过明显，所以他们通常会隐藏人物的决定和发现的结构。下面这个例子摘自雷蒙德·卡佛的《邻居》（“Neighbors”），其中，情节改变的模式——比尔·密勒潜入邻居家里——建立在一系列的人物决定的基础上，而卡佛并没有明显地表述这些决定。这段话以一个故事转折点——人物的一个发现结尾。

> 他回到厨房时，小猫正在盒子里乱抓。它盯着他看了一分钟，然后跑回垃圾堆里去了。他打开了所有的橱柜，检查了罐头、粮食、包装食品、鸡尾酒、葡萄酒杯、瓷器和各种炊具。他打开冰箱，用鼻子去嗅芹菜，尝了两口切达干酪，边向卧室走边啃着苹

果。床看起来很大，白色的毛茸茸的床单垂到了地板上。他拉开床头柜的一个抽屉，发现一包抽了一半的香烟。他把香烟塞进自己的包里，然后向壁橱走去，正要打开壁橱时，听见有人在敲前门。

故事人物的行为算不上什么重大盗窃，但作者通过两种独特的手法描写人物的行动，一步步地加剧了情节的紧张。作者的第一种手法是让人物的行为不断累积：起先比尔只是"检查"，接着开始"嗅芹菜"，进而尝了两口奶酪，接着啃苹果，然后把半包香烟塞进自己的包里；他从厨房转移到卧室——从橱柜到冰箱，再到床头柜，每一步都比前一步更进一步地侵犯了房主的隐私。

作者的第二种手法是通过叙述文字微妙地暗示出比尔的行窃感。一个肆无忌惮的偷盗者可能会面不改色地完成这一连串动作，但比尔却觉得那只猫"盯着他看"——这实际上无关紧要，只是他心里有鬼而已。他意识到床很大，这暗示了性罪恶感。当前门的敲门声响起时，我们开始觉得（比尔必然也觉得）他肯定会被抓。

因此，我们可以得出这样一个结论：当内在的变化或心理变化发生时，动作就变成了行为。小说中的很多动作都仅仅是简单的事件，这就是为什么纯粹的动作描述就跟乏味戏剧中的舞台指令一样，有时意义很小或毫无意义。当一位妻子端起一杯茶时，那仅仅是一个简单事件；当她发现茶杯上有一个口红印，却和她的唇型不吻合时，那就是一种戏剧性的事件、一个发现，因为它有了重要意义。这位妻子决定将那个带有口红印的杯子摔在用过那个杯子的女人身上。摔杯子是一种行为，但要等到第二个女人意识到她被砸时，戏剧性变化才随之产生。

每一个故事都是一个变化的过程，用作家 E. M. 福斯特的话说，就是在根本上有因果关联的诸多事件的集合，在这个过程中，小的变化和大的变化都是通过人物的发现和决定而发生的。

## 心理活动描写

小说有着电影和戏剧所不具有的灵活性。在戏剧中，观众所能了解的东西都是通过屏幕或舞台呈现出来的。但在小说中，读者可以进入小说人物的内心，从源头上感受人物内心的矛盾或反思，并了解人物的决定和发现这两个至关重要的过程。和人物对话一样，人物的心理活动可以通过三种方式表现。第一种方式是总结概括，比如："他讨厌她吃饭的样子。"第二种是间接心理活动描写，比如："她为什么要把餐叉竖起来握呢?"第三种是直接心理活动描写，这种方式就好像我们在偷听角色内心的声音一样，比如："天呐，她竟然打算把蛋黄扔掉!"和人物对话一样，这三种表现方式可以在同一段中交替使用，以便既能达到即时性效果，又能控制角色行为的节奏。

人物心理活动的表现方式将在本书第七章从叙述视角方面更详尽地论述。心理活动对于塑造人物性格最重要的一点是，它和对话一样，不仅能揭示信息，还能奠定感情基调、表露人物的愿望、彰显小说主题等。心理活动还能促进行为的发展，因为小说中的人物跟现实中的人一样，是不会去思考他们已经知道的事物的。他们只会思考他们当前面临的事物，或者他们担心会发生的事情、让他们迷惑的事情，或者让他们在感情上还纠结着的事情。即使有人无休止地重复"我在意的不是寒冷，而是风……"，他们这样说也不是因为他们在意天气情况，而是因为刚刚又起风了，或者是因为有人会对此做出回应。多数情况下，小说中的人物遇到新的情况时必须对理解这种情况做出心理反应，或者，即使遇到熟悉的情况，也要用新的思维做出反应。

事实上，小说人物的心理往往是人物行为的核心中枢。亚里士多德说，人即"人之欲望"，也就是说，一个人的性格特征是由他的终极目标决定的，不管这种目标是好是坏。亚里士多德还说，心理活动是这样一个过程：一个人以他的终极目标为出发点，进而决定他应该在某个特定的时间采取什么样的行为，以便一步步地向着目标靠近。

举个例子，阅读本书也许根本不是你的愿望，你很可能根本就不

“想”读它，你更愿意睡觉、跑步或者和爱人亲热。但假如你的终极目标是成为一名富有且受人推崇的著名作家，为了实现这一目标，你的理性告诉你，你必须竭尽所能地学习写作技巧。因此，你可能会去艾奥瓦州的作家研修班学习，获得研究生学位。为此，你必须在某所大学先取得本科学位，并在那里发掘自己，而且你必须在某某老师的创意写作课程中获得 A 的成绩。要获得 A 的成绩，你必须在从本周二起的一周内，从本章末的练习中选取一项，完成一个小说人物速写。为了完成这一练习，你必须坐在这里阅读本章内容，而不是睡觉、跑步或者和爱人亲热。你的终极目标促使你理性地细化目标，进而有意地做出一个个“合理的”决定——决定你在这个时段应该采取什么样的行动。归根结底，你实际上还是愿意读这本书的。

人物刚好经过，碰巧你也走在街上，某人引起了你的注意，然后你与他们再次相遇，于是你们成了朋友。似乎是那么回事。

——阿兰达蒂·罗伊（Arundhati Roy）

在我看来，亚里士多德所认为的愿望、心理和行动之间的关系对于作家构思情节和创造故事人物非常有用。故事的主要人物在小说的结尾想做什么？要产生这样一个结尾，这个人物在小说的第一页所处的情形下，会有什么样的心理活动，从而决定他此刻应该做的事情？

那天下午我向丽贝卡准备了几句话和对她的回答。我很担心她把我想得太好，认为我不是我担心的那样是个乡巴佬……于是我坐在书桌前练习我那套死亡面具——脸上要表现出毫不在意的表情，肌肉没有丝毫的运动，目光空洞，眉头轻皱。

——奥戴莎·莫思斐（Ottessa Moshfegh）：《消失的囚徒》（*Eileen*）

当然，人物的行为可能是错误的。当错误的思想导致错误的选择，或者人物的思想充满了相互冲突的愿望和始终存在的矛盾，或者人物压抑的思想和表达出来的想法之间有着巨大的冲突时，思想会阻碍我们实现目标。

> 他关掉淋浴开关，听到电话正在响。他有种电话已经响了半天的感觉——难道机器的噪音也会锲而不舍吗？他光着身子冲到客厅，身上一直在不停地滴水。他拿起电话，和他料想的一样，电话是美惠子打来的……美惠子的第一声招呼就已经让他有点烦了。虽然美惠子讲一口非常流利的英语，但她的声音又尖又高，是非常典型的日本口音。“喂，美惠子。”他说道，他的语气听上去有些恼火。
>
> ——简·斯迈利（Jane Smiley）：《长途电话》（“Long Distance”）

在乔伊斯·卡罗尔·欧茨的《你要去哪里，你又去了哪里?》中，主角康妮抓住一切机会想离家出走，因为她讨厌这个家。小说的开头，她就设计了多种计划和招数来避开同伴。有一个计划是在前行途中如何对付另一个比她聪明的机灵鬼。故事的结尾，她取得了永久的成功，只是她的成功并不是她的计划带来的。故事的发展使她获得了丰富的刻画，她的身上有两种人格，为了一心追求自由，最终在矛盾而让人惊愕的欲望中左右为难。

人往往很难随心所欲、为所欲为，但人的所作所为都是为了达成自己的愿望（这也就是亚里士多德所说的人即“人之欲望”）。我们主观能选择的是我们的行为，即我们在特定的场合所采取的行动。如果连接愿望和行为之间的心理过程没有差错或相去不远，或者说，如果在我们的思想和我们愿意且能够表达的思想之间没有巨大的鸿沟，那么实现我们的愿望将变得容易。

## 写作练习

1. 两个人物发生了不可调和的分歧。其中一个说了他（她）的真实想法，另一个无法或不愿意把话说明白。把第二个人物的想法写出来，以便我们知道他（她）不做出回应的原因。

2. 描写调情。两人都在试探对方，都不知道要如何表达自己的情感；都不确定对方仅仅是出于友好，还是真的对自己有好感；都不确定是否应该欲擒故纵、故作冷漠；都不确定……什么都不确定。

3. 一个说街头俚语或者是操外国口音的人物——或者是某个小孩——遇到一个自以为对正在讨论的话题很在行的人，用手势或对话描写一下两个人对彼此的看法。

4. 每个人的家庭都会有不愉快的人或事——败家子、糗事、啃老族、罪犯、自以为是者。让一个这样的人物在一次家庭聚会上来一番长篇大论。谁来挑战他（她）？如何挑战？为挑战的人把想法准备好。

5. 有两个人物在房间里，一个人物打算把另一个人物想留下的东西扔掉。用对话、外貌、物品和行为对人物进行描写。让读者来推理人物的想法。

6. 用“对不起，但……”作为开头来写一段对话，“但”之后的话是什么？另一个人物会怎么回答？让双方把对话继续下去，然后再继续一会儿。让人物不停地说话。

7. 把两个人物置于一个彼此不得不友好的情景中，用外貌描写（包括手势、语调、活动、气味）来刻画人物，以便读者了解两人的情感是积极的还是消极的。

## 推荐阅读

[1] “My Man Bovanne”
Toni Cade Bambara

[2] “Tandolfo the Great”
Richard Bausch

[3] “Every Tongue Shall Confess”
ZZ Packer

[4] “Rock Springs”
Richard Ford

[5] "Yours"

Mary Robinson

[6] "Cat Person"

Kristen Roupenian

[7] "6. 'He leaves the office…'"

David Szalay

[8] "The Tambourine Lady"

John Edgar Wideman

[9] "Bullet in the Brain"

Tobias Wolff

[10] "Thank You"

Alejandro Zambra

# 第四章 “有血有肉”：人物塑造（二）

- 间接表现人物特征的方法

  作者阐释法

  其他角色阐释法

- 表现人物特征的不同方法之间的矛盾
- 人物可信性
- 人物意志
- 人物复杂性
- 人物变化
- 角色再创造
- 塑造人物群体
- 人物日志
- 写作练习
- 推荐阅读

## 间接表现人物特征的方法

人物塑造的四种直接方法是“展示”人物的方式，从而使人物形象跃然纸上。但有时作者可能希望以“告诉”的方式影响读者对人物的认识和反应，因而对人物做出评判和阐释。在有些情况下，直接和间接表现人物的方法会被颠倒过来（目的是帮助理解作者向读者直接传达的东西），但我认为这与直接和间接对话的区别一样，两者是并行不悖的：一个是读者直接接受人物的话语、思想、行为和外貌；另一个，包含在总结对话中，作者介入阐释或总结（的确，间接的和总结性对话可以被当作间接表现人物的方式）。

间接表现人物特征的方法有两种。所谓间接，是通过作者本人或借助小说中的其他角色，以概括、抽象或评价性的文字描述该人物。这两种间接表现人物特征的方法都采用了“告诉”读者的方式，都能让我们看到全景。

### 作者阐释法

间接表现人物特征的第一种方法是作者阐释法，作者将小说角色的背景、动机、观念、品德等“告诉”读者。这种方法的优点很明显，因为它可以使作者在任何时间、任何空间自由地介入，作者可以有意地让读者知道任何事情——不管小说人物自己知道与否，而且作者可以像神一样告诉读者他们即将有什么样的感受。这种方法可以让作者在短时间内传达大量的信息。

> 最杰出的兰布里亚侯爵和他的两个女儿、他的第二任妻子一起生活。大女儿叫卡洛琳，小的叫路易莎；妻子韦森特女士脑子很笨，她醒着的时候都在抱怨，抱怨所有的事情，尤其是噪音……
>
> 兰布里亚侯爵没有儿子，这是扎在他心头、令他最痛的刺。他丧偶后不久就娶了现任的妻子韦森特女士，为的是生个儿子，

结果却发现韦森特女士不孕不育。

> 侯爵的生活极其单调乏味，一成不变，就像悬崖下小河的潺潺声，又如教堂的礼拜仪式。
>
> ——米格尔·德·乌纳穆诺（Miguel de Unamuno）：《兰布里亚侯爵》（“The Marquis of Lumbria”）

作者阐释法的缺点是，概括和抽象化的描述容易拉大作者与读者之间的距离。实际上，在上面这段例文中，乌纳穆诺也许想通过概括和陈列一系列事实、动机以及自己的评判来达到目的，即表现侯爵生活的“单调乏味”和“一成不变”。几乎每一个作家都会偶尔使用作者阐释法这一间接表现人物特征的方法。当你想快速说明某件事情时，你会发现这一方法很有用。但是，通过行为描写来直接表现小说人物，让读者自己去得出结论，能让读者更积极地参与到小说中。

然而，作者对人物的导入不应该与读者产生距离，而应该为读者提供吸引他们的人物的具体特征和所处情景。下面这个例子选自安东尼·多尔（Anthony Doerr）的《所有我们看不见的光》（*All the Light We Cannot See*），以一种恰当的距离和中立的口吻进行叙述，就像电影的特写镜头那样，真正缩短了我们与人物的距离：

> 在城市的角落，沃博雷尔第四大街一座又高又窄的房子最高的楼层——六楼，一个名叫玛丽-劳尔-勒布朗的16岁盲女孩跪在一张完全被模型覆盖的矮桌上。她膝盖下面的模型是这座城市的微缩模型，城市的围墙里面有百余座按比例复制的房子、商店和酒店。有一座带中空塔尖的天主教堂，以及古老庞大的圣马洛教堂……

作者用了更多的笔墨对这座精巧的模型做了描述，接下来当然是盲女孩“用她的指尖摩挲厘米见方的矮墙”，“边用手指顺着楼梯往下摩挲”边对着楼梯低声细语。而读者也很自然地接受了她。

请留意，虽然“作者”可能是在用概述的方式来描写一段时间或一辈子的时间，而且多半是以人物的口吻进行叙述，但同样能让读者感受到所描写人物的特征：

从来没有人叫他穿着西装去面试，也没有人告诉他要随身带着个人简历。直到过去的一周他才拥有了一份个人简历，那是因为他去了 34 街和麦迪逊大街的图书馆，有个职业顾问志愿者帮他写了份简历，仔细梳理了他的工作经历，表明他是个成绩非凡的人：负责犁地和种出长势良好的庄稼的农夫；负责打扫街道，并确保林贝镇美观漂亮、干净整洁……

——因博罗・姆布埃（Imbolo Mbue）：《看那些梦想家》（*Behold the Dreamers*）

## 其他角色阐释法

我们还可以通过小说中其他角色的观点来表现人物的性格特征，这可以算作第二种间接表现人物特征的方法。但使用这一方法时，第二个角色必须通过对话、行为和心理活动来表达他的观点。在这个过程中，作为评价者的第二个角色本身的性格特征也就不可避免地表现出来了。我们是否赞同第二个角色的观点取决于我们对他的看法和评价，第二个角色的性格特征也因此直接表现了出来。例如，在下面这个摘自简・奥斯汀的《曼斯菲尔德庄园》（*Mansfield Park*）的场景中，好管闲事的诺里斯太太评价了小说的女主角：

“……可惜芬妮总有一种毛病，我早已发现了：她做什么都喜欢自作主张，不愿受别人支配；只要可能，她总是什么时候想散步便什么时候散步，从不跟人商量；毫无疑问，她有一种愚蠢的想法，自以为是，喜欢秘密行动，我一直劝她要克服这个缺点。”

对芬妮的这种评价，总的来说，托马斯爵士认为是绝对不公正的，尽管他自己最近也表达过同样的观点。于是他设法转移话题，但经过几次努力才获得成功……①

① 简・奥斯汀．曼斯菲尔德庄园．项星耀，译．上海：上海译文出版社，2010：305.

在上文中，诺里斯太太的观点在她的话语中直接表现了出来，而托马斯爵士的观点则通过他的心理活动直接表达出来，最后由读者自己（轻而易举地）决定哪一个人对芬妮的评价更可信。

在下面这段引自斯蒂芬·格雷厄姆·琼斯（Stephen Graham Jone）的《勒德菲特》（*Ledfeather*）的文字中，暗含了四种针对某妇女的暴力的评判——“旧时代”的、妇女本身的、一小撮本地男孩的和妇女儿子的：

> 在过去，别人对男孩妈妈的称谓是：对着车连开两枪，或者给玻璃来四个洞，或者目不识丁，或者停不下打斗。
>
> 而现在，大家都用她常用的名字来称呼她。但当她出现的时候，有几个小孩还是会用假想的端着步枪的姿势对着她。还没长大的时候，男孩理解不了，会独自想是不是他的妈妈看上去太野蛮……还是他的妈妈是某个部落的首领。就算是黑腿部落，是否也会让妇女那样做？对他妈妈，他们也许会。

请留意，只消寥寥数语就把男孩和自己的部落、他的妈妈与部落、男孩的观念与他很快就会知道的真相之间的矛盾树立起来了。

同样需要注意，如果我们面对的是一个叙述者，即由人物来叙述他自己的故事——身兼作者和故事人物这一双重身份——那么对于他所做的概括性描述，读者有可能赞同，也有可能不赞同；对于他的评判，读者可能认同，也可能不认同。我们将在第七章更加详细地讨论叙述者的这一现象。下面还有一个例子来表现叙述者即是作者这回事：他要发表一番高谈阔论，通过这一点而非他对情景的反应，我们可以更好地了解他：

> 歌唱使大家看上去好多了，特别是 15 岁那群孩子。
>
> 尽职的大人们也出席了高中的音乐会。今晚我到得早，占了前排的两个座位，我把湿透的外套铺在座位上……
>
> 在这个寒冷的 11 月的夜晚，摆在屋里的那皱巴巴的雨披看上去湿漉漉的，显得平淡无奇。台上的孩子们成长得一年比一年苗

条、聪明。在他们的刘海下和歌声中，他们个个显得轻盈曼妙。为何这样的热情场面会使他们的家长看上去更加疲惫不堪呢？这次，我想从这些散发着湿羊毛气味的大人身上找到点魅力。

——艾伦·古尔加努斯（Allan Gurganus）：《序曲》（“Overture”）

## 表现人物特征的不同方法之间的矛盾

矛盾性是小说人物特征的核心，我们可以通过表现人物特征的不同方法之间的矛盾来有效地表现人物特征的矛盾性。这种矛盾可以是自发的，也可以是有意制造的。我们可以通过外貌描写、人物对话、行为描写和心理活动描写等方法来向读者揭示小说人物的特征。如果其中一种方法与其他方法发生冲突，戏剧性效果便会产生。例如，假设一个角色穿着十分讲究和奢华，口若悬河，做事果断，而且读者最后发现该角色思维缜密而又果敢坚毅，那么他必然是一个很单一的角色；如果他穿着讲究，口若悬河，做事果断，但他的内心却充满了创伤和惶恐，这个角色立刻就变得很有趣。

人物的性情和性格是表现思想的最佳手段。

——安德烈·纪德（André Gide）

下面这段话是索尔·贝娄（Saul Bellow）的小说《抓住时机》（*Seize the Day*）的开篇第一段，文中人物的外表和行为与人物的心理截然相悖：

谈到掩饰烦恼，汤米·威廉的本事一点也不比身边的人差。至少他这么认为，并且有那么一些支持他的证据。他曾经是个演员——不，不完全是，一个临时演员——他知道表演应该是什么样子。除此之外，他抽雪茄，作为一个男人，抽着雪茄，戴着帽子，他便占据着优势；比较难以弄清楚他感觉怎样。他从二十三楼下来吃早餐之前，先到底层夹楼的旅馆大堂去取邮件。他相信——他希望——他看上去还说得过去：一切都不错。[①]

汤米·威廉表面上十分镇静，但内心却非常担心。与此相反，在下面这段摘自塞缪尔·贝克特（Samuel Beckett）的《墨菲》（*Murphy*）的段落中，女房东卡丽奇小姐刚在她的房子里发现一个自杀者，她言谈举止很紧张，但内心却很镇定。

> 她飞奔下楼，脚步太快，就好像脚下踩了履带一样，手紧紧地按在胸口。到了房前的台阶时，她突然刹住脚步，呼叫警察。接着像受惊的鸵鸟一样上气不接下气、魂不守舍地跑过约克路和苏格兰路，狼狈之状与刚发生的悲剧相当。她挥起手臂，把东西撒了一地，尖叫着寻求警察的帮助。但她的头脑是如此镇定，所以她非常清楚她这样的表现有些不妥。

接下来的例子摘自佐拉·尼尔·赫斯顿（Zora Neale Hurston）的《富有的六位》（“The Gilded Six-Bits”）。其中，人物内心很矛盾，既想阻止行为，又想让行为发生：

> 米西·梅啜泣着，悲痛无比，一语不发。乔站在那里，过了一会儿才想起他手上拿着东西。然后，他依旧站在那里一动不动，什么也不想，什么也不看。米西·梅一直在哭。乔太过激动，不知道该如何是好。他把斯莱蒙表链上的饰物放进裤兜，大笑一阵，然后睡觉去了。

我在前文中说过，心理活动描写往往会和一种或多种其他直接表现人物特征的方法相冲突，这反映了我们总是很难坦率而准确地表达自己，但也并非总是如此。一个角色也许能完整、平静、流利地表达自己的观点，却可能因为他的一些小动作而暴露自己，比如扯自己的耳朵，或拽自己的裙子。赫尔曼·沃克（Herman Wouk）的小说《凯

---

① 索尔·贝娄．抓住时机．胡苏晓，译．北京：人民文学出版社，2018：3.

恩舰哗变》（*The Caine Mutiny*）中的奎格船长就是一个令人印象深刻的例子：当他在为自己制定的处分条例辩护时，他疯狂地把玩着手中的钢珠。

通常情况下，我们并不知道一个人物的心理活动，因此人物外表和内心的矛盾必须通过表现人物外在的方法（外貌描写、人物对话和行为描写）之间的矛盾来表现。角色 A 可能满口的“热烈欢迎”，但却慢慢地向后退；角色 B 可能穿着一身的华伦天奴丝绸和周仰杰（Jimmy Choo）凉鞋，却为穷人的苦难悲悯恸哭。注意，无意间暴露自己是一个很重要的概念，因为相比有意识地表露，读者更容易相信无意间表现出来的证据。

我们可以从列夫·托尔斯泰的小说《伊凡·伊里奇之死》（*The Death of Ivan Ilyich*）中找到自我暴露的经典例子，小说中的寡妇在丈夫的葬礼上碰到了丈夫的同事。

> 接着，她又发现烟灰正在威胁着桌子，便又连忙把烟灰缸推到彼得·伊凡诺维奇面前，然后说：“如果硬说我由于悲痛而不能照料这些实际事务，那是作假。相反，如果说有什么东西虽然不能给我安慰，却能使我暂时不去想我的痛苦，那就是为他的后事操心。”她又掏出手帕，好像要哭，但她忽然又振作起来，仿佛是强忍住悲痛，开始平静地说：“我有件事想跟您谈谈。”①

文中的寡妇普拉斯科维亚·费奥多罗夫娜想要谈的是有关钱的问题，这一点不论对她丈夫的同事，还是对读者来说，都是意料之中的事。

最后，角色矛盾性还可以通过直接和间接表现人物特征的方法之间的矛盾来实现，这也是制造讽刺效果的一种方法。作者对他的角色进行评价，然后让这个角色的外表、谈吐、行为和（或）心理活动与这一评价相悖。

① 列夫·托尔斯泰．伊凡·伊里奇之死．许海燕，译．北京：东方出版社，2017：188.

> 尽管我的初稿可能看上去像一团乱麻，尽管终稿可能是初稿的三倍长，但探索人物生活的过程帮助我理解了故事真正要讲述的内容。
>
> ——安德鲁·波特（Andrew Porter）

> 六十年的岁月没有使他反应迟缓；他的身体反应和精神一样，受到意志和强烈性格的控制，他的五官清晰地证明了这一点。他的脸很长，像根管子，张开的下巴又长又圆，还有一只长长的塌鼻子。①
>
> ——弗兰纳里·奥康纳：《人造黑人》（“The Artificial Nigger”）

我们可以看到，在这段文字中，描写黑德先生特征的细节并非“意志和强烈性格”，而是冷酷可怕的品质：“像根管子”的长脸是一个丑陋的意象，“张开的下巴”暗示愚蠢，“塌”表现的不只是鼻子的形状。此外，多次重复“长”使黑德先生的脸显得怪异。

虽然文学评论家常常称赞那些同时展现个性、典型性和共性的文学作品，但我认为这样做对于还在练习中的作家来说并无大用。这是因为，虽然练习中的作家也许会努力地创造出个别角色，并把这类角色作为某一类人的可信的代表，但我不认为他们真能做到以个别反映“共性”。

我相信一个道理：如果说文学有什么社会意义或功用的话，那就是读者可以在文学作品中发现，进而认同那些与自己的时代、地域、文化、价值观大不相同的人身上所具有的共同人性，从而扩大他们的视野、增强他们的同情心。然而矛盾的是：如果你的目标是表现共性，最后你可能会华而不实；而如果你旨在表现个性，你更容易塑造一个角色，在这个角色身上，读者能看到自己的某些侧面。

---

① 弗兰纳里·奥康纳．好人难寻．周嘉宁，译．北京：人民文学出版社，2016：185-186.

想象一下这个场景：一个小孩跑到街上去捡球，忽然传来轮胎的尖叫声和保险杠的冲撞声，鲜血溅洒到空中，血肉模糊的小小身躯躺在柏油马路上一动不动。旁观者会有什么反应？（他们是否代表所有人？）刚好路过的医生会如何反应？（这是否代表了医生这类人？）刚从自己所在医院的产科病房回来、妻子刚经历了第四次流产的亨利·洛斯医生会做何反应？（这个医生算不算个体？）每一个问题都缩小了做出反应的人的范围。作为作家的你，当然想要使每一个范围的人的反应都令读者信服，但如果你的第三个目标成功了，前两个目标可能也就成功了。

所以，我给作家的建议是，多在表现具体人物个性上下功夫。如果你想塑造一个代表普遍人性的角色，这个人物最后可能会是一个模糊、无趣或空洞的角色。再者，如果你想创造一个代表某类人的典型角色，你可能会创造出一个漫画式的人物，因为典型的人只在某些一般的特征上是典型的。在作家的词典里，“典型”是最狭隘的词语，因为它表明作家只为那些和他拥有相同观念的人写作。一个“典型的”坦桑尼亚达累斯萨拉姆的女学生和一个“典型的”旧金山女学生是很不相同的。而且，每个人在同一时期或不同的阶段的身份是多样的。从小到大，她可能先后是一个“典型的”女学生、新娘、离婚者或女权主义者，他可能同时是一个“典型的”纽约人、数学教授、宠爱孩子的父亲和奸夫。正是在与不同类型的人打交道和对比中，我们的个性才得以显现出来。

在写作中写普遍性和典型性等同于偏执和盲从。因为那样的话，我们只看到人的相似之处，而非其独特之所在。通过一个角色去描述一种类型，如果成功的话，就意味着这个角色在个性化方面是失败的；如果作家有意去塑造某些类型的群体而非个体，那么这个作家一定是想谴责或讽刺这些类型的群体。马克·赫尔普林（Mark Helprin）在《施罗伊德施皮策》（“The Schreuderspitze”）中把对这种类型的群体的嘲讽夸张到了极致：

> 慕尼黑有很多像黄鼠狼一样的男人。不知是因为基因突变、精细杂交、早期的神秘移民、机缘巧合，还是其他不可知的原因，这些人大量存在。不幸的是，这个趋势愈演愈烈——他们都留着八字胡，戴着登山帽，穿着花呢装。一个长得像啮齿动物的人根本不应该穿花呢衣服。

这并不是说，小说中的所有角色都必须充分刻画，或者说让每一个角色都“圆润”。小说中的“扁平”角色（即在小说中只是为了展示某种功能或某个特点的角色）也是有用的、不可或缺的。埃里克·本特利（Eric Bentley）在他的《戏剧的生命》（*The Life of the Drama*）中指出，在戏剧里，一个送信者的作用仅仅是送信而已，如果要让读者停下来去了解这个送信者的心理，将会显得累赘乏味。小说也是这么回事：在玛格丽特·阿特伍德的《幸福结局》（“Happy Endings”）中，詹姆斯是一个“拥有一台摩托车，而且拥有绝妙的唱片收藏”的人物，他人生的唯一目的就是要让玛丽的通奸情人约翰嫉妒他，读者对他“骑上摩托车自由飙车”的冒险故事并无兴趣。尽管如此，在舞台上，即便是一个扁平角色，他也有面孔，也穿着服装；而在小说里，细节可以为一个扁平角色增添几个侧面和轮廓。在亨利·詹姆斯（Henry James）的小说里，仆人就像不存在一样，因为他们的存在纯粹是一种功能（比如“那个能干的家伙已经把行李收拾好了”）；而查尔斯·狄更斯的小说中充满了很多扁平角色，他用细节把这些人物也写得活灵活现。

> 教堂领座人米芙也在那儿，她是一个常喘粗气的老太太，力气很大，面无表情，穿着破烂，全身的衣服没有一个地方是完好的。
>
> ——《董贝父子》（*Dombey and Son*）

我想套用乔治·奥威尔（George Orwell）的《动物庄园》（*Animal Farm*）里的一个观点：所有好的角色都是圆润的，但有一些角色比其他角色更圆润。

## 人物可信性

即使你要表现的是个性，而非典型性，但从“得体”的角度来说，你的角色也依然会表现出典型性。一个浸信会的美国得克萨斯人和一个意大利修女在行为方式上是很不一样的；一个乡下的男学生和一位哈佛大学名誉退休教授的行为方式也是不同的。如果你想成功地塑造一个独特而生动的角色，你肯定也得知道哪些行为对于那一类人而言是得体的，并给读者提供足够的信息，让读者感觉到该角色行为的得体性。

例如，我们需要很快（最好在第一段）知道该角色的性别、年龄、种族或民族；我们需要知道一些有关他的社会阶层、所处的时代和地区的信息；如果还能知道他的职业（或知道他没有工作）和婚姻状况，自然更好。几乎所有读者都能识别任何一种角色，而如果某个角色没有读者能识别出来，那说明这样的写作是让人费解的。如果作者让读者看不到一种角色类型的某些基本元素——当读者不知道他们读到的角色是男还是女、是大人还是小孩时——读者就无从识别这个角色，小说的情节就会发展过慢，从而无法吸引读者继续读下去。

然而，所有这些信息都不需要以信息的形式出现，它们可以通过小说人物的外貌、说话语气、举止或其他细节来间接呈现。下面这个引自芭芭拉·金索沃（Barbara Kingsolver）的《毒木圣经》（*The Poisonwood Bible*）的例子中，作者使角色利娅·普莱斯和她的家人陷入了一种让他们显然措手不及的生活。虽然开篇两段着重交代了他们的目的地，但到了这两段结束的时候，我们已经了解了很多关于这家人的情况以及他们家庭背后的文化。

> 我们来自佐治亚州的伯利恒城，我们背着贝蒂妙厨牌蛋糕粉，正在赶往非洲丛林。几个姐姐和我打算在我们家为期 12 个月的布道旅程中，每人过生日时都能做一个生日蛋糕。“天知道，刚果是不会有贝蒂妙厨牌蛋糕粉的。”母亲预言道。

“在我们要去的地方，别说贝蒂妙厨牌蛋糕粉，根本就不会有买东西的人，也不会有卖东西的人。”我父亲纠正道。他的言外之意是，母亲没有弄清楚我们此次旅行的使命，她对贝蒂妙厨牌蛋糕粉的关心使她和教堂里唠叨的赎罪者成了一类人——他们惹怒了基督，直到让基督抓狂，最后将他们从教堂里扔了出来。“我们要去的地方，”父亲想把事情彻底说清楚，“可没有什么小猪扭扭连锁杂货店。”很显然，父亲认为这样说算是为刚果开脱。我只是稍微想象了一下，就心灰意冷到了极点。

从这两段话中，我们了解到，这家人来自美国南方，不仅因为叙述者提到了他们家乡的名字，还因为文中有“vexed”（惹怒）和“pitched a fit”（抓狂）这样的美国南方话特有的词语和表达，还提到了小猪扭扭连锁杂货店。我们还了解到父亲是传教士，不仅因为前文提到了“布道”（mission），还因为父亲重复了布道中常用的表达“在我们要去的地方”（where we are headed），与此相呼应的是父亲的言外之意——母亲“和教堂里唠叨的赎罪者成了一类人”。我们还隐隐听出：在一家人未来艰难的旅途中，母亲将会苦中作乐。文中的“贝蒂妙厨牌蛋糕粉”告诉我们，母女几人想努力在旅途中保留一点点在家时的舒适，然而她们将把贝蒂妙厨牌蛋糕粉这种纯粹的美国 19 世纪 50 年代的文化产品带往一个与这种文化没有关联的地方，而且这些蛋糕粉最终是会坏掉的——它很快就会被雨淋湿毁掉。此外，虽然我们不知道故事叙述者的准确年龄，但我们约莫知道，她应该是一个 15 岁左右的少女，因为她已经能够听懂父亲驳斥母亲的言外之意，并能欣赏小大人式的表达，如“心灰意冷到了极点”。在很短的篇幅里，金索沃就简要地刻画了故事主人公的家人、他们对危险的无知以及父亲的虔诚和坚定的决心。

下面这段表达言外之意的手法更加惊人：

每一次都是同一个故事：你的芭比娃娃和我的芭比娃娃是室友，我的芭比娃娃的男友走过来，然后你的芭比娃娃偷吻了他——叭！叭！叭！然后，两个芭比娃娃打了起来。“你这蠢货！他是我的！”“哼，他不是你的，你这臭小子！”只有肯恩的芭比娃娃没有出现，对吧？因为我们都不想花钱买一个呆头呆脑的男版洋娃娃，而是想着到明年圣诞节的时候要新的全套芭比娃娃。我们只能凑合着玩你的眼神很凶的芭比、我的笨蛋芭比以及各自的一套没穿袜子的芭比娃娃。

——桑德拉·西斯内罗斯（Sandra Cisneros）：《芭比 Q》（“Barbie-Q”）

这段话中没有任何关于小说角色的描述，而且除了“你”和“我”，没有直接提及任何一个角色。尽管如此，对于这两个角色的一些信息——他们的性别、年龄、经济条件、所处的时代、性格特征、态度、两人的关系以及叙述者的情感，我们是否已经略知一二了呢？

与现实生活中跟我们最亲密的人，比如我们的配偶、情人、亲属（这些人我们也可能无法完全了解）不同，小说的人物只能保留作者让他们保留的隐私和秘密。

——道格拉斯·鲍尔（Douglas Bauer）

学习写作的学生有时会因为需要很快交代大量信息而感到畏惧。需要记住的是，角色的可信性产生于角色得体性和具体性的结合。诀窍就是既要有能够表现角色信息的细节，同时又能使读者的注意力保持在角色的愿望或情感上。没有人喜欢读以下面这种方式开头的小说：

她是一个 28 岁的美国郊区女人，生活相对富足。当丈夫皮特离开她后，她非常痛苦。

实际上，这些信息甚至更多信息大可以包含在如下几个细节中：

皮特离她而去，只留下了 DVD 播放机、微波炉和车库的钥匙。她来到楼下的厨房，连尝都没尝就一口气吃了三瓶花生酱。

我的意思并不是说，在短时间内表现出一种角色类型的主要特征是件易事，更准确的说法应该是，这件事很有必要但也很难。开篇第一段是小说中第二重要的段落（最重要的段落是小说的最后一段），它为整个小说奠定了基调。如果你没能灵感突发，想不出合适的开头，你可能得静下心来，花很长时间仔细地斟酌和筛选，把那些不够好的都淘汰掉，直至想出既简练又引人入胜的开篇为止。

## 人物意志

小说人物的意志——驱使他做出某种行为的愿望——决定了读者对该角色的认同和同情程度，以及对他的评价。

亚里士多德在《诗学》中说："如果一个人说的话或做的事表现了某种道德意图，那么这个人便有了性格要素；如果他所说的话或做的事表现了良好的道德意图，那么这个人便有了良好的性格要素。"反面角色、人面兽心之徒、暴徒、娼妇、变态狂、流浪汉等这些充斥于现代文学作品的角色，一般很少会表现出良好的道德意图。西方文学史表现了向下和向内的发展趋势：在社会阶层方面，从皇室家族一直到豪门贵族，再到中产阶级，再到下层社会，直至被社会遗弃的群体；在表现人物方面，从英雄史诗向内发展到社会剧，到个人意识，再到潜意识，直至无意识。但有一点却始终没变，那就是当我们（读者）进入作者的世界时，我们能理解小说的主角，与他们产生共鸣，我们"明白了他们的观点和立场"。一部小说的成功，很大程度上是因为我们愿意承认小说主角身上有着我们在现实生活中不愿意承认的品质。当你阅读时，如果你与某个角色产生共鸣——暂时"成为"他，感受不同的心灵，那么你就拓宽了心灵视野。正如文学评论家劳伦斯·冈萨雷斯（Laurence Gonzales）评论摇滚乐一样，小说"让你在他人的地狱里游荡一阵子，然后发现那个地狱和你的地狱何其相似"！

> 随着年岁增长……生命变得越来越有限，深入了解别人就成了一件奇妙的事。
>
> ——李·史密斯（Lee Smith）

当然，我们也不可能认同所有的人物，那些显得含糊或邪恶的人物获得的评判肯定是不同的。在伊丽莎白·斯特劳特的《我的名字是露西·巴顿》（*My Name Is Lucy Barton*）中，名叫露西·巴顿的主角住进了医院：

> 我被推进了一个房间，有人在我的手臂上放了一支小试管，在我的喉咙下面放了另一支小试管。“握紧了。”他们说。我连点头的动作也做不了。
>
> 过了好久——我这样觉得，但其实我并不知道真正过了多久——我被推进了计算机层析扫描室，我听见几声滴答声，然后这声音消失了。我背后有个声音说：“见鬼。”我又在那里躺了好久。“机器坏了，”那个声音说，“但我们必须给病人做这项扫描，要不然医生会宰了我们。”我在那里躺了好久，感觉非常冷。我知道医院通常都很冷。我冷得发抖，但没人理睬我，我清楚他们应该给我拿床毛毯，但他们只想让机器工作起来，我知道的。

在这段叙述中，虽然没有公开的评判语言，但作者让我们对护士的冷漠充满愤怒，也让我们意识到护士同样遭到了冷漠，我们不禁会问露西的宽容是不是已经达到了极限。

## 人物复杂性

如果你的小说人物因得体、有个性而具有可信性，又因他们清晰的意志而能让读者认同或评价，那么他们必然具有复杂性。他们需要展现足够的人物矛盾性，才会让读者觉得他们属于具有矛盾性的人类；

他们应该展现一定的可能性，使小说情节的起伏变化造成人物的意志或道德的转变。换言之，小说人物需要具有可变性。

矛盾性是小说人物的核心，正如矛盾是小说情节发展的核心一样。如果小说情节以困境开始，那么肯定有小说人物在开始时陷于困境之中；而困境之所以戏剧性地出现，正是因为我们所有人都有某些特质、喜好和欲望，它们不仅会和现实世界以及他人发生冲突，还会和我们自己的另一些特质、喜好和欲望发生冲突。可能我们都知道，一个强壮、风风火火和独立的女人可能只对那些喜欢这种类型女人的男人有吸引力，但是，如果她恋爱了呢？她可能会变成一个小鸟依人的多愁善感的女人。假设一个父亲宽容、耐心、可靠，但是，如果孩子逾越了他的底线呢？这个父亲可能会把瓷器摔得粉碎，或抡起鞭子狠抽孩子。我们所有人都既温柔又暴力，既理性又感性，既坚韧又脆弱，既放肆又规矩，既大意又小心，既积极又冷漠，既狂热又压抑。也许你身上并不具有所有这一长串具体的矛盾，但作为作家，你自身也是一个十足的矛盾体，所以，如果你想发现和强调人物性格中的这些矛盾（亚里士多德称之为“永恒的矛盾”），并将其戏剧化，那么你毕生的作品中必然有很多在性情上跟你有相似之处的角色。

回顾一下文学作品中那些经典的人物，你会发现，正是人物内心的矛盾——“永恒的矛盾”——将他们一个个带入关键的两难境地。哈姆雷特是一个坚强而果断的人，但他也会拖延。乔治·艾略特的《米德尔马契》（*Middlemarch*）中的多萝西娅·布鲁克是一位理想主义的聪慧女子，但在情商方面她是一个十足的笨蛋。欧内斯特·海明威笔下的弗朗西斯·麦康伯想要在狮子面前展现自己的男子汉气概，却不敢面对狮子。下面这个例子摘自《杀死自己和孩子的妈妈》（*Mom Kills Self and Kids*）。在一个危机爆发的时刻，作者艾伦·萨珀斯坦（Alan Saperstein）用极其凝练的笔墨展现了他小说的主人公——一个男人的矛盾性，这个男人没有多少时间陪伴家人，直到当他们不在了的时候，他才明白他是多么地依赖他们。

> 我下班回到家，发现我老婆已经杀死了我们的两个儿子，她也已经自杀身亡。
>
> 我走进厨房的时候，闻到一股臭气——黑汽从炉子上的锅里冒出来。我喊道：“嗨，宝贝，今天的晚餐吃什么？”但她没有笑，也没有雀跃般轻快地跳进厨房来迎接我。我的小儿子没有冲过来抱着我的大腿问我给他带了什么，七岁的老大也没有跑来央求我跟他玩一个游戏——虽然他知道我会一脸疲惫地告诉他：“待会儿再说吧。”

在《以自我为源泉》（“The Self as Source”）一书中，作者谢里尔·莫斯科维茨（Cheryl Moskowiz）提出了一种小说写作技巧，即主要依靠发现作者性格中自相矛盾的部分来创作小说。她指出，罗伯特·路易斯·史蒂文森（Robert Louis Stevenson）的《变身怪医》（*The Strange Case of Dr. Jekyll and Mr. Hyde*）就是运用这种写作手法的一个明显范例，她还引用了小说中哲基尔医生的话：

> ……我因此慢慢明白了这样一个真理……即每个人并不真的只是一个人，而是两个人。我说两个，是因为我现有的知识还无法超越这一点……我敢冒险打个赌：人们最终会发现，人是一个多面的、不和谐的、不受约束的多人复合体。

当然，我们无从知道莎士比亚、艾略特、海明威或萨珀斯坦这些作家在多大程度上有意识地运用他们自身的矛盾去塑造小说中的角色或将其戏剧化。作家创作，不仅会从他的自身性格出发，还会根据他的观察和想象。自传文学是一个很复杂的问题，因为自传作者常常不知道自传里哪些是自己亲身经历的，哪些是自己观察到的，哪些是自己创作出来的。女演员米尔德雷德·邓诺克曾经说过（见本书第二章），戏剧之所以成为可能，是因为“人们对自己不曾经历过的东西也可以感同身受”，这个观点当然也适用于小说的写作和阅读。如果你逼着自己去写自己情感体验外缘的东西——你想象自己去做了，却可能没敢在真实生活中冒险去做的事情——那么我们可以说，你所写的东西都是自传式的，因为它们肯定在你的脑海中出现过。

## 人物变化

与速写小文和逸事趣闻不同，在小说中，人物和情景是会发生显著变化的。要检验你的小说是否包含了变化，最简单的办法就是问问自己："我的小说人物从开始到结尾是否发生了变化？小说中有没有传达这样的意思——这个人物的生活将永远不会再和之前一样？"小说家查尔斯·巴克斯特（Charles Baxter）也雄辩地指出："你就问自己：'在小说结尾看到了而小说开头看不到的东西是什么？'有时小说人物看不到浮到表面的东西，读者却能看到。"

变化这一概念常常被新手作家误解，以为变化是突发的、绝对的（从守财奴变成帮倒忙的人）。然而这样的变化在真实生活中或令人信服的小说中几乎不会发生。相反，变化应该很微妙，就像朝着某个方向迈出了一小步，或在观点上有了细微的改变，或愿意去质疑一个固有的观点，或在某个人身上或某个环境中发现了某种隐藏的价值，之前隐藏的东西现在显现出来了。小说能给我们带来的乐趣之一就是给我们提供了一个体验小说人物内心世界变化过程的机会。

约翰·勒赫为我们提供了一个看待变化的心理学理论框架："一部小说的核心在于，某个角色在其生命的某个时刻做出了一个决定性的选择，从此一切都不再是原来的样子。"小说的主要人物在这一关键时刻所做的决定关乎——甚至决定了——他的必不可少的完整性。勒赫的这句话强调了一个概念——好的小说的"完整性"，主角在关键时刻做出的那个选择体现了主角的完整性。具体来说，就是在主角做出选择时，他要么与最好的自我更和谐一致，要么与其矛盾更尖锐；就在那一刻，他的选择永远地改变了他和自我之间的关系。

小说家南希·赫德尔斯顿·帕克（Nancy Huddleston Packer）也肯定了这一观点，他说："我们现在的行为决定了我们将成为什么样的人，因为角色和事件是相互连接的，小说的结局并非偶然发生；相反，小说的结局源自小说人物，是小说人物决定了事件的发生。我们的一个个决定使我们成为后来的我们。”

## 角色再创造

还有几种你可以尝试的方法，它们可以帮助你在动笔之前构思出新颖而有感染力的小说角色。

如果你的角色是以你自己或你认识的一个人作为原型，你可以在外在方面做较大的改变：你可以把金发变成黑发，使稀疏的头发变得浓密；你可以让该角色的性别与原型不同；你可以彻底改变角色行动的场景。直接根据经验来写作的一个麻烦是，你知道得太多了——原型做过些什么，你当时的感受是什么。在这种情况下，你很难决定要把你脑子里的哪些东西搬到纸上。改变角色的外在迫使你重新审视角色，从而看得更清晰，进而把你所看到的东西更清楚地表达出来。

反过来说，如果你的角色主要是根据你的观察或凭空创造出来的，和你自己不一样，那么就试着去寻找你和这个角色内在的共同之处。如果你是一个金发、苗条的年轻女子，而角色是一个肥胖、秃顶的男人，那么你们是否都喜欢法式烹饪呢？你们是否经常做同样的梦？你们是否都害怕在公共场合表演，或者都对强烈的阳光感到不适呢？

> 我们自身不是单一的……而是多形态的。要使书中的人物鲜活有趣，就必须是多形态的。如果人物是单一的，那他们就是死的。
>
> ——萨尔曼·鲁西迪（Salman Rushdie）

我只能用自己写的东西来说明这些手法，因为只有我能将真实的自我与我虚构的人物进行某种程度的结合。在我的一部小说中，开篇的场景是女主角在后院埋葬了一条狗。我当时确实曾在不久前在后院埋葬过一条狗。我想描绘日出时佐治亚州的红色大地、相互盘绕的树根，还有空气中弥漫的腐臭味。但我知道，如果这样写，那么属于我的经历就会太多，属于我的角色的东西就会太少。我尽量让这个角色不像我。我有着黑色的长发、普通的身材，喜欢穿牛仔裤，于是我塑造了一个名叫莎拉·苏乐的角色：

> ……她的骨架很大，身材瘦长，有着又大又圆的乳房，容貌甚佳；留了一头像生了锈的钢丝网一样的头发，所以她的衣柜里满是围巾头巾之类的东西——用来包头发。和大多数的服装设计师一样，她的衣着体现出更多的独创性，而不是品位，通常有点东方人或波希米亚人的风格。有时衬衫上会饰有很多圈皮带和粗糙的金属。这样的穿着在佐治亚州的赫伯德镇多少有点另类，但莎拉不在意她的另类，因为她更注重的是自己的内在，竭力避免显得愚蠢。

这样一来，我就将莎拉和我自己区别开了。接着，我就可以透过她的眼睛，用她的手——而非我的手——来埋葬那只狗。后来，写了几页后，我又遇到了如何介绍莎拉的前夫博伊德·苏拉的问题。关于博伊德，我打了很多草稿，最后他成了一个几乎完全不同于我的人：首先一点，他是男的，而且是一个很魁梧的男人；其次，他是一个戏剧导演，有一种自然的权威气质，对于家里的事务毫无兴趣。我坐在写字台前，冥思苦想了好几天，但就是无法让这个人物既适应情节的发展又读来真实可信。写字台让我很压抑，我觉得自己被困住了，浑身不舒服；椅子和打字机仿佛也成了我写作的障碍。后来，我突然想到，博伊德也可以像我一样坐在桌前努力工作呀！于是，我便写出了下面的文字：

> 酒店的桌子差不多窄了四英尺，矮了三英尺。如果他把脚放在地板上，膝盖就碰不到抽屉了，但左右不能移动，很不自在；如果他跷二郎腿，他可以将右腿很舒服地露在桌子容膝处的外面，

但这样大腿就会被抽屉擦伤；如果他往后坐，他就会离稿纸太远，从而无法工作。

这段话并没有让我立刻进入博伊德·苏拉的内心去，也没有解决我塑造他性格特征的所有问题，但它可以让我的小说情节继续向前推进，并写出了我对他的一丝同情，这种同情后来变得比我之前构想的要深得多。

通常，你找到了你和角色的共同感受，也就搞清楚了这个角色在小说中的重要性所在——你究竟为什么要写这个角色？即便这个角色是一个恶棍，你们之间也会有共同之处，而且我指的是不可宽恕的邪恶之处。如果他是一个极其自负的人，你可以在镜子前观察你私下里的手势，然后将其借用在写作中。如果他是一个残酷无情的人，想想你如何在钓鱼时将鱼饵穿到鱼钩上。

我曾想不通我们今天还在饰演或阅读的契诃夫笔下那些比我们更繁忙、更欢快、更机敏的人物……因为在我看来，常常是一个人物刚开始让人不胜其烦，立马又变得妙趣横生起来了。

——罗塞伦·布朗

没有什么绝对的要求规定作家在现实生活中必须老老实实、规规矩矩。一些伟大的作家曾经在公共场合丑态百出，或在家里专横独裁，或是情场骗子，或是纳粹分子。好的作品需要的是作家在纸上吐露真言——不是角色在葬礼、惊喜派对和床上应该如何表现，而是他们在这些场合可能会如何表现。为了培养这种将所观察到的事物诚实地再现纸上的能力，你首先必须诚实地审视自己——虽然你在言行上也不一定诚实。

## 塑造人物群体

有时你需要在同一个场景中介绍几个或很多人，但这应该不成问题，因为塑造多人总的原则跟个体人物的塑造非常相似，正如摄影——先拍下全景，再给出特写。换句话说，先给读者一个大场面之感，然后用几个细节去表现个体的特征。如果你开始就用很多笔墨去描写某一个角色，我们容易觉得这个人是独自一人，例如：

> 赫姆透过挡风玻璃看过去，突然松开了踩在油门上的脚，心想：糟糕，油门不听使唤！黄灯已经亮了，旁边的车已经停了下来。他慌忙摸了一下仪表盘，结果广播被打开了，广播里正在播放卖树脂护墙板的广告。他感到背疼，眼睛痒痒的。还有一百四十英里的路程！

如果你这个时候再去介绍赫姆的妻子、两个孩子和一条狗，我们将不得不快速转换脑海中的场景画面，会感到很不舒服。所以，建议你最先描写整辆车，然后再把镜头缩小到赫姆身上，比如：

> 赫姆透过挡风玻璃望了一眼，然后瞄了一眼英佳，她正靠着窗子睡觉，小声打着呼噜。孩子们也已经有半小时没有发出声音了，只有向后仰着头睡觉的奇拉会时不时地发出像狗狗一样的喘气声。他的脚突然松开油门，心想：糟了！……

如果场景中包含了好几个角色，需要立刻出场露面，先按群体来介绍他们，然后再向读者展示几个表现人物特征的细节。例如：

> 有好几把枪同时指着他，他定了定神，默数了一下，他们一共有四个人。“有话好说！”他再次说道。有三个年龄较大，其中一个个头跟侏儒差不多，还有一个穿着制服夹克——对他来说显得太大。年轻的那个很胖，用他们的行话，语速很快地对他说了一通话。

要塑造角色群体，在交代了这群人后，还有必要再给读者提供一些细节。当你给读者举出一些例子和意象时，他们更能充分相信这个角色群体。下面这个例子选自唐·勒利罗（Don Lelillo）的《下层社会》（*Underworld*），其中，勒利罗介绍了一群人中的两类人——伺机偷偷溜进棒球场的男孩和有票的人：

> 他们用贼精的眼神发现了彼此，发现了同样有头无脑的同伴，而现在他们就站在这里。他们是从地铁里爬上来或来自黑人住宅街区的黑人和白人的小孩，是一群劫匪，一共十五个。据有些传言称，每五个人中有四个能溜进去、一个会被抓。
>
> 他们紧张地等待有票的人将十字转门打开——那群散漫的球迷、流浪者、小混混。他们望着从市区来的晚到的出租车，从车里下来的人一个个涂着润发油，风度翩翩地走向玻璃门。他们中有政策银行家、夜总会的座上宾、百老汇的大腕明星、政府高官。而这群孩子正在远处扯掉他们袖口的线头。

请留意第一段中或妙笔生花或俏皮的语言——“贼精的眼神”“有头无脑的同伴”“一群劫匪”——表现了这伙我们并不陌生的男孩的与众不同；而第二段中的细节——“散漫的球迷”“涂着润发油”“风度翩翩”“夜总会的座上宾”“百老汇的大腕明星”——让我们看到了一群男人的群体形象。同时请留意勒利罗保留了最为聚焦的形象——“扯掉他们袖口的线头”——在段落结尾轻轻一笔为整个叙事画上了句号。

> 与说话平庸者交谈真令人厌烦。
>
> ——弗吉尼亚·伍尔夫

还请留意下面场景中在人群中显得更有学问的那个人物：“巴黎萨伯特慈善医院的大堂相对安静。”哲学家罗兰·巴尔特在大堂里昏睡着。这段人物的特写与上面很相似：

> 朋友、仰慕者、泛泛之交者、纯属好奇者排成一排坐在这个伟大人物的床边，他们把医院的门厅塞得满满的，低声交谈着，手里拿着香烟或三明治或者报纸，或者拿着居伊·德博的书或米

兰·昆德拉的小说。

——洛朗·比内（Laurent Binet）：《语言的第七功能》（*The Seventh Function of Language*）

请留意细节是如何变得越来越具体的，以及细节是如何使我们越来越近地理解人群中这样一个人的。这些细节包括香烟、报纸、三明治和符合某种精确品味的高雅读物。

如果借助一位叙述者来引入这个人群，那么这位叙述者将不可避免地得到与人群一样的刻画。前文所列举的艾伦·古尔加努斯的《序曲》就是运用这种策略的绝佳例子。

## 人物日志

不管你用直接表现人物特征的方法，还是用间接表现人物特征的方法，还是两种方法都使用（这是最常见的情况），一个完整而丰满的人物角色都既要有可信性，又要有复杂性，而且能表现出角色的意图（这种意图或多或少地表现出他的道德修养），并且在小说情节发展的过程中，这个角色会经历某种也许很小但意义重大的变化。为了能挖掘出这些角色要素，人物日志将会给你巨大的帮助。

作为一名作家，你有时会幸运地通过巧妙的想象一下子塑造出完整、丰满的人物，他有各种手势和姿态、丰富的经历和爱好；有时要经过深思熟虑、精心构思，慢慢地刻画出人物，让其逐渐成形，这也是一种幸运。

不管是哪一种情况，尤其是后者，人物日志都可以帮助你慢慢地探索和打磨，而不用急于决定把某人或某事写进小说里。不管你日后用不用日志里的角色，日志都可以帮助你了解人物角色的所有事情。将角色写进小说前，要弄清楚该角色睡眠好不好、午餐吃什么，他买了什么，他是如何付账单的；要清楚你的角色晚上和周末打算怎么过，为什么这些计划最终未能实现；要清楚该角色有什么关于宠物、父母、下雪或上学的记忆。这些信息最后你可能没用上，但这个过程教会你去想象书中人物如何摆弄手中的铅笔，如何玩弄自己的一缕头发，什么时候以及为什么。当你了解了这些之后，你就比凭空创造向前迈进了一步：你已经通过想象成为你的角色，住在他的身体里，他的每一个动作都让读者觉得非常真实。

你可以用人物日志将你对其他人的观察记录下来。比如，你可以记下那个惹怒你的图书管理员或给你留下深刻印象的酒吧独酌者，你可以在日志本上描绘一下人物的手势、身体特征或衣着打扮等。想象一下图书管理员刻薄以及酒吧独酌者孤独的原因，想象一下他们的过往经历。试着将一个角色从一个环境放到另一个环境。让你的角色陷入困境，也许你就可以酝酿出一篇短篇小说。

### 人物塑造技巧小结

下面对本章和上一章中的人物塑造的实用建议进行总结：

（1）记住直接表现人物特征的四种方法——人物对话、外貌描写、行为描写和心理活动描写，以及间接表现人物特征的两种方法——作者阐释法和其他角色阐释法。

（2）通过一种或多种表现人物特征的方法与其他表现人物特征的方法之间的矛盾，来揭露人物的矛盾性。

（3）想清楚塑造某个小说人物类型的因素：年龄、性别、种族、国籍、婚姻状况、地域、教育背景、宗教信仰、职业。

（4）突出人物的外貌、衣着打扮、随身物品以及人物的行为举止，让读者能特别注意到。

（5）审视人物对话，确保人物对话的功能不仅仅局限于传递信息——对话能否表现人物特征、说明信息？能否表露人物的情绪、意图或变化？能否通过对话间的留白来加深戏剧冲突？对话标记词是否用了“说”？

(6) 使用日志来探索和积累有关小说人物的灵感和想法。想清楚你的角色的生活细节：在一天中的不同时刻，他会做什么、想什么、回忆什么、需要什么、喜欢什么、不喜欢什么、吃什么、说什么、有什么打算。

(7) 弄清楚你的角色想要什么东西，既可以根据现实生活，也要具体结合小说故事的情境。记住角色的意图，并据此推断角色在各种特定的场合会做出什么样的决定。

(8) 寻找人物一贯的矛盾性，然后突出它，并将它戏剧化。你的角色有没有什么想要的东西和他想要的其他东西是冲突的？什么样的心理和行为方式与他的根本目标相悖？

(9) 如果角色基于现实生活中的原型（包括你自己），那么就对该角色的外在特征进行一番大改造。

(10) 如果角色与你不同，或对你来说很陌生，那么就要找到你们在心理或情感上的共同之处。

(11) 构思人物行为时，要让你的角色去发现、去决定，确保所发生的是行为，而不仅仅是无意义的事件或动作，换言之，事件或动作要包含人物变化的可能性。

## 写作练习

1. 一个人物正努力教另一个人物做某件事（实用的、居家的、机械方面的或技术性的），教的人不怎么会教，学的人也不善于学。从作者阐释的视角来刻画当中的一个人物，通过对话的方式来刻画另一个人物。

2. 描写一个情景，一个男人（或男孩）质询一个女人（或女孩）的母亲的情况，把这三个人物刻画出来。

3. 用外貌、行为、言语和思想四种直接表现人物的要素来描写一个情景，使其中的一个要素与其他三个构成冲突。

4. 用作者阐释法来对一个人物进行描写，兼顾一般描写与评判描写，还要有细节。让细节与概括描写形成对立（如：拉里是这个街区最懂礼貌的孩子，他收藏了一套黄铜弹珠，只要50美分就可以给你看；只要你愿意帮他举着靶子，他还会让你给他的玩具枪上扳机呢）。这个人物说了什么？对谁说的？接着做了什么？

5. 让人物接受搭乘某个他不甚了解的人的顺风车。使用间接作者的声音，让读者了解车子的详细情况——品牌、车型、颜色、车况等。使用直接表现人物的方法，让读者了解这两人是谁，他们说了什么，发生了什么。告诉我们结果是什么。

6. 从作者的角度创设一群人，然后从中选出两个人，直接表现这两个人，让读者通过人物的对话来了解人物对事件或经历的不同看法。当回到对人群的描写时，要使用作者的声音，这样来回转换几次。

## 推荐阅读

[1] “Girls at War”
Chinua Achebe

[2] “Aren't You Happy for Me”
Richard Bausch

[3] “Saint Marie”
Louise Erdrich

[4] “Girl”
Jamaica Kincaid

[5] “Kindness”
Yiyun Li

[6] “Orbiting”
Bharati Mukherjee

[7] “St. Lucy's Home for Girls Raised by Wolves”
Karen Russell

[8] "Love and Hydrogen"
Jim Shepard
[9] "A Different Road"
Elizabeth Strout
[10] "The Flowers"
Alice Walker

# 第五章 “很久以前”与“遥远的地方”：小说的背景

- 氛围：地点、时间与情绪

  人物与地点的和谐与冲突

  象征的地点

- 叙事时间的几个方面

  简述与详述

  白空间

  倒叙

  慢动作

- 写作练习
- 推荐阅读

我们与地点、时间和天气的关系，就好比我们与衣服和其他物品的关系一样，充满了或微妙或深邃的情感。这种情感蕴含着或温和或严厉的判断，它随我们所遇到的事情而变化。进入有些房间会让你有笼中之鸟的感觉，你极不情愿走进去，飞也似的逃出来；而另一些房间却可以成为你的安乐窝，令你久待不厌。有些风景能让你兴致高昂，有些则让你兴味索然。寒冷的天气既可以使你精力充沛、活力四射，也可能使你缩头缩脑、苦不堪言。你可以把自己描述成夜猫子，也可以把自己描述成喜欢早起的人。曾经给你幸福、被你视若珍宝的房子现在却让你想到了失败和死亡。

上述情感均可在小说中被运用，以增强或者制造小说的戏剧效果。正如有意义的细节能产生感官印象和抽象的效果，故事的背景同样赋予了故事信息和情感。同样，就像行文的节奏必须与作者的意图相一致，叙事的地点和时间也必须与作者最终想表达的意义相一致。比如，人物对话的背景在对话进行时是有多重功能的，背景揭示了情感，使人物变得生动，暗示了故事的象征意义。

人物本身就是地点与文化的产物。我们需要知道在什么样的氛围中人物会那样做，从而理解那一行为的意义。在玛格丽特·米切尔(Margaret Mitchell）的《乱世佳人》（*Gone with the Wind*）中，斯佳丽·奥哈拉之所以有那样的行为，是因为她成长于温暖、湿润、富裕的环境，周围都是忠诚的奴隶，她从来没有考虑过奴隶们的生活。托尼·莫里森的《宠儿》（*Beloved*）中塞丝的行为源于她被奴役并成长于同样温暖而湿润的环境，在获得自由后，她终日生活在害怕奴隶主会找她和孩子们的麻烦的恐惧中。小说作家迈克尔·马尔托内（Michael Martone）说，真正有效的小说背景的创设方法类似于 20 世纪 30 年代至 40 年代初邮局里的彩绘壁画。这些壁画上的每一个人物都有自己的小故事，同时这些小故事又贯穿于整幅壁画的大故事中。当我们站在壁画前观察这些人物时，我们可以看出他们之间的社会关系，同时我们也看到了这些人物所处的历史阶层和社会等级。我们可以从他们的建筑、创造的东西、日常用具、交通工具、农业生产以及他们驯服和控制自然的努力中，发现这些人物的历史阶层和社会等级。

马尔托内说："通过大量的细节设计，这些壁画在传递出广阔的社会历史和社会生活的同时，也传递出了个人的具体的抗争。从实用的角度来看，把故事的背景置于这种肥沃的土壤中，一定会发生很多有趣的故事，故事人物也有广阔的活动空间。"

## 氛围：地点、时间与情绪

小说必须营造氛围。如果没有氛围，人物就失去了生命力。

故事氛围的一部分是背景，包括场所、历史阶段、天气状况和一天当中的具体时间。氛围的另一部分是基调，是通过叙述者的语言所传递的一种态度，可以通过情绪、情感或特质进行描述。基调有这样几个特征：险恶、讽刺、庄严或嘲弄。通过背景和基调的协同作用，可以营造出最佳的氛围效果。险恶的氛围可以部分地通过句式、节奏和词语的选择来营造，也可以部分地通过黑夜、雾气和荒凉的景致来营造。作者可以用直接的信息为读者进行空间和时间的定位（如："1969 年夏天牛轭湖的南岸……"），这可以作为展现某种写作目的的最佳开头，但用具体细节揭示背景可能是揭示人物特征更为有效的方式（如："黑乎乎的污水上面聚集着一群嗡嗡叫个不停的虫子……"）。此处的信息是间接的，我们可能不会一下子就获得全部信息，但体验是直接的，即刻就把我们带入了场景并揭示了人物的态度，这个态度暗示了人物与场景的关系。

> 我的书都是以相同的方式开头……通常只营造强烈的时空感觉。给读者一种真实的氛围感——我一直是这样切入故事的。
>
> ——詹妮弗·伊根

用于表现背景的语言为实现作品的最终意义提供了重要的线索。在科马克·麦卡锡（Cormac McCarthy）的《骏马》（*All the Pretty*

*Horses*）中，一个洪亮的叙述声音暗示了悠久的智慧：

> 他们说，一个人离开了自己的祖国，他割舍的东西不是一点点。他们说，一个人出生在一个国家不是出于偶然或是别的。他们也说了，一块陆地形成的天气和气候也造就了几代人的内在命运。

同样，在我的小说《穿石》（*Cutting Stone*）中，女主角饱受不得不离开自己祖国的痛苦，也做出了个人的、更为谦卑的叙述：

> 她思忖：历经沧桑，一种景观才得以形成；再经历沧桑岁月，这景观才会在你的身上留下烙印。我就是此景观的化身。

在写作实践中，由于字词承载着累加的韵味，情绪将不可避免地由地点和时间来显示。标准的童话故事的开头往往蕴含了遥远而神奇的背景，并且勾起了读者对即将在此背景下发生的故事的期待，任何个人细节都将改变并增强那种期待。你对下面这些童话故事的开头会有何期待呢？

> 从前，在大海边的一个王国里……
> 从前，在菜地旁边的一个简陋的木屋里……
> 从前，在一片无边无际的漆黑的森林里……

从“王国”和“大海”、“简陋的木屋”和“菜地”，或者“无边无际的漆黑的森林”中，我们立刻就能知道我们读的是什么样的故事。你可以选择能够使时间和地点变得生动形象的措辞来利用并增强这种氛围。下面是三位当代作家分别以墨西哥①、非洲和伦敦为背景的作品，什么样的词句激发出了什么样的期待？地点当中的哪一个是最危险的？

> 然后到了主体 85 年，洪水泛滥。接连下了三个星期的雨，而大喇叭里绝口不提房屋倒塌、堤坝坍塌、村庄接连被冲毁的灾情。

---

① 根据引文内容，此处应为朝鲜而不是墨西哥。

人民革命军忙着抢救即将被洪水淹没的松里58号工厂，战士们拿着分发到的绳索和手钩把清津江里快要被冲进海湾的人们捞回来。

——亚当·约翰逊（Adam Johnson）：《孤儿领袖的儿子》（*The Orphan Master's Son*）

他们轻松通过了检查站，不一会儿就上了大路，从高处绕着灰白色的城市行进。多莉注意到了路边的摊贩，这些人通常是小孩，吉普车靠近的时候他们就手捧着水果或举着标牌兜售。

把城市甩在后头让他们轻松了起来，他们把车开进像沙漠一般的空旷大地，羚羊和奶牛啃吃着稀疏的植物。

——詹妮弗·伊根：《恶棍来访》（*A Visit from the Goon Squad*）

伦敦电力网络的复杂之处在于夜间能够依稀照亮赛义德和纳迪娅所在的地区、城市边缘的庄园、由政府武装力量把守的路障及检查站、由于某种原因无法连成一片的分散的小块区域以及遍布城市的不规则的建筑物，这缘于一个勤劳的移民冒着触电的危险把电线接入通着电的高压电缆。

——莫欣·哈米德（Mohsin Hamid）：《出走西方》（*Exit West*）

## 人物与地点的和谐与冲突

如果说人物是小说想要突出表现的内容，那么背景就是人物的衬托。正如绘画的构图一样，小说的人物与背景既可能是和谐的，也可能是矛盾的。打个比方，一想到乔治·修拉（Georges Seurat）那幅有名的印象派画作《大碗岛的星期天下午》（*Sunday Afternoon on the Grande Jatte*），我们眼前就会出现一幅女士们打着遮阳伞、在荫凉的大树下散步的夏日风景画。而西班牙画家若泽·科尔蒂霍（José Cortijo）画了这样一幅女孩的圣餐日肖像画《第一次圣餐》（*Primera comunión*）。画中的女孩身上搭着一件蕾丝小披肩，噘着嘴，一脸不高兴地坐在那把雕刻精美、带扶手的靠椅上。这幅画的背景则是一个简陋、昏暗、家徒四壁的小木屋。

> 我确实认为是地点造就了人物，而且人物与地点是须臾不可分离的。作家可以从特定的地点挖掘到很多东西，比如叙述的声音、不同类型的隐喻、人物、冲突等。
>
> ——安德鲁·斯科特（Andrew Scott）

背景中的情绪最能表现我们与之有着相同观点的人物的情感反应。小说中的时间、地点、情绪、人物和行为往往是相互影响的，彼此都会增强、赋予、对抗或创造对方。

> 海伦娜在萨尔瓦多租住的公寓天花板很高，地上铺着大理石，窗户也很大。即使巴西夏日的下午，滚烫的热流涌了进来，房间也总是显得很凉爽。只要她背靠阳台，就能看到街道尽头的女修道院，从沿路的红瓦屋顶望过去就是通往大海的海港。
>
> ——劳伦·格罗夫：《萨尔瓦多》（“Salvador”）

这里，时间和地点的细节创造了人物所看到的轻快而平静的氛围：高高的天花板、很大的窗户、沿路、通往大海。唐·勒利罗的《下层社会》描写的是一个更为矛盾的人所看到的情景：

> 年老的修女天蒙蒙亮就起床了，感觉全身的关节没有哪个是不疼的。从开始做见习修女时，她就每天这个时候起床，跪在硬木地板上做祷告。她先打开窗户，窗外就是造物主的作品——绿色的小苹果和易传染的疾病。

注意两个事物：第一个是同步出现在丰富而高效的篇章中的人物、背景和情绪，第二个是背景能够被操控来表达预料得到或预料不到的含义。在下面的文字中，J. G. 巴拉德（J. G. Ballard）刻画了第三种人物，他从窗户看出去，看到的是充满欢乐的监狱：

> 幸运的是，他的地牢朝南，一天中的多数时间阳光都能照进来。他把阳光的弧线分成10等份。白天阳光充足的时候，他从窗

台上撬下一块硬砂浆来做出间隔标记。他继续把分隔好的部分分成 12 小等份。

与监狱的这种矛盾情景不同，在下面这段描写战争的情景中，士兵的艰苦处境与我们的预期是一致的，但细节描写也给士兵们增添了情感的负载和深度：

> 连绵的雨水让战士们的靴子和袜子里开始长出霉菌，他们的袜子腐烂了，脚上的皮肤变白变软了，用指甲一刮就能刮下来。希丁克·哈里斯一天晚上尖叫着醒来，原来是他的舌头上叮了一条蚂蟥。不下雨的时候，原野上雾气弥漫，先前穿着不同颜色制服的部队，后来制服统一变成了灰色，战争真是让人感觉寒冷、绝望而糟糕透了。
>
> ——蒂姆·奥布莱恩：《追寻卡西艾托》(*Going After Cacciato*)

只要背景和人物的情绪之间出现了不和谐，“叙事的内容”或故事的素材就有了。修女的疼痛和她对万物的矛盾心理以及士兵们暗淡的处境已经引出了冲突。但作为读者，我们完全有理由期待监狱不是一个常规的空间，我们对格罗夫的小说中那个令人轻松愉快的房间也不会感到惊讶——不一会儿就会有个男人从街上盯着女主角看。

请留意，上面这几段文字中的和谐感、熟悉感、舒适感或与此相对的感觉都不是通过读者或作者对这些地点的感觉来进行衡量的，而是通过我们与之有着相同看法的人物的态度来表现的。当然，在人物的看法与读者的看法之间形成一种断裂也是有可能的，这将表明会对人物做出全部或部分的评判。比如在我的小说《穿石》中，背景是 1914 年的亚利桑那州，我们知道埃莉诺·波因德克斯特是位来自巴尔的摩、在一个漫天风沙的沙漠小镇流浪的爱尔兰天主教名流。为了找寻天主的慰藉，她冒险来到了墨西哥人的社区：

> 棕色的房子外面贴着波纹状的金属、板条和布条。其中一间房子里，一个女人不停地咒骂着。她经过第一间小屋的时候，一只腿毛已经掉光的公鸡在门槛前挣扎。穿过街道，一个还不怎么

站得稳的小男孩全身只穿着一件肚子部位已经破了一个洞的汗衫，守在垂着布帘的门口，木然地看着她。这一切颇有似曾相识的感觉，假如有人问起她在一个沙漠贫民窟的大街上能看到什么，她不用费力就能想到那只脱毛的公鸡和那个穿着破烂汗衫的小孩。

埃莉诺在一个陌生的环境中以她自己固有的见解发现了“熟悉的”事物，因此在她和读者之间制造出了距离。正如你所期待的，小说关注的是她的转变，直至她最终选择了墨西哥式的生活。

与此类似，也可以通过未具体说明的叙述者对背景的一贯态度来激发读者的期待，在此情形下，读者可能期待的是某种变化或矛盾。下面是 E. M. 福斯特的《印度之行》（*A Passage to India*）的开篇：

> 除了 20 英里外的马拉巴尔石窟外，昌德拉布尔城毫不起眼。恒河从城边流过，带不走城里的废弃物，昌德拉布尔城在河岸绵延数英里，几乎很难把这座城市和随意堆放的垃圾区别开来……街道显得很小气，寺庙也很冷清，倒是有几处精致的房子掩映在花园中或远处的巷子里，不过那满地的垃圾足以把人吓跑，除非你是应邀而来的客人。

接下来的叙述毫不留情地描绘了昌德拉布尔城的凄凉景象：泥造的、像稀泥般移动的、卑微的、单调的、腐烂的、臃肿的、凹陷的、低劣又不可摧毁的生命形态。这样的形象描写完全是一边倒的，极尽贬低之能事，以至于我们会期待接下来的叙述中将出现神奇和美丽的事物。相反，弗吉尼亚·伍尔夫的《达洛维夫人》（*Mrs. Dalloway*）的开篇呈现的对伦敦和春天的赞美、对生命的热爱，让我们怀疑这背后潜藏着死亡和仇恨。

> 拿闻名的城市做背景是种挑战……我描写这种地方甜美、黑暗的本质，这里各种各样的事物和人，以及游客看不到的生活。
>
> ——巴布·约翰逊（Barb Johnson）

现实性背景可以由记忆或研究进行构建，但完全靠想象的魔幻世界给心智造成了新的和不同的界限。很久以前在遥远的地方、梦境、地狱、天堂、垃圾井、中土世界、霍格沃茨寄宿学校以及潜意识等，都是小说的有效背景。即使是乌托邦小说，也要用大写的 N（Nowhere）来设定一个不存在的背景［或者像塞缪尔·巴特勒（Samuel Butler）那样把 Nowhere 反过来拼写成 Erehwon］。乌托邦小说的故事发生在一个不存在却特征鲜明的背景中。太空是小说创作中令人激动的背景，这完全是因为它不在我们熟悉的世界范围内。但这并不意味着作家不需要对太空自身的特征、氛围和逻辑做出描述，如果要描写太空，这些必须在小说中被鲜明地表现出来，因为我们没有多少经验可供借鉴。

> 正当飞船穿过内特拉斯（Ne Theras）山脉最后一个高高的山口向南转时，夕阳照了进来，照到了薛维克的脸上，把他弄醒了……他把脸贴在满是灰尘的舷窗上。果然，下面两座低矮的铁锈色的山脊中间有一个很大的被围墙包围着的发射场。他急切地凝视着，想看看发射台上是否有宇宙飞船。乌拉斯（Urras）是文学作品中的一颗恒星，与安纳瑞斯恒星并存，尽管不讨人喜爱，但仍不失为另一个世界。他希望看到一艘来自这个世界的飞船、一个来自干燥而恐怖的地狱的航行者、一件外星人制造的东西，但发射场里看不到飞船。
>
> ——娥苏拉·勒瑰恩（Ursula Le Guin）：《放逐者》（*The Dispossessed*）

即使我们是在太空，对人物也不熟悉，但我们仍然是在一颗跟我们自己的星球有着相似之处的星球上——西沉的太阳、山口、围墙、发射场、山脊——我们也感觉到了人物的期待，这跟我们在新的环境中所期待的是一样的。而且“很肯定”，我们也去过某些具体而真实的地方。正是那种很具体的真实性，使我们被故事深深吸引。

## 象征的地点

自从荷马史诗《伊利亚特》里的黎明女神照亮战场以来（毫无疑

问此前亦是如此），诗人和作家们就以历史、黑夜、风暴、星星、大海、城市以及平原作为背景，使他们的作品具有了触及整个宇宙的感觉。

有些时候，宇宙可以给我们提供答案。莎士比亚的戏剧就一直把天体间的矛盾和国与国之间、人物与人物之间的冲突进行类比。在《救人就是救自己》（“The Life You Save May Be Your Own”）中，弗兰纳里·奥康纳就有意使用了一些莎士比亚式的元素，让背景反映和影响主题。在这个经典的故事中，故事的主角谢弗特利特先生是个大骗子，他先是追求那个身体残疾的乡下女孩，然后又抛弃了她，偷走了人家的车子，在那个“闷热”的天气驾车逃走。谢弗特利特祈求上帝“把人世间的污浊之物都冲刷干净”。这种种行为与标题产生了讽刺性的呼应，表明谢弗特利特诅咒的正是他自己的生命。

> 过了一会儿，身后响起隆隆的雷声，豆大的雨点像铁皮罐头一样砸在谢弗特利特先生的车屁股上。

然而，读者并没有意识到这一象征性的介入。背景自始至终是自然且令人信服的，直至上天用咆哮做出评价。

我是从包容性的角度来看待这种象征可能性的。象征性背景是一项有难度而且高级的技巧，对莎士比亚和奥康纳而言不算什么，但我不主张刚刚开始创作的人去尝试。作家的一大优势是可以自己创造一个世界。他们通过语言使地点、时间和其他要素产生了情感效果。查尔斯·巴克斯特在《烧毁房子》（*Burning Down the House*）中就写作过程的最佳理想状态提出了忠告：

> 小说人物身边的物品和事物与人物享有相同的地位和能量。我对背景的定义是——背景不光是行为发生的地点（地球也不光是我们的生命碰巧产生的理想之地）。

## 叙事时间的几个方面

文学，就其本质和题材而言，是一种以其他艺术形式所不具有的方式与时间联系在一起的艺术。绘画呈现的是定格的时间，观赏时间的长短则由观赏者自主选择，不需要满足外在的标准来表明你已经看过那幅画。听音乐需要一定的时间，而且听不同段落的时间很重要，但这段时间也是固定的，与音乐世界之外的时间没有关联。一本书，也需要时间去阅读，读者可以选择自己的阅读速度，而且可以根据个人意愿开始或停止阅读。

但就叙事本身而言，最重要的时间关系是内容时间，即故事所涵盖的那段时间。写一个 20 分钟就能读完，而且延续 20 分钟动作的故事是可能的［让-保罗·萨特（Jean-Paul Sartre）就做过这种持续现实主义（durational realism）的实验］，但谁也没有说过小说一定要这么写才行。有时这段时间是微缩的，有时这段时间是被拉长的。一部从古至今的世界史，我们可以用一句话就把它说完；四秒钟的危机，我们也可以用一章的篇幅来书写。有时甚至可以同时实现这两种效果：威廉·戈尔丁（William Golding）在《品契·马丁》（*Pincher Martin*）中用整部小说讲述了主人公从脱靴子到溺水身亡时靴子还没脱掉这段时间的故事。但是，当一个学生问道："这中间到底用了多长时间？"戈尔丁的回答是："永恒。"

## 简述与详述

简述与详述是小说处理时间的两种方法。简述是用相对短的篇幅来涵盖相对长的时间，详述则是用相对长的篇幅来解读相对短的时间。

简述是一种用于提供信息、补充人物的背景、使我们理解某个动机、变换步调、形成过渡、产生时间跨越的有用且十分必要的叙事手法。下面这个例子就是用 3 个句子叙述了我们需要知道的全部情景和历史背景，涵盖了 50 年的简述叙事：

> 一来二去 50 年了，滔滔不绝地唠叨、唠叨、唠叨，喋喋不休地呱唧、呱唧、呱唧。无论妹妹做什么，妈妈都觉得不满意，爸爸也不例外。她搬到英格兰，找清静去了，后来嫁了个英格兰人，

这个人死后，她又嫁了个英格兰人，但事情远没有结束。

——莉迪亚·戴维斯（Lydia Davis）：《我的姐姐和英国女王》（“My Sister and the Queen of England”）

下一个句子引入的详述是我们所关切的：“后来她被授予了英帝国勋章。”

简述可以被视为小说的黏合剂，详述则是构筑小说的砖石。详述与动作有关，是读者与人物一起体验故事必不可少的手段。尽管简述是一种有用的叙述工具，但详述对小说创作也是很有必要的，它可以让读者看见、听见和感受到故事在不同瞬间的发展。杰罗姆·斯特恩在《如何写好小说》中敏锐地指出，就像小孩子使性子一样，当你想让别人完全关注你时，可以“使用详述”，使出作家的全部本领，如“对话、身体反应、姿势、气味、声音和思想”。

只用详述而不用简述，也有可能写出一部短篇小说。完全用简述的方式来成功地完成一个故事却是不可能的。初学小说写作的作者最常见的错误之一是，对事件进行简述而不是把事件化作不同的时刻。

下面这段选自玛格丽特·阿特伍德的《神谕女士》（*Lady Oracle*），讲述的是在叙述者和比她年龄大的女孩们从女童子军团回家的路上，年龄大的女孩们说附近有一个坏男人，以此来捉弄叙述者的故事。

雪融化了一半，然后变成了水，像两条小溪顺着大桥的斜面流了下来，刚好流到小路的两旁，使小路变得泥泞。这座桥有些潮湿，闻着有些腐烂的味道。柳树的枝干变黄了，抽出了嫩的枝条。此后几天的下午，天又晴了。有一天下午，在女孩们讨论伊丽莎白还没有发生变化，但是有可能发生变化时，真的出现了一个男人。

他站的地方离桥边有一段距离，在小路边上，胸前别着一束水仙花。这个男人长相不错，年龄三四十岁，穿着质地很好的花呢外套，一副风度翩翩的样子。他没有戴帽子，栗色的头发向脑后梳着，阳光把他的额头照得发亮。

第一段文字介绍了几个月以来的情况，然后就过渡到了一个特定的下午；第二段文字明确了一个特定的时刻的状态。请留意，尽管简述将我们与动作隔离开来，但感觉到的细节对故事还是很有必要的：雪、小路、桥、柳树的枝干、嫩的枝条。在我们专注于某个特定时刻的时候，这些细节就更能吸引注意力。更重要的是，当出现冲突或对抗的时候，详述就恰到好处地出现了。那个原先被描述为坏男人的人真的出现了，但令人惊讶的是他是个文雅体面的人，因此造成了故事的转折，以及和女孩们之间关系的变化。我们要能够看出这一变化发生的时刻。

异国风情的神话在你一踏上印度的加尔各答、向当地人问起什么是异国风情，然后他们说“艾奥瓦啊！”的时候就被打破了。凡不属于自己故乡的地方就是异国。

——鲍勃·沙科奇斯（Bob Shacochis）

《神谕女士》这部小说自始至终遵循这样一种模式：简述引发详述，详述代表故事的转折点。当然，这样做并没有什么不寻常的。

> 我的工作相当简单，就是在射箭场的后面，穿着一件有兜的红色皮革围裙，把箭租给顾客。当桶里的箭快用完时，我得到稻草靶子那儿把箭取回来……
>
> 这个工作难就难在，我们不确定去靶子那里取箭时，是否所有的箭都已经射了出去。罗布会大声喊：“把弓放下，取下弦上的箭。”但偶尔也会有人故意或不小心把箭射出去。我就是这样被射着的。我们取完了箭，其他人抬着箭筒往回走，我正在更换靶子，刚一弯腰就被射中了。

上述段落的简述属于最常见的两种类型。第一段的简述是按顺序展开的，把事件按顺序进行安排，但经过了压缩：雪先是半融，然后化成了水；柳树的枝干变黄了，抽出了嫩的枝条——仅仅用了一个段落就完成了从冬天到春天的过渡。第二段节选的简述是跟环境有关的，描写了一段时间当中总体的环境变化，即日常的或经常发生的事情。叙述者“在射箭场的后面”，然后去清理靶子，“罗布会大声喊”。接着是叙述者遇到了一件改变环境的事（“我被射中了”），她聚焦的是一个特定的时刻——“我正在更换靶子，刚一弯腰”。

要弄清楚简述与详述的区别，可以拿顺序、环境和情景跟你自己的记忆做一下比较，记忆也是存在显著浓缩的情况的。你可能会把自己的过去当作一次穿越时间的运动：“我出生于亚利桑那，18 岁之前我一直和父母生活在那里。在去英国之前，我在纽约待了三年。”或者你可能记得在那期间某个时段事物的样子：“在纽约，我们常去百老汇大街吃夜宵。在回宿舍之前，朱迪总是用激将法让我们做一些无聊的或其他什么事。”但是，当你想起让你的生活发生重要改变的事情后，你的脑海中就会有一段详述：“一天下午课后，博维教授在走廊里叫住了我，晃着他的眼镜问道：‘你考虑过去英国读书吗？’”

简述的功能是按顺序和环境进行叙事，目的是增强详述。简述可以在详述之前或详述当中来使用，其作用是与过去建立关联、增强情绪感染力、在我们对即将发生的事情满怀期待的时候起到延缓作用。简述会在戏剧性的时刻——如发现、决定、发生改变的可能——吸引我们的注意力。下面这个选自罗塞伦·布朗的《天伦劫》（*Before and After*）的例子就达到了上述三种效果。这个例子讲述的是一位父亲由于听到一个年轻女孩被谋杀的报道而深感焦虑，于是在漆黑的车库里检查他儿子的车子。

> 在灯光的映照下，雪变成了淡紫色，就像你在天文馆里看到的奇怪的照明，它改变了其他东西的颜色，把白色的电光变成了蓝色。雅各布和我喜欢去波士顿的科学博物馆，那时他还是一个容易为博物馆里绘声绘色解说的关于旋转的行星和无法解释的反引力的冒险故事而激动不已的男孩，他会莫名其妙地激动起来。

当然这些都是以前的事了。

请留意布朗是如何用短小的简述来叙述事物曾经的样子（环境性的）和事物的历时变迁（顺序性的）的，以及如何用时间、天气甚至是旋转的行星这样的意象来激发我们对发生巨大变化那一“刹那”的关注：

> 最后一刻，我还要检查一下后备厢。我感觉自己犹如沐浴在车库外那皎洁的月光中，开始放松下来了。当然，心里不免疑惑，杀手会藏在哪里呢？但我没有发现任何可疑的东西。后备厢的锁扣“啪”的一声打开了，在撑杆的作用下缓缓升起。我一下子感觉无法呼吸，差点跌坐在地上，因为我分明看到了一摊血。

审视一下你自己对顺序性、环境性和情景这三种记忆类型的看法，这将使你明白详述在小说叙事中的重要性。你会长久而详细地记住改变你的人生的时刻。你的记忆是会讲故事的，记忆是优秀的故事讲述者。

## 白空间

将小说分成若干章，但保持叙事的内部连续性，是维多利亚时代小说的传统。这个传统一直延续到了 20 世纪。这就意味着读者得跟上人物行动的步调，比如在场景转换中人物需要从此地到彼地，不管是横跨一个国家还是从楼下到楼上，也不管是从夜晚到清晨还是从童年到成年等。某家人挤进车里，然后以“3 个小时后他们到达了……”这样的叙事方式来结束一个段落是最笨拙的做法。最好的做法是把空间或时间分隔开来，采用一到两个形象来表明某种情绪，创造路途远或时间久的感觉。下面这段文字选自 E. M. 福斯特的《印度之行》，展示了如何使故事达到关键情节的过程这一技巧：

> 他们打算爬到山顶的摇摆石那儿，但距离太远，于是他们便想去看看那个大洞群。在走向洞群的途中，他们偶然发现了几个孤立的山洞。由于向导劝说，他们便进去看了看，然而的确没什

么东西可看；他们划着了火柴，赞赏了一番从光滑的洞壁上看到的火柴燃烧的影子，试验了一下回音的反响，便走了出来。阿齐兹“确信他们很快就会看到一些有趣的古代石雕”，然而这只是意味着他希望有些石雕出现。[①]

福斯特的高超之处在于把旅途本身变得有意义，但我们中的很多人做不到这一点，叙事中的某些过渡读起来的感觉就是为了过渡而过渡，仅仅是让故事继续发展。我在写一段同时需要压缩和拉长时间的叙事时也曾遭受过这样的折磨。

不过，随着电影的普及，我们已经不需要对这种“剪切”的技术感到为难了。早期的电影会让观众逐一跟上情景的变换，如使用缓慢淡出、黑屏、闪屏或“精彩回放”等。近几十年来，电影情景的转换是瞬间完成的，而且观众也知道灯光的变换或者背景的变换立即就把他们带入第二天或者第二个场域。小说也采用了与剪切对应的白空间技巧，读者也懂得故事推进中视觉上的间隔意味着我们以另一个人的视角有了新的开始，进入一个新的城市，进入新的一天。

在下面这段阿维德·阿迪加（Aravind Adiga）的《板球少年》[②]（*Selection Day*）中，详述实现了三种功能，还实现了情绪的变换——时间延续了数小时，地点从板球场到了有钱人的寓所，视角从次要角色变换到了主要角色，情节从暴力变换到了羞耻，这一切都是用白空间的剪切技术实现的。

登纳瓦兹刚要转身再要水喝，某样东西就砸在了他的脖颈上，他像被一把大锤猛击了一下，顿时有一种脊梁骨都缩短了一截的感觉，那感觉像是脊椎骨快要刺穿他的皮肤。

球员听到他的尖叫声的时候，曲棍球已经停了下来。

安顿好他父亲后，静候片刻，曼菊在门卫的本子上给他们俩

① E. M. 福斯特．印度之行．杨自俭，译．南京：译林出版社，2003：167.

② 又译为《甄选日》或《板球爱恨》。该书被改编为电视剧《板球少年》，于2018年上映。

> 做了登记。电梯停在了那道随时会倒下的带格子的门后面，开电梯的服务员不在里面，只有一只冷冰冰的木板凳。进门后，曼菊拉着格子门好让他父亲进去。

当然，有些时候转换本身也是故事的一部分，而且包含了自身必要的详述。但是反过来，如果写作中人物在场景和时间方面的转换很枯燥的话，恐怕读者也会觉得乏味。这样，你不妨采用白空间的技巧来解决这个问题。

## 倒叙

倒叙是小说创作中最神奇的一种策略，小说使用倒叙比使用任何其他的艺术形式更加容易和有效，因为小说让读者拥有了一套回忆过往事物的迅捷的认知机制，而舞台艺术和电影却不具备这一点。在小说中，你可以通过语言使读者顺利地过渡到过去的事情，可以灵活安排故事的时间和地点。

然而，许多初学写作的人把倒叙用过了头。这是因为倒叙可以提供所谓的“背景故事”，即人物的童年信息、人物的动机或者是事件的历史信息，而且这些信息被当作最容易的或者是唯一的倒叙方法。事实并非如此。对话、简短概括、一条参考文献或某个细节通常就能让我们获得所需信息。如此，倒叙反而显得笨拙而冗长，得把当前的故事和我们的兴趣一并带上。此外，这些侵入性的段落往往会在故事刚开始的时候出现，此时我们尚未被人物的行为所吸引，因此我们会好奇到底会不会有故事接着发生。

> 除非我真的被故事吸引，否则我不觉得自己走进了故事。
>
> ——卡伦·拉塞尔（Karen Russell）

作为作家，你需要了解大量关于人物背景、经历、失望、创伤方面的信息，但也许只需要寥寥数语就能够让读者知道他们想要知道的信息。在看了那么多的电视和电影，读了那么多的书和新闻后，我们早已掌握了叙事的套路，也就无须了解叙事中的所有解释性过渡。我们瞬间就能切入故事，只需三言两语我们便可以了解人物面临的婚姻问题、另外两个人是否会接吻、有罪之人何时会遭受惩罚，或者英雄何时将接受考验。

如果你想用倒叙来填补过去发生的事情，那么最好用日志的方式来回顾背景信息。快速写下所有你需要的东西，然后仔细审视这些内容，决定你可以用的有多少、读者可以理解的有多少，你如何才能加强对意象的刻画来暗示过去的事件，或者把悲伤的往事浓缩成一句对白。相信读者的生活经验可以帮助他们从态度、手势和语气方面来理解事件。你要做的就是使当前的故事继续发展。

如果倒叙的运用是有效的，即在恰当的时间揭示过去发生的事，那么它要做的是紧紧围绕故事的中心情节，而不是分散我们的注意力。作为读者，我们的大脑会放慢故事的进程，从而加深我们对故事的理解。

如果你觉得确实需要用倒叙来揭示为什么人物会有某种行为，或者他如何完全被周围的人误解，或者其他具有重要意义的情感波动，那么下面这几种方法可以帮助读者实现时间的跨越。

提供某种形式的过渡。现在发生的事情和过去发生的事情之间的联系可以为读者搭建一座穿梭的桥梁，这和人物的作用是一样的。

避免过于直白的过渡性语句，如“亨利回想起那时”和“我回忆起”之类的，要相信读者有跳回过去的智慧和能力。

> 那个穿着匡威高帮运动鞋的孩子踮起脚尖把球扣进篮筐。
>
> 在西摩街边的球场，乔也曾经扣过一次篮，那时他还比鲁珀特矮四英寸，不过脸上已经长青春痘了。

优雅地过渡到过去可以让你快速地总结必要的背景信息。下面的例子选自伊丽莎白·斯特劳特的《风车》（“Windmills”），主人公帕蒂的心绪从她父亲的死延续到了那天发生的令人心痛的事，以及无意中得知的家庭关系：

> 太阳已经落山。经过风车的时候，帕蒂刚好走到了离家一半路程的地方，圆圆的月亮开始升起。她父亲去世的那天晚上，月亮也很圆。在帕蒂的心里，每当月亮变圆的时候，她就觉得是她父亲在看着她。她轻轻摆了摆握住方向盘的手指，算是跟他打招呼。我爱你，爸爸……
>
> 回到家，一直亮着的灯光使她的屋子显得温馨怡人。不关灯是她学会独自生活的诸多事物中的一项。她放下手提包，穿过起居室，恐惧感慢慢消退，今天过得很糟。莉拉·雷恩让她深感不安，要是她告自己的状怎么办，告诉校长帕蒂说她是垃圾。莉拉·雷恩是那号人，她完全有可能那么做。帕蒂的姐姐是指望不上的，打电话给她另一个姐姐也没意义，那一个姐姐住在洛杉矶，根本没时间和她说话；打给她妈妈——唉，算了吧。

这里，关于父亲的过往记忆以及当天发生的事情使我们对流动的故事有了心理准备。作者用简单的笔触表明了家庭中四个女人的动态关系，与之相对的是帕蒂对她父亲充满爱意的记忆。

如果你用过去时进行写作，最好用过去完成时来开头，而且要再使用 2～3 次的过去完成时结构，然后转换到一般过去时，这样读者就能跟上你的节奏了。如果你是用现在时进行写作，你可能会一直用过去时来写作倒叙。

倒叙中间不能出现另一个倒叙。如果你想采用这种笨拙的叙述手法，那说明你想在倒叙中带入太多的内容。

倒叙结束时，一定要明确你又重新回到了现在。可以重复一个读者能够记住的属于这个故事基本时间的动作或意象（“她轻轻摆了摆……手指”“帕蒂的姐姐是指望不上的”）。即使倒叙的内容很长，也只需寥寥数语就可以让读者走出回忆。比如，如果故事时间中的人物在一家高档饭店吃晚饭，你可以提及他所吃的饭菜、餐具碰撞发出的声音、餐桌对面的人的表情之类的，从而把我们带回当前。通常来说，你只需在段落的开头用“现在……”这样的语句就可以帮助读者完成从过去到现在的重新定位。

## 慢动作

“倒叙”与“剪切”这两个术语是从电影中借用的，我还想借用另外一个术语——“慢动作”——来表明叙事时间和重要细节之间的相互关系。

人们在经历了高强度的时刻后，感官会变得尤为警觉，并且比平时流露出更明显的情感信息。在极端的危急时刻，人们会有一种奇怪的感觉，觉得时间变慢了。在这种状态下，视觉、听觉、嗅觉和记忆会出奇地敏感。这种心理现象反过来在艺术上也可以发挥重要作用，通过对细节的高度聚焦和精确把握来创造强烈的感觉。这种现象非常普遍，已经成为电影慢动作的一项标准技巧，借此来表现诸如外力打击、枪击、情欲或极度恐惧等场面。这一技巧也可以在小说的创作中发挥强大的作用。不妨回顾一下引自罗塞伦·布朗的那句话：车的后备厢“锁扣‘啪’的一声打开了，在撑杆的作用下缓缓升起”。

> 我认为只要你把景给布好了，人物就会应运而生，而且会各就各位，故事自然就会跃然纸上。
>
> ——安妮·普鲁（Annie Proulx）

伊恩·麦克尤恩（Ian McEwan）的《时间中的孩子》（*A Child in Time*）[①] 就很好地运用了这一技巧。

> 事情发生的时候他正准备超车，但他不清楚是什么事——在货车车轮驶过的地方突然出现了一道裂缝，尘土飞扬，然后有一

① 正确的书名为 *The Child in Time*。

个又黑又长的东西弯弯扭扭地从一百英尺的地方朝他扑过来。那东西拍打着挡风玻璃，在上面停留了一会儿，他还没弄明白究竟是什么，那个东西就快速掉下去了，然后——或者与此同时？——在货车的后部开始扭动起来，猛烈地抖动着、摇摆着，喷出一大片火花，甚至在晴朗的阳光下看起来也很耀眼。一个弯曲的金属物件从一边飞了下来。此时，史蒂芬还来得及踩刹车，并且注意到一个挂锁在货车松动的轮缘上晃悠，车屁股厚厚的积尘上潦草地写着“请把我洗干净”。货车紧接着发出金属摩擦的嘶嘶声，新的火花冒出来，那火花密集得像白色的火焰，几乎把货车的尾部掀进了空中。

任何经历过某种事故的人都可以和麦克尤恩对这种感官体验的描述产生共鸣。但即使我们没有相同的经历而只能靠想象，慢动作这项技巧同样可以发挥作用：

血从我左腿的动脉喷了出来。我看不见血，也想不起来我是怎么知道的……过了一小会儿，就只剩我和帕特里克了。我告诉自己情况还不算太糟糕，但我没有说出来。我不再挣扎，好让自己冷静下来。我放慢呼吸，努力不让自己昏迷过去，一秒一秒地坚持着……等待死亡或保持清醒就像小孩子被打针时的感觉一样。刚开始，你努力不去想这件事，而是使自己全神贯注，放慢呼吸，放松肌肉，甚至把医生用棉签擦拭碘酒的那只手臂也完全放松，去感受那凉凉的碘酒，闻它的味道，用脚踩踩地板，好知道自己还清醒着，看一下墙壁的颜色。不是别的，而是你舒缓的呼吸难以置信地使稍纵即逝的时间延伸了它的长度、宽度和深度。

——安德烈·杜布斯（Andre Dubus）：《呼吸》（“Breathing”）

即使产生强烈冲击和创伤的那个时刻不是身体上的而是情感上的，慢动作这项技巧依然能够发挥作用：

等他们在午夜熟睡后，保丽娜静悄悄地走进儿子的房间，看见床上有两个人。她打开了房间的灯。房间里又冷又闷，让她稍感温暖的是儿子身上散发出来的味道，从他出生起她就记得这股味道。她对这股味道犹如狗妈妈记得自己宝宝的味道一样，是不会记错的。这股味道里面还夹杂着女性腺体释放出来的爱的味道。小猫像个毛皮手套一样蜷缩在萨沙弯曲的膝盖下面。床上的两个人睁开了眼睛，他们从睡梦中醒来，揉揉眼睛，看见了保丽娜。她看着他们，看到了他们裸露在被子外面的肩膀……

——纳丁·戈迪默（Nadine Govdimer）：《大自然的运动》（*A Sport of Nature*）

关于慢动作这项技巧，需要注意的一点是，要注意对事件以及对一些细小的、有时甚至是随意性的细节的观察。故事中的人物是不会说“哦！天呐，我们活不成了！”或者“这太过分了！”这样的话的。相反，他们记录的是荡着秋千、碘酒棉签凉飕飕、小猫蜷缩在膝盖弯处的感觉。

初学写作的小说作家往往吝惜背景和时间这些要素，这也许是因为他们读的东西过于冗长，记忆不够生动。毫无疑问，对于那些过度沉迷于描写自然之美和华贵修饰的文字，我们一定会昏昏欲睡。但如果气氛烘托得很好，我们就不会觉得那是在描写，我们会有身临其境的感觉。正如仅仅满足于提供信息功用的对话对小说的创作而言显得过于干瘪，那种为了描写而描写的文字也是毫无生气的。对地点和时间完整的描写，通过人物的住所来揭示人物的特点，或者通过天气来揭示人物的情感，通过季节和历史的变化来推进情节的发展，这些对作者和读者而言都是愉悦的体验。一旦你能熟练地操控小说的氛围，你就会发现将小说设定在特定的地点和特定的时间是件轻松的事情。

## 写作练习

1. 思考与家、相思病、异域性、疏离感有关的想法，把人物置于能够产生上述想法的地点、时间和天气情景之中。

2. 背景中的两个人物产生了冲突，一个想留，一个想走。你选择的背景越有趣，场景也就越有趣。让冲突升级，然后解决它。谁是赢家？怎么赢的？为什么赢？

3. 写作一个倒叙的场景，让该场景中关于过去的信息对理解当前的事物具有关键意义。

4. 将人物置于一个被剥离了其常规特征的场景中：没有水的海滩、没有树的森林、没有建筑物的城市……你的人物在这样的场景中会做什么？

5. 以遥远的过去或遥远的未来为背景，描写一个组织成员产生分歧的场景。冲突是如何以不同于我们熟知的方式解决的？

6. 以一个成年人或老人的视角描写他回顾自己童年或青年时代的场景，用人物当前生活的背景来渲染他的回忆。

7. 想象一次严重性可大可小的事故，比如说割到了手或者是发生了车祸，打破了花瓶或者是房子着火。试着用不同的版本来叙述这个事故：一句话的简述、一个段落、详述或慢动作。从电影术语的角度来构思，摄影机由全景镜头变为中景镜头，然后收缩镜头直至特写镜头。

## 推荐阅读

［1］裘帕·拉希莉．解说疾病的人．卢肖慧，吴冰青，译．南宁：广西师范大学出版社，2017.

［2］加西亚·马尔克斯．巨翅老人//世上最美的溺水者．陶玉平，译．海口：南海出版公司，2015.

［3］“A Serious Talk”

Raymond Carver

［4］“The Bella Lingua”

John Cheever

［5］“Mrs. Dutta Writes a Letter”

Chitra Banerjee Divakaruni

［6］“Battle Royal”

Ralph Ellison

［7］“Car Crash While Hitchhiking”

Denis Johnson

［8］“Real Women Have Bodies”

Carmen Maria Machado

［9］“You're Ugly Too”

Lorrie Moore

［10］“The Masked Marvel's Last Toehold”

Richard Selzer

# 第六章 塔和网：情节与结构

- 冲突、危机和结局
  - 故事的弧度
  - 权力的分布
  - 联系与中断联系
  - 以钩号作为故事的形式
- 故事和情节
- 短篇小说和长篇小说
- 小说的类型
- 写作练习
- 推荐阅读

情况可能是这样的，最初讲故事的人要么是在帐篷里，要么是在僻静的房间里，或者是围着篝火，或者是在海盗船上，纯粹是出于冲动而讲故事。讲故事的人给听众讲述英雄的事迹和制造悬念（接着发生了什么？然后呢？后来又发生了什么？）来使听众度过无聊或危险的夜晚，从而使自己广受欢迎。

今天仍然不乏天生会讲故事的人，他们当中的一些人还非常富有。有些人出现在了畅销书的排行榜上，更多的人出现在了电视或者电影里，有些则出现在了漫画书或电子游戏里。但很有可能你的写作动机与个人的欲望和设计出故事情节的技巧之间没有多大的关联。相反，你想写作是因为你是一个敏锐的观察者，你想去解开接下来发生了什么这个悬念。你和大多数甚至是最优秀的当代小说作家，对不公正、荒谬和这个世界的美有着共鸣。你也想展现你对不公正的抗争、对荒谬的嘲笑，以及对美的肯定。

然而，读者还是对接下来会发生什么充满好奇，而且你必须要让他们充满好奇，否则他们是不会读你的小说的。你必须把握好情节，因为不管你对这个世界有着怎样深远的或是富有启发性的见解，没有人读你的作品，你就无法把这些东西传达出去。

编辑们不辞辛劳地给年轻的作者写拒稿信（他们一般只给那些有点天赋的作者写拒稿信），大意通常是："大作的确有诱人之处（有见地、生动、新颖、有才情、风趣、感人），但还称不上故事。"

你如何才能知道自己已经写完一个故事？如果你不是一个天才的吟游诗人，你是否能通过学习写出优美的作品？

很有趣的一点是，当把"公式"和"形式"这两个词运用到故事中时，我们对它们持全然不同的态度。一个套用公式的故事是粗劣的作品：写一个这样的故事，你只需像在超市收银台清点货架上的商品那样即可，或者读几本言情小说、玄幻小说、太空历险小说，编制一连串编辑喜爱的各色人物和情景，微调一下雷同的人物，把情景稍做调整，然后静等出版社的支票。与公式相比，形式是对艺术的最高赞誉，甚至是敬仰，代表着秩序、和谐、模式、典范。

“故事”是文学的一种“形式”。就像人的脸一样，其面部特征是依据尽可能和谐的比例存在的。我们知道，人脸千差万别，每张脸都有独特的个人特征，这种特征是如此鲜明，一旦你记住了一张脸，哪怕你是在 20 年后再次见到，尽管这张脸发生了一些变化，你还是能一眼认出它来。我们知道，面部特征的细微变化就能表现出悲伤、愤怒或快乐。如果你把两张照片放在一起，比如说一张是盖尔·加朵，另一张是杰罗尼莫，你能立刻认出他们在年龄、种族、性别、阶层和年代这些方面的本质差别。当然，拿人脸和一只脚或一株蕨类植物相比，两者的区别就没有那么大，因为人脸和上述两种事物具有截然不同的形式。每一张脸都有两只眼睛，眼睛下面是鼻子，鼻子下面是嘴，一个前额，一对脸颊，两只耳朵和一个下巴。如果一张脸缺失了这些特征当中的一个，你可能会说：“我喜欢这张脸，尽管它没有鼻子。”但你毕竟使用了“尽管”这个词。你不可能直接说：“这张脸太完美了。”

对故事而言，也是相同的道理。你也许会说：“我喜欢这个故事，尽管它没有引人入胜的情节。”你不可能直接说：“这是一个完美的故事。”

## 冲突、危机和结局

描述故事形式的必要特征时，一种有用的方法是从故事的冲突、危机和结局着手。

冲突，正如我们所熟知的那样，是小说的一个不可或缺的要素。剧作家兼导演伊利亚·卡赞（Elia Kazan）把冲突直接说成“两条狗抢一根骨头”。威廉·福克纳（William Faulkner）提醒说，除了意志的冲突外，小说还显示出了内心的自我冲突，所以冲突既存在于角色本身，也存在于角色之间。在生活中，冲突带有消极的意味；而在小说中，不管是喜剧还是悲剧，充满戏剧色彩的冲突都是必不可少的，因为在文学里令人兴趣盎然的东西就是麻烦。

有麻烦才有趣，但现实生活中麻烦越少越好。生活有时是愉快的交流、平静的快乐，以及富有成效的工作，所有这一切都蕴含着乐趣。但对写作而言，这些东西读起来毫无趣味，它们可以被当作危机发生前的铺垫，作为一种结局，甚至作为一种可怕的事情发生的预兆，但它们不能被用作整个故事的情节。

我喜欢物理学中的“张力”这个概念：两股相等的力量向相反的方向使劲。力量之间的张力包括表现与克制的对立、运动与原状的对立、未知与已知的对立。

——黛布拉·门罗（Debra Monroe）

这就好比去野餐，你发现了湖边一处很漂亮的草地，而且草地上没有其他人。天气奇好无比，你的伙伴们也棒极了。吃的东西是如此美味，湖水清澈见底，就连虫子也休息了，不来打扰你们。后来，有人问你野餐进行得怎么样。你回答说：“好极了！真的非常棒！”这不是故事。

现在假设在接下来的一周，你又来到这个湖边野餐。你把野餐垫铺在了蚁穴上。所有人都冲到湖边用凉水冲洗被蚂蚁咬过的地方。你的一个朋友坐着塑料筏子漂出去太远了，筏子漏气了，但他不会游泳，你必须去救他。在救他的路上，你的脚被碎玻璃划破了。等你把他救上岸，蛋糕上已经爬满了蚂蚁，鸡肉也被一只负鼠给糟蹋了。就在此时，变天了。等你们把东西收好赶回车里时，你看到一头愤怒的公牛已经冲破围栏朝你们冲了过来。其他人都慌忙逃走，但是，因为你的脚受伤了，还在流血，你只能一瘸一拐地逃跑。当时，你只有两个选择：要么跑得比公牛快；要么静静地站在那里一动不动，指望这头公牛只对移动的目标感兴趣。在那个危急时刻，你不知道能否指望你的朋友来帮助你，包括你救他一命的那个人。你不知道公牛是因为闻到鲜血的味道才会袭击人这种说法到底是不是真的。

一年后，假设你又要向别人讲述这件事，你还是这样说："我来跟你们讲讲去年发生的事情吧。"你的听众会说："多好的故事呀！"

诚如查尔斯·巴克斯特在《烧毁房子》里栩栩如生地写道：

> 不管怎么说，地狱是故事的好素材。如果你想写一个扣人心弦的故事，就让故事的主角置身于可恶的人之中吧。地狱手法和叙事手法非常好协调，而充满快乐的天堂就做不到这一点。天堂不是故事创作的好素材，在天堂发生的事情只能出现在故事的结尾。

如果把野餐写成故事不容易，那么把生活中其他重大的主题写成故事也是不容易的，如出生、爱情、性、工作和死亡。这里就有一个非常有趣的爱情故事：简和乔恩在大学里相遇，两人可谓郎才女貌、聪明伶俐、天赋过人、广受追捧，而且和蔼可亲。他们两人的种族、社会阶层、宗教信仰和政治立场都相同，在性方面也很和谐。他们的父母也成了好朋友。他们刚毕业就结婚了，并且在同一个城市找到了待遇很好的工作。他们生了三个孩子，孩子们都健康、快乐、漂亮、聪明、讨人喜欢。孩子们对简和乔恩的尊敬和爱几乎到了令人嫉妒的地步。他们的孩子在工作和婚姻上也都很成功。简和乔恩最后安静地老死了，两人都是在同一时刻，都是在82岁离世，而且还被安葬在了一起。

毫无疑问，这个爱情故事对于简和乔恩来说很有趣，但它不能成为小说的故事。好的爱情故事必须包含强烈的感情和实现这种激情的过程中所遇到的巨大障碍。比如，一对恋人热烈地爱着对方，但他们的父母是冤家（如《罗密欧与朱丽叶》）。或者是，一对恋人热烈地爱着对方，但他是黑人，而她是白人，他还有一个敌人想要惩罚他（如《奥赛罗》）。又或者是，他们热烈地爱着对方，但是她已经结婚了（如《安娜·卡列尼娜》）。还可以是，他热烈地爱着她，但是当她爱上他的时候，他已经不爱她了（"坦白地说，亲爱的，我已经不在乎了。"）。

在以上的每一个情节里，都有着强烈的感情和在追求这种激情过程中存在的极大的危险。总的来说，这种形式对于所有的情节塑造都成立。可以用三个词来表述这种形式，即“剧情”等于“激情”加“危险”。很多天赋颇高的作家常犯的错误是，创造的那个主角是一个被动的角色。这是可以理解的，因为作为一个作家，你是人们的本性和活动的观察者，所以你就会不自觉地和故事中的人物一样去观察、反思和体验痛苦。但是，这种角色的被动性被文字传递了出来，因此使故事也变得被动了。让查尔斯·巴克斯特感到惋惜的是：“在写作研讨班上，这种类型的故事成了一种常态。”他把此类故事称为“被指责的小说”：

> 在被指责的小说中，情节的设计是为了找到导致故事主角不幸的某个人或某件事。这就是故事的全部。一旦找到了这样的人或事，故事就完结了。

在此类有瑕疵的故事中，故事的中心人物（往往是故事作者的化身）似乎对将会发生的一切都无须承担责任。这和亚里士多德那不同寻常的观点大相径庭，他认为人是欲望的化身。这与罗伯特·奥仑·巴特勒（Robert Olen Butler）对小说的定义也相去甚远，他认为小说是“表达人的渴望的艺术”。

为了引起我们的注意和同情，小说的主角必须有渴望，而且是强烈的渴望。主角渴望的东西不一定是暴力的或者是惊天动地的，但是渴望的强度一定要让人感到危险的存在。角色的渴望，就像大卫·马登（David Madden）的《自杀者的妻子》（*The Suicide's Wife*）里的主角一样，只不过是想拿到一本驾照。但是，为了拿到这本驾照，她必须搭上她的身份和未来，因为有个营私舞弊的公路巡警想要占有她。角色要有渴望，就像塞缪尔·贝克特笔下的墨菲一样，虽然他只能在躺椅上度日，但他也希望有个女人能对他唠叨，让他起来去找份工作。角色要有渴望，就像玛格丽特·阿特伍德的《肉体伤害》（*Bodily Harm*）里的女主角一样，只想放下一切好好休息，但即便如此，她也不能不为自己的生存考虑，因为游客和恐怖分子使她卷入了一桩阴谋，这桩阴谋在不安中开始，在致命的危险中结束。

认识到生活中和文学作品中的危险不一定以最明显的方式表现出来是很重要的。年轻作家经常会犯的另一个错误就是采用谋杀犯、追逐场面、车祸和吸血鬼等这样低级趣味的内容和剧情来创作故事。实际上，我们都知道，我们欲望的最大阻碍来自家庭，它意味着我们的身体、个性、朋友、爱人和家庭成员。对多数人来说，父母的冷漠带给他们的伤害比陌生人的暴力更甚；心脏病发作比受到枪击更容易致死；我们在早餐的餐桌上毁掉的热情比起漫漫人生路上的还要多。

一种经常使用的批评工具将可能的冲突分成了若干类型：人与人的冲突，人与自然的冲突，人与社会的冲突，人与机器的冲突，人与上帝的冲突，人的自我冲突。大多数故事都属于这些范畴，而且文学课还可以为大家提供一种有用的讨论和对比作品的方法。但是，采用范畴分类的方法会误导新手作家，因为文学的冲突是在抽象的、漫无边际的维度上展开的。作家要讲述的是具体的故事，如果你创作的是一个“人”与“自然”斗争的故事，那么，这样写故事性可能更强：来自新泽西州威霍肯镇的17岁少年詹姆斯·塔克在密西西比的图姆苏巴抓住了一条25英尺长的大嘴鲈鱼。（具体性是我们一贯坚持的。）

冲突一旦形成并得到发展，就一定要进入危机——最终的转折点——以及结局。发展顺序是文学的主要追求，发展顺序意味着故事终将结束。在实际生活中，这也许不会发生，但是，不管小说角色的生命最后是否终结，故事都会终结，我们也会有种故事终结后的满足感。

接下来，我要介绍几种看待“冲突—危机—结局”这一故事模式的方法，它们在本质上都是隐喻性的，目的是让故事的形式及其变化更为清晰，特别是表明故事的危机是什么样的。

## 故事的弧度

小说家约翰·勒赫（John L’Heureux）认为，故事讲述的是人物生活中的一个特定时刻，这个时刻对人物具有至关重要的意义，人物一生中不会再有第二次这样的时刻。情节的设计就是发现导致最终抉择的关键时刻，然后选取最佳场景，使那些时刻产生戏剧性的效果。

编辑兼教师梅尔·麦基（Mel McKee）直截了当地指出："故事就是一场战争。战争持续一段时间后就会突然进入短兵相接的搏斗。"他提出了创作这个"战争"故事的四种必备要素：

> （1）让战斗者加入战斗；（2）设计一个值得为之战斗的东西；（3）把这场战争分为几场战役，把最大和最危险的那场战役留在最后；（4）离开战斗现场。

值得为之战斗的东西一般是领土，那么故事中的"领土"一定是有形而且具体的，就像巴勒斯坦和以色列争夺的加沙地带。就好比国家之间的战争，领土代表着所有严肃的抽象概念，比如自决、统治、自由、尊严、身份，但具体的行为是由战士们寸土必争的战斗来构成的。

就像一次不起眼的"出警行动"会逐渐上升为一场屠杀，故事的形式也是跟随其最自然的"复杂化"顺序发展的，每一场战役都比前一场要大。战争一般从地面冲突开始，这样的冲突对整场战争没有决定意义。然后有一方会派出间谍，另一方则有游击队。这些行动对整场战争也没有决定意义。接下来，有一方会出动空中力量，另一方则以防空系统予以回应。一方发射导弹，另一方则以火箭炮还击。一方使用毒气，另一方则随时准备按下核按钮。与此类似，故事的发展也是这样的。只要反派角色还有足够的力量去反击，冲突就会继续。但是，在故事中的某些时候，反派角色会生产一种武器，给对手造成致命的打击。危急时刻往往出现在最后一场战斗中，而且结局不可避免。谁赢得那块领土已经没有疑问，尽管从道义上来说赢的一方不一定占上风。到了这个阶段，冲突就会以一种显著而永恒的变化画上句号——这个变化为小说的结局定了性。

*一旦有了故事的结构，想象力就会喷涌而出。*

——安·帕契特（Ann Patchett）

请注意，尽管情节会涉及欲望及相应的危险，但即使这个欲望得到了满足，也不一定会有幸福的结局；这个欲望没得到满足，结局也不一定不幸福。故事的意义越复杂，关于成功与失败的看法就越难琢磨。哈姆雷特的欲望是杀掉国王克劳迪亚斯，但他的刺杀行动被剧中的其他人物、阴谋和他自己的精神问题阻止了。最后，他成功了，付出的代价是剧中所有人的生命，也包括他自己的生命。尽管这个英雄“赢得了”他的“领土”，但这仍然是出悲剧。在威廉·卡洛斯·威廉斯（William Carlos Williams）的小说《武力的使用》（“The use of Force”）中，战争要夺取的领土是一个小女孩的口腔，因为主角是位医生，他要打开女孩的嘴来确诊白喉。战斗从第一段开始就逐渐缩小领土的范围。他动用了个人魅力、压舌器、沉甸甸的汤匙，最后怒不可遏地降服了那匹“野马”。他是成功了，但输掉了优雅。而在玛格丽特·阿特伍德的《肉体伤害》中，尽管女主角被关进了政治犯监狱，但是通过发现她自身的力量和勇气，我们可以得知她实现了自我的救赎。约翰·勒赫建议作家关心这个问题：人物输了斗争，却赢得了什么？或者是赢得了斗争，但输掉了什么？

## 权力的分布

小说家迈克·萨拉（Michael Shaara）在他的写作课上，曾将故事描述为势均力敌的两股力量展开的一场战斗。他认为，必不可少的是，战斗的双方都旗鼓相当，这样才能让读者对结局产生疑问。我们可能会非常同情某个角色，甚至是理所当然地认为他一定会凯旋。但是，争斗的双方必须代表真正的、实实在在的危险，这样故事的复杂变化就可以通过对阵双方力量的转换得以实现。最后，小说应出现力量不可挽回地倒向一方的情节。

“力量”有多种形式，身体的力量、魅力、知识、道德的力量、财富、所有权、等级，等等。其中最引人注目的力量是残暴的力量，比如独裁者或者是匪徒行使的力量。道德的复杂性在于，没有人认为自己是不道德的。下面是莱斯利·马蒙·希尔克（Leslie Marmon Silko）的史诗小说《死者年鉴》（*Almanac of the Dead*）中的匪徒马克斯·布鲁的所作所为：

> 马克斯要把自己当作“仅此一晚”表演的执行制作人，表演在夜晚暖风拂面的加利福尼亚举办，场景是长滩市中心的一个电话亭。马克斯的全部戏份是拨打一个号码，然后听着受骗的那个人一直在电话里重复地问：“喂，请问是哪位？喂，请问是哪位？喂，请问是哪位？喂，请问是哪位？”直到点22口径的手枪“砰砰砰”地响起来，马克斯才能挂电话。

请记住，“力量”有多种表现形式，有些力量表面上可能很脆弱。任何一个曾经被病人的各种要求所折腾的人都能理解这一点：疾病有时是巨大的力量。弱点、贫穷、被动、一个表面上不会对任何人构成麻烦的愿望，这些都可以被巧妙地用来阻止故事的主角实现自己的愿望。牺牲是一股巨大的力量，不管我们对此是否同情；一个生命垂危的人能把我们所有的能量都吸引过去。

软弱也是一种力量，它在很多小说以及如《梵雅叔叔》（*Uncle Vanya*）和《玻璃动物园》（*The Glass Menagerie*）这样的戏剧里都产生了核心冲突。在下面这段文字里，软弱得到了娴熟的刻画：

> 这种阴森森的氛围完全是由泰勒夫人自己造成的。泰勒夫人是个高个子、眼睛深陷的驼背女人。她整天烟不离手地坐在起居室里，眼睛盯着窗外，一副诉不完衷肠的样子，仿佛看透了世间万物。有时，她会把泰勒叫过来，拥抱着他，闭上眼睛用嘶哑的声音低声喊着：“特伦斯，特伦斯！”然后，她会闭着眼睛扭过头，毅然决然地把他推开。
>
> ——托拜厄斯·沃尔夫：《男孩的生活》（*This Boy's Life*）

## 联系与中断联系

有些学生和评论家不赞成把故事描述为一场战争或者力量的较量。他们认为，从冲突和危机、敌人和派系斗争的层面来看待这个世界，不但制约了文学创作的可能性，而且暴露了我们在生活中喜欢攻击和好斗的一面。

谈到“小说的斗争观”，娥苏拉·勒瑰恩这样写道：

> 小说作家是这样告诉我们的：人都是倔强的、好斗的，而且有这样那样的麻烦；人们和自己斗争，也和他人斗争，所以他们的故事里面都是他们的斗争。但认为斗争是故事的全部，就仅仅是利用了存在和冲突的一个方面去涵盖其他所有方面，还有很多东西没有被包括进来，也没有被理解。

《罗密欧与朱丽叶》是两个家族斗争的故事，它的情节涉及这两个人和他们家族成员的冲突。但这就是故事的全部内容吗？难道《罗密欧与朱丽叶》就没有揭示其他内容吗？难道不正是其他内容使两个家族之间那无关痛痒的矛盾演变成了一场悲剧吗？

剧作家克劳迪娅·约翰逊关于故事中的“其他内容”的观点让我受益匪浅：虽然力量斗争具有动态性的观点已经获得认可，但推动故事发展的是人物之间的联系和联系的中断，故事的情感效果正来源于此。在故事的发展过程中，甚至是在一个不起眼的场景中，人物会建立或打破关于信任、爱和理解的情感关系，或是对彼此的热情。这种联系可以明显到一个吻，也可以微妙到彼此的一瞥；联系的中断可以明显到扇对方一记耳光，也可以细微到皱一下眉。

比如在《罗密欧与朱丽叶》里，蒙塔古和卡普莱特家族的联系是完全断裂的，尽管如此，两个相恋的年轻人还是建立起了联系。在这部戏剧里，他们分分合合，为了他们之间的联系而舍弃了他们与各自家族的联系，最终为了永久的联系而舍弃了他们与生命的联系。倒是他们的死使两个素来不和的家族重新联系在了一起。

克劳迪娅·约翰逊如此说：

> 一个好故事需具备的条件，不管是虚构的还是纪实的故事，就是要有深度的变化，要反映出联系和联系的中断。冲突和表现冲突的事件就像波浪，但在波浪下面是情感的潮水，是人们之间关系的潮起潮落。

虽然主导作品的要么是冲突，要么是联系，但如果故事只有冲突就会显得肤浅。故事一定要让读者对人物有更深入的理解，而这一点不是通过善与恶的冲突来实现的，而是通过一种善与另一种善的冲突来实现的：一个男人是参军入伍报效国家，还是留在家里保护和养育他的孩子？作家要努力使艺术达到一定的水准，即故事不是单纯讲无法避免的麻烦，不仅仅是好与坏的斗争，而应该是忠诚与忠诚的斗争、诚实与诚实的斗争、爱与爱的斗争。

> 幕后故事只能用来推进前台故事。
>
> ——威廉·H. 科尔斯（William H. Coles）

人的意志会有冲突，人也需要归属感。在探讨人的行为时，心理学家是从“塔”和“网”的层面来分析的。人需要爬到塔尖（意味着冲突），人也需要同伴；需要胜过别人，也需要别人的接纳。这两种力量也造就了小说。就像冲突和由此产生的影响、联系和由此产生的影响也会导致变化的发生，而且这两方面将在场景和故事的变化发展中得到体现。

## 以钩号作为故事的形式

19 世纪德国评论家古斯塔夫·弗赖塔格（Gustav Freitag）参照金字塔的结构将情节发展分成了五步：摆局，发展（情景的打结），导致危机，危机消退，结局（解开结）。

在紧凑的短篇小说中，危机的消退很可能非常简短甚至看不到，而且通常情况下，危机本身就隐含了结局，因此不需要专门加以说明，读者对此已了然于胸。

所以，为了方便解释，不妨将故事的结构看成一个倒过来的钩号。如果按照这种模式用图形来展现我们熟悉的《灰姑娘》故事中的力量斗争，我们就能看出在一个简单的童话故事里，各种要素是如何被表现出来的。

在这个童话故事的一开始，我们就知道了基本的冲突：灰姑娘的妈妈去世了，她的爸爸又娶了一个蛮横的女人，这个女人有两个尖酸刻薄的女儿。灰姑娘被强迫去做最脏和最下贱的活，只有煤渣陪着她哭泣。继母代表的是丑陋和邪恶的力量（文学作品和现实生活中两种极为强大的力量）；对于她的两个女儿，她也具有无上的权威。灰姑娘只有美貌和善良，但（在文学作品和现实生活中）这两点也是极为强大的。

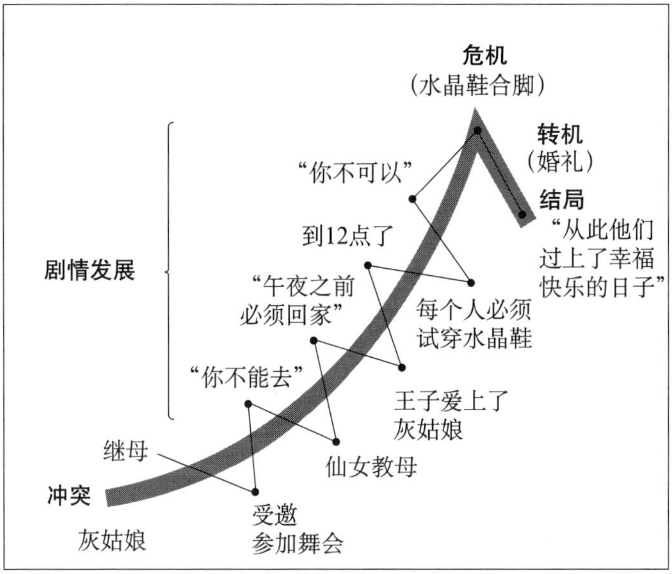


在灰姑娘与继母斗争的一开始，力量的优势明显是在继母这一边。但是，故事的第一个事件（行动、战役）是灰姑娘家收到了王子的邀请，里面清楚地表明了所有女士都可以去参加舞会。我们需要注意的是，灰姑娘的愿望并没有达成（尽管她最终将会达成。这是让我们满意的地方），这种愿望会削弱灰姑娘善良可欺的一面，她只是想摆脱继母对她的虐待。她想要平等，所以王子的邀请使她获得了与继母和两个姐姐平等的权利，这项邀请使力量发生了转移。

但是，继母武断地夺回了力量：你不能去，你要为我们参加舞会做好准备工作。灰姑娘这样做了，继母及其两个女儿参加舞会去了。

接下来发生了什么呢？仙女教母出现了。魔法的力量来到了灰姑娘这一边。仙女教母为灰姑娘提供了一套礼服、一双水晶鞋、一辆马匹和车夫都准备好的四轮马车，给了她从未有过的力量。

但是，魔法也不是万能的。魔法用完了，就预示着霉运的到来。魔法的效力只能维持到午夜（不像继母的权威），灰姑娘必须在午夜12点之前离开舞会，否则就会暴露并被击败。接下来又发生了什么呢？灰姑娘去参加了舞会，王子爱上了她——爱情在文学作品的“战争”中比魔法强大多了。在这个童话故事的其他版本中，继母和姐姐们对公主的美貌赞叹不已，她们没有认出公主就是灰姑娘。这是对灰姑娘的新力量的一种赞美。

那么，接下来呢？魔法消失了。12点到了，灰姑娘穿着她的旧衣服跑下楼梯去找她的老鼠和南瓜，跑掉了一只水晶鞋，她所有的力量都消失了。

接下来，王子派出信使带着水晶鞋和一份要求全城所有女士都试穿水晶鞋的声明——这是对舞会邀请的戏剧性重复。灰姑娘再次因为邀请而得到了权利。

接下来又发生了什么呢？在大多数好的版本里，灰姑娘的继母再次利用她的权威把灰姑娘藏了起来，这次我们对灰姑娘战胜继母的期待以怪诞的喜剧式风格被延缓了：为了穿上那只女主角的水晶鞋，灰姑娘的两个姐姐一个把脚趾砍了、另一个把脚后跟砍了。

接下来，灰姑娘试了水晶鞋，刚好合脚。这就是故事的危急时刻。魔法、爱情和王权一起承认了女主角的真实身份，邪恶、人数的优势和权威在这些面前都败下阵来。从这点来看，力量的斗争早已注定，结局是不可避免的。水晶鞋合脚，就不会再发生剥夺灰姑娘愿望的事。一切都不同了：涉及其中的所有人的生活都发生了显著而永恒的变化。

故事有一个简短的“危机缓降”或者说是“从斗争中解脱”，即王子带着灰姑娘骑上白马，奔向他们的婚礼。故事最终以经典的喜剧结局结束：王子和灰姑娘从此过上了幸福快乐的日子。

每一个充满戏剧色彩的故事都是为了追寻某样东西。不管这个追寻有多复杂，传统上不外乎人物努力实现某个重要性高于一切的目标……实现目标的路途中发生的所有事情决定了追寻是成功还是失败。

——威尔·邓恩（Will Dunne）

如果我们从联系与中断联系的角度来看这个故事，我们就能从力量的斗争中清楚地看到联系的模式。第一个令人痛苦的联系中断就是灰姑娘的妈妈去世了；她的爸爸又娶了（建立起联系）一个女人，而这个女人对灰姑娘冷漠无情（中断联系）；王子的邀请提供了联系；继母的残忍使这个联系再一次中断。仙女教母使灰姑娘和被施以魔法的事物联系上了，但是消失的马车和礼服使灰姑娘暂时与盛大华丽的舞会以及跟王子结婚这件事失去了联系。如果我们细读这个故事所产生的情感——怜悯、愤怒、希望、恐惧、爱情、期待、失望、胜利——我们可以看出无论是正面人物和反面人物的斗争，还是疏远或联系，对于冲突的发生以及我们所关心的结局而言都是必要的。传统的皆大欢喜的结局，宏大的联系，是结婚；传统的悲剧性的结局，最终联系的中断，是死亡。

包括《灰姑娘》在内的所有童话故事，典型的开头都是“讲述”，直截了当把情景创设起来。但技艺高超的作家只消寥寥数语就可以暗示出涉及复杂的联系和中断联系的复杂关系。在佩吉·辛纳（Peggy Shinner）的《收税时间》（“Tax Time”）中，让人联想到《灰姑娘》人物关系的叙述者、父亲、继母和母亲之间的关系是通过税务会计的指甲这一看得见的手法来描摹的：

> 我注意到了史蒂夫的手指。史蒂夫从电脑上抄写数字时，他的手指握着铅笔，跟我父亲的手指一样，他的手指又短又粗，打理得干干净净。他是自己修剪指甲吗？这是他留给自己的一点虚荣吗？我父亲去找萝丝的时候曾经做了一次指甲护理，其实在我看来他是移情别恋。他给指甲涂上了指甲油，翘班到了萝丝的班级，萝丝报名的是交响乐班，她努力使我父亲改变了使用双重否定的习惯。他还把自己打扮得油头粉面的，我怀疑如果母亲还在世的话，他是否愿意为母亲这样做。

在西方第一部现存的文学评论著作《诗学》中，亚里士多德将悲剧中的危机看作情节的转变，或者说是主角命运的转变。评论家和编辑都认为，不管是在喜剧中还是在悲剧中，某种类型的转折对所有故事的结构都是必要的。虽然主角不必失去权力、土地或是生命，但是他必须以某种显著的方式被危机改变或打动。亚里士多德阐明了这种转折的出现是因为存在悲剧性的弱点，几百年来这个词语都被翻译为主角的性格中存在“悲剧性的瑕疵”，通常被认为或界定为傲慢。但是，最近评论家把这个词狭义地定义为“身份上的错误”，而转折的发生是因为“认识”到了这个错误。

无论是在喜剧还是悲剧的危机情节中，认识到错误的场景都发挥着无比巨大的作用，而且这些场景延伸了故事的可信度。在现实生活中，你不大可能会认错你的妈妈、儿子、舅舅，甚至是朋友，但正是这些错误为许多传统的情节提供了转折点。然而，如果我们把“认识”的概念延伸到更加抽象和微妙的范围，它就成了“实现”危机效果的强大隐喻。换句话说，这个“认识场景”在文学中的效果就好比在现实生活中我们“认识”到被当作好人的人其实是个恶人，我们认为不重要的事情其实是至关重要的，那个我们认为思维不正常的女人其实是个天才，我们梦寐以求的东西其实是毒药。《灰姑娘》就以一种象征性的方式展现了这种“认识”。我们知道她其实就是个公主，但是在王子把她认作公主之前，我们的确被吊足了胃口。

詹姆斯·乔伊斯（James Joyce）在他的笔记和写作的故事中形成了相似的观点，即故事发展中他称之为“顿悟”的时刻。就像乔伊斯说的，顿悟是脑海中的危急时刻，这是一个用前所未有的、全新的视角来看待一个人或一件事的时刻。在这个认识觉醒的时刻，参与其中的人的心理图景被彻底改变了。

在很多优秀的现代短篇小说和长篇小说中，真正发生斗争的其实是主角的内心世界，所以真正的危机一定是发生在心理世界的。但是，要理解为什么乔伊斯要用“顿悟”这个词来表征发生转折的那个时刻，还要理解这个词的意思，即“对超自然状态的表征”。具体来说，指的是在基督教的教义中，“异教徒看到了耶稣的那一刻”。推而广之，在短篇小说中，危急时刻任何心理的转折都必须得到表征，都必须通过行动来引发或表现。水晶鞋必须合脚。如果继母碰巧改变了主意，放弃斗争，那么水晶鞋就没有任何意义；同样，如果王子碰巧认出灰姑娘就是他爱上的人，那么水晶鞋也失去了它的意义。认识觉醒的那一刻一定要由行动来表征。

危机必须通过行动得到表征或者体现，这一点非常重要，尽管有时很难捕捉到这个行动，特别是当斗争发生在人物的内心世界时。比如在蒂姆·奥布莱恩的《士兵的重负》这部小说中，年轻的陆军中尉迫使自己成为铁石心肠的军官，他的行为表现是烧掉他喜爱的女孩的照片和信件，最终烧毁了一个村庄。

在一个复仇的故事里，我们很容易看出冲突是如何变成危机的。普通的复仇情节，从《哈姆雷特》（*Hamlet*）到《黑豹》（*Django Unchained*），是这样的：对主角来说很重要的人（家人、爱人或朋友）被杀害，出于某些原因，本应主持公道的政府不能或不愿意给死者一个交代。男主角（或女主角）必须讨回公道，这时危机就会通过射出的箭、枪声、服毒之类的事物来进行表征。

> 比起爱情的变化多端，冲突就要简单多了……爱情总是充满了变数；关键点在于相爱的双方都温和而聪敏，轻易接触不到自动武器，但由于欲望和为了实现欲望而生出了冲突。
>
> ——卡里·格罗纳（Cary Groner）

但是，假设故事的斗争发生在两兄弟去钓鱼的途中。在故事的结局，主角发现了存在于兄弟之间的那种源自爱和家庭的难以割舍的情义，而过去他一直打心底瞧不起他的兄弟。很明显，这个改变就是“顿悟”，是心理上的转折。当一个作者不能很好地意识到危急时刻的内涵时，他可能会用一段文字来表示这种变化：“拉里突然想起了他们的父亲，并注意到杰夫非常像他。”除非这种记忆和意识能通过行动表现出来，否则读者是不能体会其含义的，这样也就不能和故事中的人物产生情感上的共鸣。

> 杰夫伸手提起了那张旧网，灵巧地套住了那条鳟鱼，兴奋地以胜利者的语气说道：“我们抓住它了！抓住了，哈哈，是吧？”鳟鱼使劲地挣扎着，散发出一股混合着杂草、水和泥土的气味。杰夫的手上满是污泥。手上的污泥和河水的味道使他想起了他们第一次一起去钓鱼的经历，他们的爸爸拿着同一张满是破洞的渔网的情景又浮现在他眼前。

这里的顿悟，即记忆导致的意识觉醒，是通过读者能够感知到的行动和感觉的细节来引发的，这样读者也能感受到这种顿悟。

很多伟大的小说以及多数严肃的现代小说都表明，生活中没有清楚的或者是永久的解决办法，也就是人物、关系以及宇宙的冲突都没有永久的解决办法。很多故事的结局就像弗拉基米尔·纳博科夫（Vladimir Nabokov）说的那样：“没有明确的结局，但有自然的生活轨迹。”谁也不能以“从此过上了幸福快乐的生活”或“从此过着悲惨不幸的生活”来结尾。

但是，故事的形式需要一个结局。有没有一个不是结局的结局呢？有的，而且是一种非常具体的故事形式。回顾一下“故事就是一场战争”那个隐喻。在一场冲突、游击战、空袭、毒气战或核武大屠杀后，设想两个敌对双方幸存的战士从各自的防辐射掩体中出现了。他们爬了出来，然后步履蹒跚地来到了用栅栏隔开的边界上。两人都奋不顾身地用血迹斑斑的手抓住了有刺的铁丝网。这场战役的“结局”就是没有一方会放弃，也没有一方会赢，是一场永远不会有结局的战役。这就是针对开场的明显转折（这种认识只出现在读者的脑海里），开场的场景中似乎一定会发生阵地战。在对冲突进行描述时，其中就包含了有一方会赢的暗示，而在结局中却没有哪一方会赢的表述。这就是一种特征鲜明的转折和强有力的变化。

这种类型的故事会让读者产生顿悟，而故事的主要人物尚未留意到这一顿悟。这类人物通常是处于变化的边缘，但还不够成熟或缺乏勇气去完成很有难度的一跃，从而认识到这一顿悟。比如在伊丽莎白·斯特劳特小说集《奥丽芙·基特里奇》（*Olive Kitteridge*）的第一篇小说《药店》（“Pharmacy”）中，故事的主角是一个惹人喜爱的小伙，他待人友好，沉稳谦逊，热爱药剂师这份工作，但缺乏自省和自知能力。作为一名心不在焉的丈夫和父亲，他对妻子的愤怒和儿子的不满迷惑不解。由于缺乏对自己性冲动的认识，他把事情搞砸了。他提出他和妻子一起邀请另一对夫妇到家里做客，因为那个有夫之妇对他钦慕不已；当然，这不影响他的妻子做饭给他们吃。借助读者对这一切并不知情和结尾的对话——“我们很快再邀请他们”，表明他不能也不会有什么改变。

我们可以认为，而且一直这么认为，在遭受社会的磨难或文化的绝望之时，没有结局的结局是文学小说的重要形式，尤其是短篇小说的重要形式。

## 故事和情节

截至目前，我对“故事”和“情节”这两个词没有进行严格的区分。将这两个术语等同使用是比较普遍的做法，它们往往被当作同义词来对待。当编辑说“这不是一个故事”时，他的意思并不是说故事缺乏人物、主题、背景或事件，而是说故事没有情节。

但是，这两个词肯定是有区别的，尽管这种区别很简单，但在叙事的技巧上产生了多方面的细微差别，而且这种差别还会让作家做出非常重要的决定，即叙述究竟该从哪里开始。

简单的区分便是：故事是按照时间顺序记录下来的一系列事件；情节是对一系列事件进行的刻意安排，进而揭示其戏剧性的、主题的以及情感的意义。故事能告诉我们“接下来发生了什么”，而情节关注的是“什么、如何以及为什么”，借助情景的安排来显示因果关系的转换。

这里举一个标准的故事案例。一个头脑冷静、工作卖力、还有点木讷的年轻人遇见了他的梦中情人。她不仅人长得漂亮，还天资聪颖、热情奔放，有一副菩萨心肠，更不得了的是，她也爱他。他们准备结婚。就在结婚的前夜，朋友们给他开了个婚前单身派对，在派对上，大家捉弄他，拼命灌他酒，还把他拖到了妓院。当他摇摇晃晃迈进小隔间时，看到的是自己的未婚妻。

你觉得这个故事有趣的地方在哪儿？情节是从哪里开始的？

如果你愿意，你可以从这个年轻人的乘坐“五月花号”的祖先开始讲起。但是，如果你这样做，读者就得使劲去想这个故事是讲什么的，我们可能读到故事的19世纪中期情节时就不愿意再读下去了。你也可以从他第一次遇见那个不同凡响的女人开始写，但如果以这样的方式讲述故事，内容至少要包括他们认识的几周——也许是几个月，你得用好几页来讲这些内容。这就意味着你必须进行总结，跳过某些细节，还要进行概括。对你来说，既要保持故事的可信度，又要能吸引我们的注意力，这将是非常不容易的。如果从单身派对开始写起呢？效果会更好一些。如果这样写，那么你就得让我们知道之前发生了什么，要么通过对话，要么通过他的回忆。好处是你只用写一个晚上的内容，而我们也很快就能知道故事的冲突。如果你从第二天早上开始写起，这个年轻人和他的新娘在结婚当天从妓院的床上睡眼蒙眬地醒来，这样写是不是最好呢？一个直接的冲突必然导致一个快速、惊人的危机。

E. M. 福斯特在区分故事和情节时，把故事描述为：

> 把冗长的时间截短……按时间顺序来叙述事件。情节也是在叙述事件，但强调的是因果关系。“国王去世了，王后也去世了。”这是故事。“国王去世了，因为悲痛，王后也去世了。”这是情节。时间顺序得到了保留，但是因果关系使它隐藏起来了。或者这样写：“王后去世了，但没有人知道是什么原因，后来才发现王后是因为国王去世悲伤过度而去世的。”这样的情节制造了神秘感，能促进故事的发展，它隐藏了时间的顺序，使情节尽可能远地游离于故事之外。考虑一下王后去世这件事，如果是在故事中，我们要问：“那接下来呢？”如果是在一个情节中，我们就要问：“为什么会这样呢？”

人们探究原因的欲望与探究后来发生了什么的欲望是同样强烈的，这是一种深层的欲望。一旦我们知道了事实，我们就会不可避免地想知道事实之间的联系。只有找到了事实之间的联系，我们才会满足，因为我们“理解了”。理科课堂上的死记硬背让所有人觉得乏味。只有当我们感受到了为什么“运动着的身体一直会运动下去”，以及这种现象对我们的生活有着多么大的影响时，我们才会真正理解并感受到发现的快乐。

同样的道理也适用于故事的情节。随意的事件既不能打动人，也没有任何启发意义。我们感兴趣的是为什么一件事会引出另一件事，并且要感受到因果之间的必然关系。

下面就是一些按照时间顺序组织起来的了无新意的事件：

> 阿丽雅德妮做了一个噩梦。
>
> 她疲惫无力地醒来。
>
> 她吃了早餐。

她去上学。

她看到勒罗伊。

她在楼梯上摔了一跤，把踝骨摔断了。

勒罗伊帮她记笔记。

她被送进了医院。

这些事件并不能构成一个情节，如果你想把它们组成一个情节，唯一的方法就是，告诉我们事件之间存在的有意义的关系。我们首先可以设想，阿丽雅德妮醒来时脾气就不好是因为昨晚的噩梦，勒罗伊帮她记笔记是因为她摔断了踝骨。但阿丽雅德妮为何会摔倒呢？是因为遇见勒罗伊吗？这是否暗示她的噩梦是关于勒罗伊的呢？是不是因为她在思考梦中勒罗伊拒绝了她，才使她没有把鸡蛋打在平底锅里？勒罗伊提出来帮助她记笔记会有什么结果呢？是他接受她了，还是只意味着一种礼貌的拒绝？因为他本可以逃课开车送她去医院拍 X 光片的。这些不起眼的事件由于存在因果关系，才会具有情感和戏剧性的意义，如果能够表明这种因果关系，那么情节也就有了。请注意，这里简要讨论的如何把事件变成情节的内容也包含了冲突以及联系或中断联系的内涵。

你完全可以按照时间顺序来写阿丽雅德妮的故事：这个故事只涵盖了一两个小时的内容，可以压缩成一则短篇小说。但即使是短篇小说，情节的选择也是避免不了的。从她摔倒时痛得把脚缩起来开始写，会不会更吸引人呢？勒罗伊过来扶她站起来，他淡黄色的 T 恤映入了她的眼帘。在剧烈的疼痛中，她一下子又想到了昨天晚上的噩梦……

故事“什么也没有发生”，是因为我们没有感觉到先发生的事和后发生的事之间的因果关系；故事里真的“发生了”什么，是因为一部小说的结局描写了人物生活的变化，这种变化就是先前发生的事情的结果。这就是亚里士多德对“开头、中间、结尾”这么简单的事情如此执着的原因。一个故事可以表达很多意义，但表达意义最重要的是结构——故事的哪个部分形成了情节——我们就是通过这一点获得“理解”的满足感的。

## 短篇小说和长篇小说

许多编辑和小说家都认为，短篇小说和长篇小说是截然不同的。我的观点是，就像故事和情节的区别，短篇小说和长篇小说之间的区别也很简单，它们之间很多深远的差异都源于一个简单的源头：短篇小说的篇幅短，长篇小说的篇幅长。

正因如此，短篇小说要惜墨如金，只能聚焦一个或很少的几个人物，它只能详细描述中心人物或人物的一个主要行动或一个主要变化。所有的语言都必须围绕中心情节。短篇小说要努力创造埃德加·爱伦·坡所说的“单一的效果”——一种能够影响顿悟性理解的单一情感——尽管这种影响和理解可能很复杂。短篇小说的优点是高度浓缩，因为它关注的是“要是……会怎么样”的问题，而长篇小说可以涉及很多问题。如果一部短篇小说情节紧凑，扣人心弦，文字简洁，结构合理，感情真挚，作者掌控得很好，那么它就是一部很好的短篇小说，因为它充分利用了短篇小说的优势——形式短小。

对小说而言，上述特质均值得称赞，但小说还需做到详尽、博大、全面。小说的威力不在于其经济性，而在于其范围之广、之宽和之长——长度是小说的介质。小说可以涉及许多意识，覆盖很多年或好几代人的时间，触及全世界的每个角落。小说可以围绕一个核心行为，再辅以若干次要情节。小说的很多人物是可以改变的，可以通过很多的、不同的效果来构成读者对小说的最终解读。只要让读者形成了那种最终的解读，有些偏离主题的内容是允许的，而且也不会破坏小说整体的平衡。

有时在一些研讨会上，一个努力按照“冲突—危机—结局”的要求来写作的新作家会担心，如果故事缺少了其中的某个要素，他的作品“就一定变成长篇小说”了。这种想法很诱人，但它回避了情节塑造中不可避免的一个挑战，因为长篇小说必须具备一个规模宏大的情节结构，而且章节也毫无例外地要围绕“冲突—危机—激增”的变化来推动小说的发展。

另外，没有哪种文学形式比其他的文学形式优越，因此很少有小说家能够不先写几部短篇小说就能出版长篇小说作品的。空间的限制越大，我们就越需要掌握好节奏、穿透力和深度。短篇小说要求作者能够应对形式、“展示”和重复生成意义的挑战，这种经历可以帮作家在今后进行长篇小说创作时节约大量的写作时间和篇幅。

长篇小说是对故事的扩展。它需要冲突、危机和结局，本书探讨的就是这些技巧对小说创作效果的影响。

> 你要爱上故事中的人物，因为他们就是你的化身或者是你的某一面，你也因此会痛恨故事中的某些人物。但无论如何，你都可能会让你喜爱的故事人物发生点不测之事，要不然故事就不好看了。
>
> ——安妮·拉摩特（Anne Lamott）

当然，不能因为短篇小说简短或我们自身的老练而把它当作文化中微不足道的东西。21 世纪对短篇小说的关注度也许会削弱，但短篇小说的专长是其所蕴含的意义和推理。通过播客、博客、网络杂志以及为了适应小屏幕设备而把长篇小说改编成短篇和片段，人们对短篇小说的兴趣开始复苏。现场故事会也获得了新鲜血液，校园故事会和大城市的剧场故事会也有了稳定的听众。跟早期杰罗姆·斯特恩的“电台”和 20 世纪七八十年代的其他电台一样，广播也开始重新播放短篇小说，“美国生活”（This American Life）电台的短篇小说节目广受听众欢迎。由此形成了一套从写作项目到出版、再到成为作家的反馈回路，出版的短篇小说集较以往大大增加，“短篇中的长篇小说”成为令人称羡的模式。短篇小说家的数量也增加了，如雷蒙德·卡佛和艾丽丝·门罗，他们觉得自己在短篇小说上更有用武之地，因此就没有必要创作长篇小说了。

## 小说的类型

虽然所有的故事都需要人物、情节、背景、场景以及特定的视角，但是不同类型的小说会更加注重其中的某些要素，并以自身独特的方式来构思这些要素。

喜爱类型小说的读者对小说的情节、角色、背景和主题有着特殊的期待，每一种特定的类型都有着自己的体例和规则。类型小说包括西部小说、侦探故事、间谍故事、爱情故事、科幻小说、恐怖小说等。文学性小说和类型小说本质上的区别是，前者由人物推动故事，后者由情节推动故事。有一种强烈的倾向——虽然不一定构成制约性的规则，即类型小说暗示生活是公平的，小说中的男主角或女主角在经历重大的斗争后获得了胜利；而文学性小说则把生活设定为不公平，胜利只是部分的，快乐也只是暂时的，人类的生存充满了不确定性，女主角或者男主角难逃一死。文学性小说要通过塑造意料之外的或者是不同寻常的人物来揭示其意义，通过危机和事件的转折来给读者制造惊喜，遣词造句也得做到锦上添花。爱情小说源于勃朗特姐妹的创作，此类小说读者的心目中一定有一个勇敢追求幸福但一切要靠命运安排的女主角、一个英俊而神秘但有着不可告人的秘密的男主角（这个秘密通常和一个黑发女人有关）、一幢豪宅、一片树林（女主角会在一定时候穿着单薄的衣服逃进这片树林），以及男主角拥抱女主角、皆大欢喜的结局。

其他类型的小说也是从曾经是主流而且代表社会主要问题或关切的小说类型发展起来的。早期的爱情小说关注的是妇女如何满足婚姻生活对稳定性和爱的需求，如何既保持独立又能够在固定的性别规则中保持安全这样的严肃话题。侦探小说是与人们对知识广泛而强烈的兴趣一同发展起来的，外加对暴力和神秘的事物进行合理解释的乐观主义期待。西部小说讲述的是数量庞大的欧美人在向西迁徙的过程中垦荒时的矛盾情结，以及欧美人对消除西部“野蛮”状态的愿望、对“驯化”西部后破坏这块宜于独居的土地的忧虑。

科幻小说是最近发展起来并一直在发展的一种小说类型，依然关注矛盾情结，但关注的核心内容是技术，即人类通过科技实现的不可思议的成就，以及人类面临的感情、精神和环境方面的危险。魔幻小说的流行大概可以归因于对那个没有科技成就和威胁的时代的怀念，因为魔幻小说采用的是中世纪的背景，并且通过魔法来解决问题。而科幻小说将背景设定于未来，通过智能和科技解决问题。这样的设定是有道理的，因为科幻小说讲述的内容是能够在当代文化中找到的事物（如太空旅行、国际或者是星际阴谋、用机械代替身体的器官、基因操控），而魔幻小说的情节一般都是过时的或过去的创伤（邪恶的统治者、恶魔降生等）。

与此类似，吸血鬼故事又重新流行起来大概是出于对霸凌的关注和对他者的拒斥，以及对这些问题的恐惧，或者是用“行尸走肉”来表明对人类毁灭的恐慌。

无论如何，这些形形色色的小说类型，包括但不限于冒险小说、谍战小说和恐怖小说，在人物、语言和事件方面都有它们自己的一套传统。需要引起注意的是，如此命名这些小说暗示了它们的受众面较为狭窄，满足的是特定读者的爱好。

青春小说及附属于青春小说的儿童少年小说尚不属于特定的小说类型，只不过是因为克蕾西达·考威尔的《驯龙高手》（*How to Train Your Dragon*）和 J. K. 罗琳的《哈利·波特》系列大获成功，出版商希望借助这些小说培养过度依赖技术的少年一代对阅读的兴趣罢了。青春小说历来有之，只是从未被称为青春小说而已，比如马克·吐温的《哈克贝利·费恩历险记》、刘易斯·卡罗尔的《爱丽丝梦游仙境》、马德琳·英格的《时间的折皱》、C. S. 刘易斯的《纳尼亚传奇》等，都是这方面的经典。

许多教小说写作的教师不接受类型小说的稿子，他们认为写文学性小说能让你写出好的类型小说，而写类型小说不能让你写出好的文学性小说，也就是不能从根本上教会你“如何写”，即做到创造性和语言的表情达意。

另外一些教师可能会采取不同的立场，他们告诉学生：如果你想写吸血鬼和伏尔甘星人的故事，那么你可以继续，但是你一样需要考虑读者对于一个好故事的期待，即人物的塑造、可信的情节、逼真的背景、对主题细致入微的把握，等等。

现实主义小说——试图呈现现实生活的真实图景，从而使读者认同小说中的某个或某些人物——对追求文学小说创作的人来说不失为一种好的开端。作者对真实性的追求堪比科学研究的观察法与验证法。现实主义也是创作的一种模式，它不但可以作为写作的开端，而且类似于绘画中对静态事物的描摹，不管现实与否，对需要进行复杂劳动的创作来说可以借此获得有用的技巧。

不管怎么说，当今文学的发展趋势已经摆脱了死板的分类，从而趋向于宽松的或多种类型的交叉，即所谓的类型破碎或类型拼接，类型小说借此不断向文学性小说靠拢。许多作家都愿意尝试融合不同类型元素的小说，从文学性小说的志向和意图出发来创作类型小说。现在已经有了约翰·勒·卡雷（John Le Carré）的文学谍战小说，安吉拉·卡特（Angela Carter）和罗伯特·库弗（Robert Coover）的文学童话故事，菲利普·K. 迪克（Philip K. Dick）、娥苏拉·勒瑰恩、多丽丝·莱辛（Doris Lessing）、玛格丽特·阿特伍德、劳伦·贝克斯（Lauren Beukes）和詹姆斯·斯迈思（James Smythe）的文学性科幻小说，阿莱特·德·博达德（Aliette De Boddard）、丹·朝恩（Dan Chon-an）的文学恐怖小说，凯特·阿特金森（Kate Atkinson）和迈克尔·查邦（Michael Chabon）的侦探小说（查邦甚至创作了夏洛克·福尔摩斯式的侦探小说），贾斯汀·克罗宁（Justin Cronin）的吸血鬼小说。值得注意的是类型拼接小说——托比亚斯·沃尔夫（Tobias Wolff）的《头颅中的子弹》（“Bullet in the Brain”），这部小说以银行盗窃案为故事的底子，然后将之糅合成了关于失落与语言的故事。还有大量的混合小说（hybrid fiction）的例子，这些小说吸纳了别的媒介或类型，如摄影、诗歌、戏剧、回忆录。亚当·索裴（Adam Thorpe）的小说《乌尔弗顿》（*Ulverton*）以电影剧本的形式作为结尾。詹妮弗·伊根的小说《恶棍来访》中有一章是以幻灯片的形式写作。超文本小说是一种互动性的和非线性的小说类型。

魔幻现实主义运用现实主义的技巧和策略，如逼真的事物、平常的人和背景、人们熟悉的心理特点，来引入不可能的或超自然的事件，但是不会偏离现实主义的基调和技巧。魔幻小说试图用魔法的力量来吸引读者，而魔幻现实主义小说走的却是相反的路子，它试图使读者相信发生在寻常的情景中的不同寻常的事。加西亚·马尔克斯被视为魔幻现实主义小说的大师，他的《百年孤独》（*One Hundred Years of Solitude*）是这种类型小说的登峰造极之作。在唐纳德·巴塞尔姆（Donald Barthelme）的小说《亡父》（*The Dead Father*）中，儿童读者要带着那个还没有完全死亡的父亲这一文字负担去阅读。卡伦·拉塞尔的《圣露西的狼女之家》（*St. Lucy's Home for Girls Raised by Wolves*）真实描写了一群以狼为父母的女孩在寄宿学校的生活。布伦娜·戈麦斯（Brenna Gomez）的《科尔佐》（*Corzo*）讲述了一个七年级的女孩冷静而血腥地把手伸进父亲的身体掏走心脏的故事。

实验小说很难定义，因为“实验”的含义本身就表明，这个东西没有人去期待或者是去预测。然而，已经有好几种实验小说获得了认可，成为文学性小说的附属类型。比如，元小说的旨趣就是探讨小说写作的本身，关注写作技巧本身的问题，认为重要的是正在被写作和阅读的小说。通常，如约翰·巴斯（John Barth）的小说所示，小说的写作过程被比拟为人类某种形式的斗争或努力。

极简主义（也被称为“微图主义”）是一种单调、简化、有节制的写作风格，特点是细节（有时是随意性的细节）的累积造成情感的麻木，信奉写作的观点要客观或者是接近客观，累积的事件要逐渐造成一种紧张、让人不安但又没有明确结果的结论。雷·卡福（Ray Carver）便是极简主义小说的首要代表。

小小说（short-short story）是一种字数在 2 000 字以内的小说，微小说（microfiction）和瞬间小说（flash fiction）用来指字数在 250 字以内的小说。[①] 根据南茜·赫德尔斯顿·帕克（Nancy Huddleston Parker）的观点，这种类型的小说“达到了所有短篇小说的极致——高度浓缩、蕴涵丰富、瞬息万变。它们整合了诗歌的简约和抒情，同时又赋予其戏剧性的效果和短篇小说的节奏——这种小说被压缩得透不过气来，就要爆炸了”。微小说有时也被称为混合小说（hybrid fiction），因为在这类短小的小说中很难清楚区分出它是小说还是诗歌。有成百上千的作者从事这类小说的创作，其中莉迪亚·戴维斯是名气最大的一个。

## 写作练习

1. 描写一个有两个人物处于要害冲突的场景：一个人物希望从另一个人物那里获取他不愿意给出的东西。让冲突升级。谁使用了什么策略占了上风？谁赢了？

2. 把上面的主题变得稍微复杂一点：两个人物各拥有某样东西的一半，缺了另一半这个东西就不完美，两个人物都想要对方的那一半。两个人物是要有联系还是要中断联系？

3. 描写一个人物为了某个微不足道的东西或问题而争得不可开交的场景。让读者懂得真正的矛盾其实是某个更为重要的事物（比如，不是为了控制距离，而是既要控制又要保持距离）。

4. 让人物与自然界的某个方面发生冲突，既可以小到与一只蚊子的冲突，也可以大到遭遇雪崩。把力量平衡好，直至危急关头，这样读者就不知道谁会“赢”。

5. 写一个不超过 3 页纸的故事，故事中的主角得不到他想要的东西，但结局仍然很快乐。

6. 挑选一个类型小说的场景或架构（幻想国度、西区酒吧、发现的一具尸体，或是其他熟悉的故事形式），然后描写一个人物的真实行

---

① 此处字数为英文字数，中文作品视具体情况而定，一般在千字以内。

为在内心酝酿的场景。

7. 在明信片上面写一个短故事，把明信片寄出去。记住，如果你想在这样一个微小说的空间里面制造冲突、危机和结局，你就得马上引入冲突。

## 推荐阅读


[1] 弗兰纳里·奥康纳．上升的一切必将汇合．张小意，译．北京：人民文学出版社，2016.

[2] "Happy Endings"
Margaret Atwood

[3] "Silver Water"
Amy Bloom

[4] "We Didn't"
Stuart Dybek

[5] "Corzo"
Brenna Gomez

[6] "How Far SheWent"
Mary Hood

[7] "Binocular Vision"
Edith Pearlman

[8] "The Second Tree from the Center"
E. B. White

[9] "The Use of Force"
William Carlos Williams

[10] "Bullet in the Brain"
Tobias Wolff

# 第七章 “请叫我以实玛利”：叙述的视角

视角（point of view）是小说最复杂的要素。我们可以用不同的方法去表示和分析视角，但是不论怎么描述，视角最终关注的还是作者、人物和读者之间的关系。

首先，我们不能把“视角”等同于普通意义上的“看法”（opinion），比如“我认为他们都该被枪毙”，而是要用一种字面上更接近的表达方式，如“立场”（vantage point）来表达，也就是谁站在何处看那个情景。

既然我们是从事创作的，这些问题不妨转换为：谁在说？对谁说？以什么形式说？以多远的距离说？

## 谁在说?

人称是作者在确定视角并开始写作时首先要明确的。选择谁来说是最简单，也是最基本的。小说可用第三人称（“她走进刺眼的阳光里”）、第二人称（“你走进刺眼的阳光里”）或是第一人称（“我走进刺眼的阳光里”）这三种人称来叙述。

从读者的角度来看，第三人称和第二人称小说是由作者来讲述的，第一人称小说则是由饰演“我”的这个角色来讲述的。

### 第三人称

第三人称视角就是由作者来讲述故事。根据作者对故事情况的掌握程度，第三人称视角又可分为以下三种。

**全知视角**

“全知作者”掌握了所有的信息，他直接把本应由读者思考得出的东西告诉了我们。一个全知作者就像无所不知的“神”一样，能够：

（1）客观地叙述故事的进展。

（2）对人物的内心了如指掌。

（3）为我们解读人物的外表、语言、动作和思想，即使人物本身并非如此。

（4）不受时间或空间的限制，从全景、远景、微观或者是历史的角度，为我们展示并告诉我们某处发生了什么、过去发生了什么或将来会发生什么。

（5）为读者提供综合的反思、判断和真相。

通过上述几个方面，我们就会接受全知作者所告诉我们的。如果你告诉我们：露丝是个好女人；杰里米不能真正理解他自己的动机；月亮将在四个小时后爆炸。如果每个人都会从中受益，我们就会相信你所说的。下面这段文字正好展示了上述五个方面的内容：

> （1）乔盯着那个尖叫的婴儿。（2）那个婴儿被他的怒容吓着了，倒吸一口气，哭得更大声了。“我厌恶婴儿哭闹。”乔心里想。（3）但是，他并不是真正地厌恶。（4）两年前，他也是这么尖叫的。（5）孩子是分辨不出厌恶还是害怕的。

虽然这个例证不怎么贴切，但技艺高超的作者可以在不同的知识领域进行自如的转换。在《战争与和平》的第一幕中，列夫·托尔斯泰这样描述安娜·舍勒：

> 她的工作要求她做一个热心肠的人。有时，即使心里不愿意，但为了不使认识她的人扫兴，她也会竭力做个热心人。安娜·舍勒经常现出微微的笑容，这同她姿色已衰的相貌并不相称。不过，她好像一个被宠坏的孩子，明知自己有招人讨厌的缺点，却不愿也不能加以克服，甚至认为无须克服。

托尔斯泰只用两句话就把安娜的心思、熟人对她的期望、她的外貌、什么适合她，以及她能做什么、不能做什么，全都告诉了我们。托尔斯泰还表达了他对娇生惯养的孩子的思考。

古典史诗（“墨勒阿革洛斯还在很远的地方，对此事一无所知，但他的内心感到火烧般的灼痛”）、《圣经》（“于是，上帝把一场瘟疫播撒到了以色列”）和 19 世纪的大部分小说（“提托伸手去帮他，此刻男人灵魂深处那奇特急速的变化显露无遗，当他开始觉得他的赎罪会被接受时，一念之间他又觉得他的努力白费了”）都是使用全知视角进行叙述的。但是，现代文学的特征之一是人物阶层的下降，从描写英雄人物转为描写普通人物，从外部动作描写转为心理活动描写。现实主义小说作家尽量避免使用全知作者的叙事手法来写作，而是把自己限定在几个特定的知识领域。

**有限全知视角**

有限全知视角是指作者可以部分拥有全知作者那样的叙述自由。该视角最常用的形式是，作者以这样的视角客观地看待事件，并允许他自己走进一个人物的内心，而不是其他人物的内心，也不具备明确的判断能力。有限全知视角对短篇小说尤其适用，因为它能很快确立人物的视角或者感知途径。短篇小说是一种压缩的文学形式，它的时间或空间只允许它形成一种意识。坚持从外部观察和始终紧扣一个人物的思想，有助于控制故事的焦点，还可以避免拙劣的视角转换。有限全知视角的另一个优点在于，它能够模拟我们个人的生活经历，即我们是无法洞穿别人的心理或动机的，那么这种模拟就会使冲突或斗争得以产生，并为小说的创作带来灵感。

有限全知视角被普遍运用于长篇小说，比如盖尔·古德温（Gail Godwin）的《怪女人》（*The Odd Woman*）：

> 又是同一天的晚上 10 点钟，住在山上的人们像往常一样小酌一杯后睡下了。而简一个人独自坐在厨房里，干净的桌子上放着一杯苏格兰威士忌，她越来越深地陷入了一种自己都无法分辨的情绪之中。她无法形容这种感觉，这让她既害怕又满足，这是一种让自己解脱并被带到某个地方的感觉。她努力地回忆，试图弄明白这一切是从什么时候开始的。

这段文字表明作者没有从全知视角来叙述，她并不打算告诉我们简究竟想的是什么，也没打算向我们说明那种连人物自己都不可名状的心情。作者交代了一些事实，也了解简的思想，这就够了。

直截了当是有限全知视角的优点。就像简自己都不知道她的内心感受，我们也无法过多地了解简的思想和感受，只是在试着去了解她。

在了解的过程中，作者和读者就达成了一种默契，大家都必须坚守这种默契。如果作者介入进来回答简的问题“这一切是从什么时候开始的?”——“其实，从简两岁时的那个下午开始，这一切就发生了，只是她从未记得。”——那么，我们就会觉得这是一种突兀而无必要的介入。所以，作者以有限全知视角来叙述，反而使故事流畅并富于可变性。

**客观的作者**

客观的作者将其知识限定于人物通过视觉、听觉、嗅觉、味觉和触觉所能观察到的外部事实。在海明威的《白象似的群山》（“Hills Like White Elephants”）中，作者叙述了一对情侣争执时的一言一行，但既没有揭示人物的思想，也没有做出评价。

> “咱们该喝点什么呢?”姑娘问。她已经脱掉了帽子，把它放在桌子上。
>
> “天热得很。”男人说。
>
> “咱们喝啤酒吧。”
>
> “来两杯啤酒。”男人对着门帘里面用西班牙语说。
>
> 那个女人端来两大杯啤酒和两只毡杯垫。她把杯垫和啤酒杯一一放在桌子上，看看那男的，又看看那姑娘。姑娘正在眺望远处的群山。山在阳光下是白色的；乡野则是灰褐色的，干巴巴的一片。

随着故事的发展，我们只需推测就知道姑娘怀孕了，那个男人胁迫她去流产。但小说从未提及怀孕和流产的事情，叙述简洁、朴实，作者始终置身事外。海明威借这一客观叙事手法想要达到什么效果呢?其实，是为了让读者自己去发现故事的原委。故事中的人物回避话题，说话支支吾吾，假装什么事都没有发生，但是他们通过动作、言语重复和口误等种种迹象暴露了自己的真实想法和感受。而读者在作者的引导下，通过推测，发现自己比故事人物本身还要了解他们自己，从而获得了愉悦的阅读感受。

## 第二人称

第一人称和第三人称是文学作品最常用的叙述视角。第二人称只是一种特殊的、实验性的叙述视角，但这种叙述视角还是值得一提，因为有些当代作家热衷于此。

韩康（Han Kang）的小说《人类的行为》（*Human Acts*）中有些部分反复运用了第二人称，展示了如何运用这一技巧使读者融入故事人物。

> “好像要下雨了。”你低声对自己说。
>
> 如果真下起雨来该怎么办？
>
> 你微微睁开眼睛，只让一缕光线透进视线，眯着眼看省政府办公室前的银杏树。风似乎在树枝的间隙留下了看得见的痕迹。雨滴好像悬停在了空中，在滴落前屏住呼吸，在颤抖着落下来的当儿，像珍珠般闪亮。
>
> 等你完全睁开眼睛，树的轮廓变得暗淡了下来。过一会儿，你就得戴上眼镜了……也许是你的视力变得不好了，没有了眼镜的帮忙你还看得清东西吗？

作者在行文中赋予了你——也就是读者——特定的特征和反应，假定你就是作者要塑造的那个人物，从而让你更加深入和密切地融入故事中。

有些作家采用第二人称描写创伤，因为那种置身事外的感觉可以消弭情感的大起大落，同时给人一种震撼力；而有些作家使用第二人称是为了使个人的体验具有普遍意义。

---

我真正想要实现的是一种读者和人物之间的亲密感，就是读者感觉自己不是在读故事，而是融入了故事之中。

——托尼·莫里森

第二人称故事的基本模式是将“你”作为故事的一个人物角色。当人物在书信和独白中的称呼为“你”时，其实叙述者仍然是“我”这个角色。当全知作者用“你”称呼读者（“你会记得约翰·多德林被困在多佛的峭壁上来回摇晃的情景”）时，这就是作者对读者的“直接称呼”，但并没有改变第三人称叙述的基本方式。只有当作者把“你”变成故事中的角色时，这样的故事或小说才算得上是用了第二人称叙述。

不同于第三人称和第一人称叙述手法，第二人称关注的是人称本身，而且很难保持不变，因为它一不留神就会跳转到第三人称或者第一人称。当然，也有读者不喜欢第二人称的叙述方式，因为他们无法从故事的人物身上找到共鸣（“过一会儿，你就得戴上眼镜了”）。虽然第二人称不大可能像第一人称和第三人称那样成为主要的叙述方法，但也正是由于这个原因，你会发现采用第二人称叙述是一种诱人的体验。

## 第一人称

当某个人物与故事的动作和事件有关时，就会采用第一人称叙述。“叙述者”这一术语宽泛地指任何一个讲故事的人，但是严格来说，只有当人物以第一人称口吻来叙述故事时才会有叙述者。这个人物可以是小说的主角，即“我”在讲述“我的”故事，在这种情况下，那个人物就是中心叙述者；也可以是小说中的一个人物在讲述别人的故事，在这种情况下，那个人物就是外围叙述者。

不管是哪种情况，很重要的一点是尽早表明故事的叙述者，这样我们就可以知道故事的主角是谁，就像保罗·比蒂（Paul Beatty）在《出卖》（*The Sellout*）的第一段所写的那样：

> 对一个黑人来说，这有点让人难以置信，但我从未偷过东西。我从未偷税漏税，也从来没有过信用卡欺诈行为。我从来没有蹭过电影，也从来没有把药店收银员多找的零钱据为己有。我视商

业本位和最低工资期望为粪土。我从未偷偷摸摸光顾过别人家的房子，从未持械抢劫过酒馆。

文中的焦点直接集中在故事中的“我”，读者都期望“我”就是中心人物，“我”的意愿与决定驱使着行动的展开。下面还有一个更加典型的例子——在劳伦·格罗夫的《幽灵与空虚》（“Ghosts and Empties”）中的人物“我”，通过这个人物我们推断故事中的问题必定会发生：

不知为什么我变成了一个大喊大叫的女人。因为我不想做一个大喊大叫的女人，不想看到我的孩子们僵硬的、小心翼翼的表情，吃过晚饭后，我穿上跑鞋去昏暗的街道上散步，把给男孩们脱衣服、洗澡、读书、唱歌和盖被子的事一股脑儿地留给了我的丈夫——他不会大喊大叫。

不同于上述以自我为主导的叙述方式，艾米·布鲁姆（Amy Bloom）的《银铃般的水声》（“Sliver Water”）开头几句就把瓦奥莱特设定为外围叙述者——她姐姐罗丝的观察者和保护者，通过对罗丝美妙歌声的描写而使她显得生动鲜活：

我姐姐的声音好像装在银色水壶里的山间小溪，美得清澈、湛蓝，让你感到凉爽，让你感觉似乎脱离了躯壳，远离了炎热。在我 12 岁、她 14 岁那年，我们看完《茶花女》，她在停车场用手肘推了我一下，说：“看看这个。”然后把嘴巴张得老大，她的声音飘了出来，清澈、透明，所有看完歌剧的人都在车前瞬间静止，拿不出车钥匙，开不了车门。等她唱完，人们开始疯狂地欢呼。

这就是我喜欢回忆的故事，我把这个故事告诉了她所有的医生。我想让他们了解姐姐，也想让他们知道姐姐并不完全就是他们看到的那样。

中心叙述者，顾名思义就是处于情节中心的人物。外围叙述者是除中心人物以外的任何人物，既可能是故事中第二重要的人物（如艾米·布鲁姆小说中的妹妹），也可能是一个旁观者。甚至第一人称叙述者也可能是多人，如威廉·福克纳的短篇小说《献给艾米丽的一朵玫瑰花》（“A Rose for Emily”），就是由小镇里的“我们”当中的某个人叙述的；或者像斯科特·布莱克伍德（Scott Blackwood）的《我们相约在这里见面》（*We Agreed to Meet Just Here*）中一再出现的：

> 这就是我们想象的欧迪失踪那天晚上的情形：他和露丝就化疗的事情发生了激烈的争吵，欧迪说他觉得化疗没有任何意义，而露丝的表现和她不高兴的时候的做法一模一样，她开车去海鲜市场购买制作青杧果咖喱炒虾的大虾。

请注意上面的叙述是如何运用对话和简述的方式，来表明那种寻常的而且“我们”所能猜到的事情的。

叙述者既可以是故事的中心人物，也可以是外围人物；人物既可以讲述自己的故事，也可以讲述别人的故事。这是广为接受而且是符合逻辑的。而作家兼编辑拉斯特·希尔思（Rust Hills）在他的《一般写作与短篇小说写作》（*Writing in General and the Short Story*）中却风趣且令人信服地提出了不同的观点。希尔思指出，叙述视角的失败，是因为我们对故事进展的感受与伴随故事发展变化的人物的感受不同。有时，叙述者看上去是一个外围的观察者，讲述的是别人的故事，实则这个叙述者已经发生了变化，而且必须发生变化，目的是让我们和他产生情感上的认同。

> 我认为，成功的小说都是这么做的：要么让故事中的人物成为叙述者，要么让叙述者成为故事中的人物。这就是希尔思法则。

当然，这种观点并不是说我们要抛弃外围叙述者这一有用的小说创作手法。希尔思使用了《了不起的盖茨比》（*The Great Gatsby*）中大家熟知的例子来解释他的观点。尼克·卡罗维是故事的外围叙述者，他观察并讲述了杰伊·盖茨比的故事，但小说的最后，尼克·卡罗维所观察的东西却改变了他的一生。任璧莲（Gish Jen）[①] 的小说《没有也许》（“No More Maybe”）开头就表明焦点是叙述者的婆婆：

> 我的婆婆来到美国后很忙。一是她要吃多多的蓝莓，因为这玩意儿在中国很贵，而在美国就便宜多了；二是她要呼吸这里清洁的空气。我的丈夫无忌（Wuji）和我已经在这儿生活了五年，故而对这空气没什么特别的感觉。而我的婆婆一定要有多多的健步走，不停地呼吸啊呼吸这干净的空气。她说她在净化自己的肺，要把所有健康的氧气吸进她的身体里。她还要看这里蓝蓝的天。

而到了故事的结尾，是叙述者自己哭了，因为她意识到婆婆老了——婆婆只是一直在自嘲，人只会有一种结局。

契诃夫（根据托拜厄斯·沃尔夫的解释）提示说：“叙述者逃不出他所讲述的故事的结局。如果他做到了，这就不是故事了，而是一件逸闻趣事、一个传说或别的东西。”

不论是中心叙述者还是外围叙述者，第一人称的叙述者都是故事中的一个人物，都具有人类的局限性，做不到全知。叙述者讲故事，也只是讲些他所知道的事情。此外，虽然叙述者可以解释故事的发展、发表言论、预测结局，但这一切难免不出错。与我们全盘接受全知作者的解释、真相揭示和预测所不同的是，我们不一定会接受这些解释、言论和预测。你可能想让我们相信叙述者，而最难做到的，也是衡量故事成功与否的标准，就是让我们相信叙述者。与此同时，作者的一个重要目的是让我们拒绝叙述者的观点，建立自己的观点。如果对“谁在说”这个问题的回答是“孩子、偏执狂、吃醋的恋人、动物、杀人犯、骗子”，那就意味着我们不一定理解叙述者在叙述时所受到的限制。通过叙述者显示和背弃这些限制的程度，可以看出他是一个不可靠的叙述者，这一现象稍后会在本章的“以多远的距离说？”这个部分进行讨论。

---

① 任璧莲，美国华裔女作家，1955 年生于纽约长岛，1977 年毕业于哈佛大学，获英语文学学士学位，而后在斯坦福商学院进修，1983 年在艾奥瓦大学写作班获得艺术硕士（MFA）学位。

## 对谁说?

在选择叙述视角时，作者给故事的叙述者和潜在的读者都预设了一个身份，也就是这个故事是讲给谁听的。

### 对读者说

大部分小说都是讲给“读者”听的，这是文学的惯例。当我们打开书，我们就会不自觉地把自己当作观众中的一员，而且也不会停下来问作者为何要告诉我们这些。毕竟，故事叙述者，不管是全知的作家还是叙述故事的人物，通常都把读者看成开放且愿意配合的普通人，而且他们认为那样讲故事无须什么理由。

> 视角的运用就是要直接而持久地把读者带入故事的中心，而且还要能把读者稳住。视角是舞台的台口，是读者欣赏故事的透明玻璃窗。
>
> ——汤姆·金克斯（Tom Jenks）

> 我的母亲生下我就死了，因此在我的一生中并不存在自我和永恒的区隔，我的身后总是吹着阴冷黑暗的风。在刚出生的时候，我并不懂得人生会是这样。到了中年，我才开始懂了，而此时我已不再年轻，也开始意识到我不可能再像从前那样拥有一些东西，而很多东西我几乎不可能再拥有了。
>
> ——牙买加·金凯德（Jamaica Kincaid）：《我母亲的自传》（*The Autobiography of My Mother*）

### 对另一个人物说

另外，故事可以讲给另一个人物或另一些人物听。在这种情况下，我们作为读者只是“无意中听到”故事而已，讲故事的人就当我们不存在。

在书信体小说或故事中，叙事的内容全部是一个人写给另一个人的信或人物之间的通信，收信的人可能是陌生人，也可能是好朋友或亲戚之类的，如几乎每年都会读李·史密斯的《圣诞家书》（*The Christmas Letter*）的读者。

> 首先，我为去年没有写圣诞信而感到抱歉（抱歉没有回电话，也没有回信，等等）。事实上，那段时间我什么也不能做，什么也没做。当时，我被一些事情吓坏了，动弹不了。后来，我又特别忙。已经离婚的玛丽贝思那时来信告诉我：“不要做任何重大决定。”建议是不错，可惜我没有听她的。我同意了分居协议，同意结束这段无过错的婚姻，也同意了桑迪马上卖房子的计划。我只是想结束这一切，就像有时你突然抑制不住冲动想整理衣柜一样。

或者说故事的惯常方式是独角戏，由一个人物大声地讲给另一个人物听：

> 那些是办公室，这些是写字台。我的写字台在那边，这是你的写字台。这是你的座机，千万别接电话，把语音留言系统开着就可以了。这是你的语音留言手册。除非遇到紧急情况，否则不得用座机打私人电话。如果必须拨打紧急电话，首先得征求主管的同意。如果找不到主管，就找菲利普·斯皮尔斯，他坐在那边。他会找克拉丽莎·尼克斯商量，她坐在那边。如果你未经允许拨打紧急电话，你就得卷铺盖走人。
>
> ——丹尼尔·奥罗佐（Daniel Orozco）：《入职教育》（*Orientation*）

当然，这种变化可以是无限多的：叙述者或是在向朋友或爱人亲密告白；或是在评审团或民众面前陈述事情的原委；或是在写一份专业性的福利情况报告，其中不能包含个人情感；或是在写一封情书，倾诉衷肠，而其实他和我们都知道这是一封永远也不会寄出的信。罗宾·赫姆利（Robin Hemley）的《集体回复》（“Reply All”）就完全是用电子邮件的形式写作的。

> 我的一贯做法是发现自己写作的、令人心烦的或者不符合社会规范的行为及心理状态在我的生活中并没有现实依据，但我担心读者在阅读的时候会自然地把这些东西和我放在一起。
>
> ——迈克尔·查邦

不管是哪种情况，这种叙述方式与直白地讲给读者听的故事所采用的叙述方式截然不同。听众和讲故事的人都被融入故事的情节之中，其假设就是读者就在故事里，但这只是假设。就我们所处的这种似是而非的亲密关系的位置而言，我们不过是故事的偷听者。

### 对自己说

如果人物的故事像日记那样私密或者像内心的一个想法那样隐秘，只愿自己知道，不想让故事中或者故事外的人知道，就会暗示出更近的亲密关系。

日记或日志的惯例是记下自己的所思所想，但作者不希望被自己以外的人看到。下面这则竞选经理的私人日记选自我的小说《猛禽》：

> 8 月 11 日
>
> 总有一天我要拧死那个婆娘。想到要扭断她那小鸡一般的脖子，这感觉实在太美妙，她简直像极了一只鸡。不过，这个比喻可能不大贴切，也不符合我的意愿，我们可不能被她的假象给蒙蔽。
>
> 今天下午，我一抬头就看见她在什里夫波特市布克 T 中学的露台上，透过双开门看得一清二楚。和亚历克斯一起在餐厅的记者后退两步，肯定也已经看到她了。

人物用记日记的形式来宣泄自己的感情，而且不想让别人知道。

不过，他有意将自己不愿示人的想法在日记中表露了出来。

**内心独白**

作者是人物内心的主宰，读者同样有能力窥见人物的思想。那些被窥见的思想大致有两种，其中更为普遍的一种是内心独白，就是通过跟随人物思想的变化去了解他的内心。

> 我必须恢复神志。我必须，就像他们说的那样，让自己振作起来，把这只猫从我膝盖上打下来，让它走开——没错，下定决心，离开，就这样做。但是，做什么呢？我的意志就像房间里那盏玫瑰色的朦胧的灯光一样，柔和、散漫而慵懒。我任它摆布。我说不清耳朵听到了什么；吃掉了眼前的东西；四目放空，道不明眼睛看见了什么；我的大脑不是在思考，而是在梦游。我时而空虚，时而充实，任心志漂浮。我无从选择。我把手放在蒂克的毛里，挠它后背，挠到它后背娇媚地拱起来。我低声说，蒂克先生，我必须让自己恢复神志，让自己振作起来。而蒂克在地上打滚，滚作一团。
>
> ——威廉·H. 加斯（William H. Gass）：《在中部地区的深处》（“In the Heart of the Heart of the Country”）

就像人的思想活动，这一段内心独白从感官印象到自我告诫；从猫到灯，再到眼睛和耳朵；从特殊到一般，再到特殊。但是，这些事物之间是有逻辑关系的，就像人物在努力地表达他的思想，心智在有逻辑、有条理地“思考”。

**意识流**

意识流承认一个事实，即人的心智不是按我们刚刚引用的那段内心独白那样以有序和清晰的方式进行的。虽然我们对意识流的运作方式知之甚少，但还是可以清晰地明白它可以跳跃、省略，可以形成，也可以打破意象，其跳跃的速度之快和距离之远不是语言可以表现的。大脑无时无刻不在同时完成着大量的任务，而这些任务并不能被大脑同时传递出来。正如你在读一句话，部分的心思在理解句子；部分的心思指挥你拿着书；部分的心思指挥你活动脊椎，让你坐得舒服；部分的心思还停留在刚刚读到的那个有趣的地方“蒂克在地上打滚”，会让你想起曾经养过的一只猫，也曾经滚作一团；还会让你想起牛奶快喝完了，必须在商店关门前写完这一章去买牛奶，等等。

在《尤利西斯》（*Ulysses*）中，詹姆斯·乔伊斯试图用大家都熟知的意识流表现手法来捕捉心智的运作速度和多能性。这种手法用起来很难，而且往往吃力不讨好：因为思维的速度远比写字和说话的速度快得多，而意识流想要揭示大脑的思维过程和内容，就需要在行文上做出比普通文法的要求更加严谨细致的选择和安排。但是，乔伊斯和其他少数作家以一种超乎寻常的方式运用意识流捕捉到了人的心智。

> 是的！之前他吃早餐，都要人把两个鸡蛋送到他床头跟前；自从在市徽饭店以后，就再没这么做过了。那阵子，他常在床上装病，说话的腔调也不对，还摆出一副亲王派头，好赢得那个干瘪老太婆赖尔登的欢心。他自以为老太婆会听他摆布呢，可她连一个铜板也没给咱留下，全部献给了弥撒……
>
> ——詹姆斯·乔伊斯：《尤利西斯》

上述两例分别运用了内心独白和意识流的创作手法，都是用第一人称来叙述的，所以我们才“偷听”到了作为叙述者的人物的心声。我们还可以通过第三人称全知或有限全知作者的叙述手法，听到故事人物的心声，如约翰·埃德加·怀德曼（John Edgar Wideman）的杰作《手鼓女士》（“The Tambourine Lady”）。怀德曼运用了第三人称叙事和意识流相结合的手法，成功完成了这一挑战。所以，对“谁在说”这个问题的回答，准确来说是“作者”。然而我们却意识到，是故事人物在连珠炮似的联想思维与自我对话。

> ……她在想什么时候才能结束你的祷告；她在想当你和自己对话的时候，这个世界是怎么消失不见的。妈妈曾经教她的话，她妈妈的妈妈曾经说过的话，也是某些人常说的话。世界无穷，阿门。上帝是不会忘记他的子民的……

## 以什么形式说?

故事的形式对于故事的整体视角具有重要作用。无论是书面的还是口头的故事，从形式就可以看出它是一般性的故事，或是新闻报道、忏悔书、内心独白或意识流，或是独白、演说，或是日记。其实，形式包含的远不止这些。你可以用目录或电视广告的方式讲述自己的故事，只要设法让它成为故事的形式就可以了。

形式对视角很重要，因为故事以哪种形式讲述会反映出叙述人自我意识程度的高低，这反过来又会影响语言的选择、关系的亲密度和讲述的诚实度。总体而言，笔头叙述隐含的自发性要比口头叙述弱，而口头叙述的自发性又比思想的自发性弱。针对同一个事实，一个叙述者以给他奶奶写信的方式讲述和以大声地告诉朋友的方式讲述，诚实度是不一样的。

由叙事建立起来的叙述者与听众之间的关系，比起其他关系更容易产生故事的形式，但是对“谁在说?”“对谁说?”“以什么形式说?”这几个问题的回答，任何答案都是可能的。如果你以一位全知作者的口吻和文学意义上的“读者”对话，那我们可以认为你用的就是“书面故事”的形式。但你可能会说：

> 等等，请过来一下。在床柱和墙之间的角落，丢的是些什么东西？是块抹布，是不是？还是一条内裤？

如果你这样说了，那么你至少短暂地陷入了一种口头叙述的惯例，达到的效果就是我们立即被拉进了现场，同时故事的视角也发生了轻微的改变。中心叙述者好像是在思考，并在“自言自语”；而事实上，他是在愤怒地向另一个人表达自己的想法。相反，一个人可能是在给另一个人写信，然而写信这种受意识指挥的行为却出卖了他秘而不宣的想法。上面提到的这些复杂情况将会改变并预示故事的整体视角。

## 以多远的距离说？

小说的视角好比化学家的显微镜和塔楼上的瞭望台，也会涉及观察者和被观察的事物之间的距离问题，这种距离可大可小。距离既可以是时间的也可以是空间的，跟所叙述的事件的字面距离有关。

> 那年春天，正值我潜力无限又身无分文，于是我做了一名保安。那个时候，我正年轻，花钱大手大脚。几乎每天晚上，我都平静地带着甜美的期盼坠入梦乡，期盼着我那无限的潜力突然间实现了，那些关于我的小型传记的书封上面都落满了灰尘。
>
> ——詹姆斯·艾伦·麦克弗森（James Alan McPherson）：《金色海岸》（“Gold Coast”）

这里表现的是几十年的距离，视角是叙述者讲述年轻时的自己。我们认识到文字是叙述者年老时写的，而且顺着这一线索内心暗自嘲讽他的甜美期盼最终未能如愿以偿这一事实。

> 我对写作另一个种族的人物感到非常紧张。之前我从未写过，因此很担心，害怕写出来的东西对人物的描写显得不伦不类……我坚持了下去，而且还成功了。
>
> ——麦可·康宁汉（Michael Cunningham）

通过缩短读者和文本之间的字面距离，现实的距离也可以被缩短，正如选自我的小说《生丝》（*Raw Silk*）的这段文字，就很好地表明了这一点：

> 她的脸和我的脸只隔着半英寸的距离。窗帘拍打着开着的窗户，她的眼眸在时明时暗的光线里充满了渴望。我认识吉尔的眼睛，我画过她的眼睛。她的眼睛充满激情而安静……隔着镜片快要燃烧起来。

作者距离，有时称为“心理距离”。这种距离体现在两种程度上：一是读者与人物的亲密和认同程度；二是读者与人物之间的分离和疏远程度。如果想要创造一种距离感，可以通过使用抽象名词、简述、树立典型和显露客观性来实现。这类技巧在其他语境中可能被当作写作的瑕疵，但在下面这段话里，作者有意使用这类技巧将读者和人物分开，通过一系列的细节来实现历史大清扫。

> 故事是从后院开始的。先是男人们手持长叉，一门心思关注热量大小、烟尘和突然冒出的危险火焰。妻子们把印着铁轨条纹的围裙递给男人，围裙正面写着“东西烫，老大上”的口号，意在鼓励他们加油干。后来，到了该谁洗餐具时，情况就有点麻烦了，你不能总是指望用纸盘子吧？等到女人厌倦了做奶油糖果糕和有烤胡萝卜的果冻沙拉、想出去挣钱的时候，一切就发生了变化。
>
> ——玛格丽特·阿特伍德：《慢炖》（“Simmering”）

当然，也可以通过描写具体细节、场景和人物的思想等来达到亲近和同感的效果。

> 她梦见自己不是一个三个孩子的母亲。她把手中的鲜花攥得越来越紧，就好像掐死了三岁、四岁和五岁的生命一样。在半信半疑中，她感到一阵羞愧和害怕。她第一次看着牧师，眼神里挤出了一点谦卑，看上去好像她相信他真的是上帝的圣徒。她知道上帝的模样，就是一个黑人小男孩，胆怯地拉着牧师衣服的后摆。
>
> ——艾丽斯·沃克（Alice Walker）：《萝斯莉莉》（“Roselily”）

而多种手法的综合运用可能会让我们既产生同感又产生疏远的感觉，这通常就是喜剧的效果，比如下面这个例子：

> 我是一家饭店的洗碗工。我不想给别人留下什么印象，我也不吹嘘。这就是我的工作。它可不是人们都向往的那种工作。当然，你赚了大钱，人人都仰慕你、尊敬你，但你就会承担很多的

责任。这会让你不堪重负，摆脱不得。我猜想，如今这光景，人人都想当洗碗工，但是他们对洗碗工的认识也太理想化了。

——罗伯特·麦克贝克西（Robert McBrearty）：《洗碗工》（“The Dishwasher”）

作为作者，你可能会要求我们完全认同一个人物，并且彻底谴责另一个人物。一个人物可能会很严苛地评判另一个人物，作者需要我们去坐实那个评判。如果故事里还有一位叙述者的话，那他会觉得自己比别人道德高尚，而背地里作者会让我们觉得这个人道德低下。在那种情况下，你就在叙述当中创造了一种道德距离以及一个不可靠的叙述者。

下面是以第一人称叙述的一个片段，一个专横而阴郁的女人从她的视角讲述了自己的故事：

我总是尽力做善事、帮助人们，这是我的社会责任和天职。但是，现在我要告诉你的是，没有人会对你说一声“谢谢”……

曾经有一个邋遢的胖女人住在街对面，有一天她来到了我的教堂。每个月，她家里都会来不同的男人。我和牧师讲了她和那些男人的事情，她生气了。我在尽我的职责啊，她却生气了！我和她说社区需要楷模，如果这个人非我莫属，我不受难谁受难！她说我是社区的楷模，还是很多事情上的楷模。但我把这件事和牧师说了，不久她就搬走了。感谢上帝！社区干净了！

——J. 加利福尼亚·库珀（J. California Cooper）：《监视人》（“The Watcher”）

我们不相信对这个女人的任何评判，但我们都意识到存在一个我们相信的作者，他操控着叙述者讲述这个女人的事情的口吻。感情的宣泄充满了讽刺，然而由于叙述者自己没有意识到这一点，这种讽刺直接指向了那个女人。我们听得出来，干涉被包装成了职责。当叙述者用那些陈词滥调自吹自擂时，我们觉得她更像一个令人讨厌的人，而不是一个楷模。当她盗用那句《圣经》里的“我不受难谁受难”时，我们怀疑牧师也会对她赞赏有加。而叙述者自以为是地滥用感叹号，表现出了她不合时宜的强势。这样，我们可能喜欢上了那个“邋遢的胖女人”邻居，也明白了那位邻居搬走的真正原因。

**叙述视角**

<table>
<tr><th colspan="3">谁在说？</th></tr>
<tr><td>以第三人称：作者<br>全知视角<br>有限全知视角<br>客观的作者</td><td>以第二人称：作者</td><td>以第一人称：人物<br>中心叙述者<br>外围叙述者</td></tr>
<tr><th colspan="3">对谁说？</th></tr>
<tr><td>第三人称：对读者</td><td>第二人称：“你”<br>作为人物<br>把读者变成故事人物</td><td>第一人称：对自己或另一个人物</td></tr>
<tr><th colspan="3">以什么形式说？</th></tr>
<tr><td colspan="3">故事、独白、书信、日志、内心独白、意识流等</td></tr>
<tr><th colspan="3">以多远的距离说？</th></tr>
<tr><td colspan="3">完全认同——→完全反对<br>说话人与读者在时间、空间、智力、道义、措辞、理智等方面</td></tr>
</table>

在这种情况下，我们就完全不能相信叙述者，也就不可能接受其发表的任何评判。但是，在某些价值领域，叙述者还是可信的，而在其他领域则不可信。马克·吐温作品中的人物哈克贝利·费恩就是一个极好的例证。哈克决定去解救他的朋友吉姆，却惊讶地发现汤姆·索亚也同意这一计划。

> 他是一个体面而有教养的男孩，他输得起，他们家的人也输得起。他头脑聪明，知道的东西很多。他很大方，而且心地善良。但现在他既没有荣誉，也没有正义感，还缺乏感情，堕落到这般田地，自己蒙羞不算，还让家人在别人面前抬不起头。我真想不明白，根本想不通。

上面这段文字延伸出来的讽刺含义是奴隶制应该由体面、聪明、有知识、仁慈等品格来捍卫。我们不赞同哈克对汤姆的评价，也不赞同他对自己隐含的评价——他把自己评价得如此渺小，放走一个奴隶又算什么。哈克的道义本能其实比他自己理解的要高尚（请留意作者是如何通过哈克说话时的遣词造句和少量的拼写错误在不经意间泄露出他的教育水平不高的）。因此，就哈克作为叙述者来说，在作者和读者之间形成了知识的对立，但在道义上对他是认可的。与此类似，通过可靠的“靠不住的”叙述者扭曲的观点可以揭示制约人物的社会制度的准确样貌，这类叙述者包括肯·凯西（Ken Kesey）的《飞越疯人院》（*One Flew Over the Cuckoo's Nest*）中的叙述者布罗姆登酋长，以及夏洛特·珀金斯·吉尔曼（Charlotte Perkins Gilman）1892 年的小说《黄色墙纸》（“The Yellow Wallpaper”）中被禁止写作的、“歇斯底里的”、疾病缠身的妻子。

> 对多数作家来说，只消假以时日，视角的选择就变成了直觉。你听见一个声音，然后跟着这个声音走。
>
> ——伊丽莎白·斯特劳特

不可靠的叙述者——现代小说中最受欢迎的人物之一——其实并不是文学的新人，而是在小说出现之前就已经存在。每一部戏剧当中都有讲述他们自身情况的人物，通过这些人物我们部分地或者完全地与某个范围产生了距离。因此，我们羡慕俄狄浦斯的智慧，但又因为他的迟钝而愤怒；我们认同奥赛罗的道义感，却不相信他的逻辑；我们信任斯波克的大脑，但不信任他的内心。正如这些例子表明的，靠不住的叙述者为我们呈现的往往是一致的不一致性以及充满戏剧性的讽刺，因为我们对人物、事件以及人物和事件的意义的“了解”往往比叙述者多。

## 距离与“作者—读者”关系

有一种关系没有任何距离，就是作者与读者之间的关系。

有些经历会让初学写作（甚至是小有成就）的作者伤神：明明想把主人公塑造成对人体贴入微的人，在读者眼里主人公却成了自怨自艾的人；明明想把她塑造成机智幽默的人，在读者眼里她却成了庸俗的人。如果出现这种情形，那就是作者距离或心理距离的失败。如果作者对人物缺乏深入的了解，就无法使我们相信他的评判。我想起在写作课上遇到的一个学生，他对意象和场景的描写非常成功，他写的故事讲述的是：一个年轻人爱上了一个貌美如花的女孩，然而在这个年轻人发现那个女孩曾经做过乳房切除手术后，他对女孩的感情由爱变成了厌恶。班上一个态度最坚决的女权主义者很喜欢这个故事，称其“展示了一个肮脏的婊子”。但是，从作者的本意来看，这是对他的作品的误读，因为作者的本意是把这个年轻人塑造成一个富有怜悯心的人物。

你要描写一个事件，你是故事的主角。但……你会以一种夸张的方式来做伪装。

——艾拉·伍德（Ira Wood）

作者还可以通过使用时间、空间、语气和反讽的手法创造距离感或亲密感。由置身事外的叙述者来讲述很久以前发生在千里之外的故事，与由故事中的人物来讲述发生在当前的故事，是不同的感觉。故事的语气和所采用的反讽手法也能暗示读者应该怎样评价人物和看待人物的处境。比如在丹尼尔·奥罗佐的小说《入职教育》中，我们只能从一定的距离来审视办公室里的工作人员，因为我们是以叙述者的语气来阅读的，距离也随着叙述者的语气保持单调平淡而慢慢增加：

> 阿曼达·皮尔斯也是有夫之妇，她的丈夫是名律师。他让她承受了不断增强的痛苦而露骨的性活动，阿曼达勉为其难地屈从于他。她每天早晨拖着筋疲力尽的身子来上班，身上每天都有新添的伤痕，因为胸部挫伤、腹部瘀伤或者大腿二级烧伤而流露出一副痛苦的表情。

作家面临的一个无法回避的挑战是选择和控制好最适合某个故事的心理距离。对于被上述问题压得喘不过气来的写作新手来说，最好的选择就是先确定叙述的视角，而情节和主题事先是来不及考虑的。叙述视角会自然随着故事的发展而变化，你只消跟着自己的直觉走就可以了。如果故事发展顺利，这时再来分析特定的叙述视角问题就特别有用，作家们提出的见解也具有重要的价值。

## 关于视角一致性的一点提示

在设立故事的叙述视角时，你可以制定自己的规则，但规则一旦定下来，你就必须遵循它。小说作家就好比诗人，他可以选择究竟是写自由体诗还是写民谣体诗。如果是写民谣体诗，那他就得遵循民谣体诗的韵律。与此类似，一旦你向读者表明了视角，你就必须坚持这个视角写下去。有些初学散文体小说写作的作家，往往在没有必要而且会扰乱读者的情况下改变叙述视角。

> 利奥的脖子被演出服的毛领扎得通红。他专心致志地弄着纽扣，尽量不去看乐队指挥的脸，而指挥似乎并没有生气，还显得很开心的样子。

其实，这是一次蹩脚的视角转换，我们已经感觉到了利奥的窘迫感，却突然又让我们跳进了指挥的情感中。纠正的办法是通过利奥的心理活动过渡到他可能做出的观察。

> 利奥的脖子被演出服的毛领扎得通红。他专心致志地弄着纽扣，尽量不去看乐队指挥的脸，而指挥却令人惊讶地笑着。

这样改写一下，读者就更容易理解，当利奥察觉到乐队指挥并没有生气时，我们仍然停留在利奥的心理活动上。这还进一步暗示了其实利奥的注意力并没有完全在扣子上，从而增强了他的不知所措感。

对小说作家而言，除了重要细节，叙述视角是另一项需要掌握的重要技巧。叙述视角的悄然转换有时很难发现。在写作研讨活动中，同学们虽然通常会发现别人作品中的这类问题，然而却找不出他们自己作品中的这类问题。还有一些情况是尽一切可能去探索场景，这本无可厚非，但有一种错误的观念认为，如果不转换叙述视角就无法达到这一目的。的确，有些实践经验丰富和技巧熟练的作家会打乱叙述视角的一致性来实现新颖和原创的效果。不过，普遍的规则是不变的，如果视角的转换是随意的或者是无效的，就表明这个作家比较业余。叙述的视角一旦确定，就会在作者和读者之间形成一种契约关系，这种契约关系是不能轻易打破的。如果你关注的是詹姆斯·洛德里对格鲁梅夫人和她的猫的行为描述时的心理活动，但是你突然又去关注格鲁梅夫人的心理活动，让我们知道她是如何看待詹姆斯·洛德里的，你就打破了契约关系。如果你在我们毫无准备的情况下告诉我们猫的想法，我们可能会觉得你这是在捉弄我们，就可能会解除全部的契约。

## 关于“文化挪用”

“文化挪用”在21世纪的头十来年间遭到了强烈的抗议。文化挪用指的是从另一个种族、另一种性别或者另一个民族的人的视角来进行写作。中产者、西方人、白人、男性作家有什么权利去书写与他们的经历完全不同的人——尤其是黑人、穆斯林、受害女性、移民——的生活、欲望、恐惧和希望？这些人曾经被殖民、被征服、被隔离、被歧视。

当然，写小说还有附加的好处，比如你可以脱离自己的身体，这样你就能够拥有超越自己生理特征的感受。

——德伯拉·艾森伯格（Deborah Eisenberg）

这个问题一时半会儿说不清楚。毫无疑问，文化偷窃是存在的，一种文化中的艺术在未得到承认和未获得报偿的情况下被用来谋取声名和钱财（例如，游方艺人、黑人利用[1]，还有猫王？嘻哈?）。当然也有认真学习别的文化，并且将这些文化推广至更多的人或者搭建文化沟通桥梁的种种努力（例如，雷村黑斧合唱团[2]、酷派爵士乐、黑豹乐队）。不过，要撇清两者的差别并不容易，尤其对小说写作而言，小说的具体意图是进入别人的心灵，这个心灵虽然不是作者的心灵，却是作者心灵的产物。这种意图是有意识的，其本质是要能够产生共鸣，因此就有可能被扭曲，其结果可能是残酷而低效的。如果结果是这样，就不是好的艺术，甚至不是艺术，就必须被取缔、被谴责。

但获取情感共鸣的努力是必要而紧迫的。我们需要相互想象。随着世界各国的种族和民族交融越来越深入，越来越多的作家需要更多地想象多民族融合社会中人们的心态和生活。剧作家林·诺塔奇（Lynn Nottage）在获得普利策奖的戏剧《汗水》（*Sweat*）中公开宣称她要破除“白人男性凝视”，她将戏剧的背景置于宾夕法尼亚雷丁的钢铁厂内。在剧本中，为了表现种族和阶级差别的问题，她选择了从白人和黑人、男性和女性、移民和本地人的视角来进行创作。安妮·普鲁为了在《树皮》（*Barkskins*）中描绘美国森林遭受的毁灭，把自己“变成”了数十个法国猎人、印第安人、强壮的伐木工、冷酷的剥削者和老辣的女商人，来表现历史的绵长。情感共鸣自古以来就是想象性

---

① 黑人利用，原文是 blaxploitation，指在电影中黑人形象程式化且脱离现实。

② 雷村黑斧合唱团，Ladysmith Black Mambazo，简称 LBM，是南非著名的土著合唱团体，他们外形虽然粗犷，歌唱却以纯朴旋律与清澈和声著称，是全球唱片销量最大的非洲音乐组合。乐队由 10 个非洲黑人组成，表演的是最原始的非洲音乐。

艺术必不可少的要素。“文化挪用”以及表征他人的心灵不仅已经成为，也将越来越成为作家设法去想象他们内心真实感受的重要事务。但问题依然存在，对“挪用”的指责也不会减少，除非在谜一般的将来全体人类认可彼此的经历而且平等相待。

同时，在我们生存的这个千疮百孔的星球上，在我看来只有一种前进的方法，就是承认一种与言论自由这个概念并行的命题，即想象的本质是自由的，是不能接受审查的。和言论一样，作家的想象不能设置边界，除非遇到威胁、仇视或是煽动。作家有想象任何人、任何地方、过去、将来或者不存在的时间的自由；作家也可以将自己的小说设置在一个他从未见过的国家或者他只去过一次的城镇。同样，跟言论自由一样，想象也是可以被批评的：这听上去是真的；你那样想是错的；你的理解完全正确；你不理解；你是如何知道的；你的想象太弱了。作家对想象唯一的义务就是持之以恒地提高自己的想象力。

## 写作练习

1. 写一句关于你自己的、明显虚假的陈述：“我养了一条宠物蛇”，或者“晚上我把自己的脚取下来”，或是“上星期我抢劫了 200 万美元”，越离谱越好。然后接着往下写，用这个虚假陈述来描写某个有可能确切存在的人。这也许写不出一个很好的故事，但比起用“我”来做故事人物，这样做可以让你拥有更多想象的自由。

2. 写作某样事物（人、植物、动物、机器、计划、热情，等等）诞生或死亡的场景，要使用“全知视角”的五种知识来写作。注意，要写出不止一个人物的思想，让读者知道至少一个没有意识到自己有那种思想的人物，可以是过去的，也可以是将来的，然后从中得出一个普遍的道理。

3. 选取任意一个你先前写作的场景，从另一个视角对此场景重新进行写作，不仅要改变人物，还要变换人物的感觉，这样读者就会对事件有完全不同的看法。

4. 以第二人称写作一个场景。在此场景中，你要让读者成为傻子、偏执狂、罪犯或者任何不光彩的人，说服读者一直把这个人演到底。

5. 从不属于人类的任何一个事物的视角来写作一个场景——动物、蔬菜、矿物、传说中的怪物、天使，试着套用这个事物会使用的术语、参照的框架、具有的道德和语言。

6. 从一个我们完全拒绝其观点的人物的视角来写作一个场景。

## 推荐阅读

[1] 欧内斯特·海明威．白象似的群山//海明威短篇小说选．陈良廷，等译．上海：上海文艺出版社，2019.

[2] “Rape Fantasies”
Margaret Atwood

[3] “Gryphon”
Charles Baxter

[4] “Jealous Husband Returns in Form of Parrot”
Robert Olen Butler

[5] “Story”
Lydia Davis

[6] “Who’s Irish?”
Gish Jen

[7] “Love and Lethe”
Samuel Beckett

[8] “Orientation”
Daniel Orozco

[9] “Victory Lap”
George Saunders

[10] “The Excursion”
Joy Williams

# 第八章　似是而非：比拟

## 隐喻和明喻

我们每个读者在阅读时都是一个“自欺者”。我们一方面“相信”一个故事，另一方面却清楚那都是虚构或编造出来的。有时，我们对故事的真实性深信不疑，以至于会产生各种身体反应——泪流满面、浑身颤抖、唏嘘不已、气喘吁吁或感到头疼。同时，即使我们知道小说是虚构的，我们也心甘情愿地任小说影响我们的情绪；我们会像塞缪尔·泰勒·柯尔律治（Samuel Taylor Coleridge）说的那样暂时停止我们的怀疑。在电影院里，当六岁的孩子大声尖叫时，有点生气的父亲会把孩子带到影院大厅，然后告诉他：“这仅仅是电影，不是真的。”父亲知道小说是虚构的，但孩子不知道。

读者既相信故事，同时又知道故事是假的，对文学作品的内容如此，对文学作品所使用的技法亦然。而所谓艺术乐趣便源自这种“亦真亦假”的矛盾。例如，小说情节告诉我们，不会发生的事情发生了，子虚乌有的人物做出了出人意料的行为，我们认为生活中随机的、不相关的事件变成了必然的、关系紧密的事情。当错觉让人觉得仿佛是真的，但人们却清楚那就是错觉的时候，艺术美感就产生了。

每种艺术的技法都为我们呈现了似像非像的张力。诗歌是这样的，它的韵脚非常有趣，比如“飞”和“灰”的读音很像但又不完全相同；音乐也是这样的，它的有趣之处在于主旋律之下有着丰富的变化。而文学的乐趣很大程度上源于比喻的本质特性。

作者通过比喻这种文学手法告诉我们物体甲是或像物体乙，而实际上物体乙显然不是或不那么像甲。比喻是一种展现的手段，因为它通过将物体甲比作物体乙，更具体生动地描写了物体甲的本质特征。好的比喻会把两个表面上不像的事物放在一起比较，让我们很惊讶，但同时却向我们证明了这两种事物的相似性。在这个过程中，比喻可以让小说故事及其主题的意义更加突出。糟糕的比喻要么过于平淡无奇，要么让我们觉得很牵强，要么两者兼而有之，结果无助于表现故事主题。

## 隐喻和明喻的种类

在各种比喻中最简单、通常也是初涉文学的学生最先掌握的一对区别便是明喻（simile）和隐喻（metaphor）的区别。明喻是使用了“像……一样”这样的标志性表达的比喻，隐喻则是不使用这种标志性表达的比喻。虽然二者之间的区别是技术性的，但这种区别并非微不足道，因为隐喻更难被读者所接受。如果你说“女人是玫瑰”，那么读者只有完全放下怀疑，才能接受；但如果你说“女人像玫瑰一样”，这句话本身就已经包含了表示比喻的结构。

不管是明喻还是隐喻，它们与读者的共鸣都在于被比较的两个事物之间共有的本质性的或抽象的品质。当作家说“房子的眼睛”或“心灵的窗口”时，将眼睛比作窗户，是因为二者都包含了“里外之间视觉的传递”这一共性特征。当我们说狮子是“百兽之王”时，我们的意思并不是说狮子头戴王冠或坐在王位宝座上（尽管在童话故事里，为了表现外观上的相似性，狮子确实是这个样子的），而是说国王和狮子都有权力、地位、荣耀和举止方面的抽象的共同特征。

不管是明喻还是隐喻，物理上的相似性都可以表现出抽象特征的相似性。所以，说“女人是玫瑰”也好，说“女人像玫瑰一样”也罢，比喻的意义不在于她们的物理相似性，而在于她们的物理相似性所包含的本质特征——苗条、温柔、芬芳、美丽、鲜艳，也许还包括玫瑰刺所隐藏的威胁。

我上面所举的所有隐喻和明喻的例子现在都已经沦为陈词滥调或所谓的“死隐喻”（dead metaphor，即过于熟悉以至于失去了其最初的比喻效果的比喻）。它们都曾经以比喻的巧妙给读者带来过惊喜，但由于被使用得过于频繁，如今已经没有了丝毫的新意。我的目的是想通过为人熟悉的例子来说明一点：比喻之所以能引起共鸣，取决于被比较的两个事物外表的相似所表达出的抽象意义。好的隐喻很好地反映了两个事物本质上的相似性，这是作家选择隐喻对象的原则。

所以，奥康纳在他的《好人难寻》（“A Good Man Is Hard to Find”）中将那位母亲描述为有着“一张像卷心菜一样宽大而单纯的脸”。一个足球的大小和形状与卷心菜差不多，教室里的地球仪或街道上的路灯的大小和形状也与卷心菜差不多，但如果把这位母亲的脸比作这几样东西中的任何一样，她将会是完全不同的女人。因为我们知道，卷心菜除了宽大外，还有乡土气息、笨重、紧致、廉价的特征，所以作者用卷心菜来比喻这位母亲的脸，传递了这位女人更复杂的抽象特征——她的地位和智力情况。相比之下，纳撒内尔·韦斯特（Nathanael West）的《孤心小姐》（*Miss Lonelyhearts*）中的施丽克脸上就没有这种单纯，她“三角形的脸像一把小斧头一样嵌在脖子上”。

除非你能娴熟地运用隐喻，接受过诗歌创作中隐喻知识的教育，否则不要轻易使用隐喻。

——罗伯特·弗罗斯特（Robert Frost）

有时，恰到好处的比喻中的喻体可以从与本体相关的参照领域选取。在小说《董贝父子》中，作者狄更斯将船部件制造工匠所罗门·吉尔斯描写为“眼睛红红的，仿佛有两个小太阳透过一层雾在看着你”。而在肯·凯西的《飞越疯人院》中，因为休克疗法而变傻的拉克利的眼睛“浑浊、灰暗、呆滞得像熔断了的保险丝”。但有时隐喻的喻体也可以与本体相差很远，在这种情形下，比喻所表达的抽象意义必须给我们以很强的冲击，而且在实质上必须很恰当。在威廉·福克纳的《献给艾米丽的一朵玫瑰花》中，艾米丽·格里尔森“黑色的眼睛里透露出傲慢，脸上从眼窝到太阳穴的肌肉紧绷着，就像灯塔看守人的脸”。艾米丽小姐和“海”没有关系，但这个比喻却让我们不仅想到她的一脸严厉和自负，还想到她将自己独自锁在一个房间里。艾米丽老的时候，眼睛“看起来像两块煤被塞进了一坨面团里”，这一比喻突出了她待在家里不见天日的特点。

明喻和隐喻都可以被延伸，意思就是说作者可以进一步呈现本体和喻体不同方面的相似之处。

> 一片白茫茫的雾……像某种固体的东西笼罩着你。八九点的时候，大雾散开了，仿佛百叶窗被升起了一样。我们看到了耸入云霄的树木和密密麻麻的丛林，太阳像一个挂在林子上方的小球，发出耀眼的光芒——一切都是那么宁谧。随后，百叶窗再次流畅地降了下来，流畅得就像是通过油槽滑落下来的。
>
> ——约瑟夫·康拉德（Joseph Conrad）：《黑暗之心》（*Heart of Darkness*）

请注意，在这段文字中，康拉德从较为笼统的形象——“某种固体的东西”写起，进而写到更为具体的明喻“仿佛百叶窗被升起”；接着，明喻变成了隐喻——“百叶窗再次流畅地降了下来”；最后，比喻进一步引申，变得更加具体——“流畅得就像是通过油槽滑落下来的”。

我们还可以注意到，康拉德将很大的自然意象比作较小的人造物体，从而强调了寂静而浓厚的大雾。当代的一些作家也使用过这一写作手法，以达到诙谐而深刻的效果。比如，弗雷德里克·巴特尔梅（Frederick Barthelme）在《兄弟》（*The Brothers*）中描写了一个年轻女子的“生命在前方延伸，就像无数还未出租的录像带一样”，还描写了一个男人的头“像黑色天空下的一个巨大的棉签一样快速摆动”。

比较平常的比喻手法是将较小或较普通的意象比作一个较庞大或更有意义的意象，正如下面这段来自路易斯·厄德里奇（Louise Erdrich）的《马基马尼特》（“Machimanito”）的文字中，故事叙述者想起了那些死于肺结核的印度人的名字。

> 他们的名字在我们的身体里滋长，不断膨胀，最后挤到了嘴边，让我们午夜惊醒，眼里盈满了冰凉的泪水——鼻涕流了下来，眼泪从眼角慢慢流了出来。他们的名字就像碎冰片一样在我们的身体里跳动和游移。

巧喻（conceit，既可以是隐喻，也可以是明喻）是指本体和喻体惊人地迥异、差异极大的比喻——用塞缪尔·约翰逊（Samuel Johnson）的话说，就是“生拉硬扯地将二者凑在一起”。巧喻最不同于像“土豆的眼睛”这样纯粹的感官上的比喻。巧喻所比较的两个事物几乎没有任何相似性，或这种相似性很难一下子让人理解，因此，巧喻的特点就是表述很长。作者必须向读者解释清楚（有时需要非常详细的解释）：为什么可以说这两个事物有相似之处？约翰·多恩（John Donne）将一只跳蚤比作“三位一体真神”（Holy Trinity），这两者没有任何共同之处，所以我们无法理解。所以，多恩必须向我们解释：这只跳蚤同时吸了诗人和他情人的血，于是体内便流淌着三个灵魂的血液。

巧喻在诗歌中比在散文中更常见，因为它是意象的高度浓缩。但巧喻可以用在小说中，以获得良好的效果。纳撒内尔·韦斯特（Nathanael West）在《蝗虫之日》（*The Day of the Locust*）中用了一个巧喻，坚定地贬低了爱情。电影编剧克劳德·埃斯蒂（Claude Estee）说：

> 爱情就像一台自动售货机？这个比喻还不错。你将一枚硬币塞进去，将控制杆按到底，然后售货机里便有了一阵机械运动，最后你得到了一颗小糖。你透过脏兮兮的镜子皱了皱眉，正了正帽子，一把抓起你的雨伞，径直离开，装出一副什么都没发生的样子。

“爱情就像一台自动售货机”是一个巧喻，如果作者不向我们解释爱情如何像自动售货机，我们可能就无法理解。于是，他通过一连串意象进一步描述了自动售货机，这些意象告诉我们那不是“爱情”，而是龌龊的性行为。最后一幅画面——“装出一副什么都没发生的样子”跟自动售货机没有任何关系，我们之所以接受这个意象，是因为这时候我们的脑子里已经把本体和喻体的内涵融合在了一起。

## 死隐喻

在比喻这个体系的另一端是死隐喻，也就是大家熟悉的，这类隐喻事实上已经不再是一种隐喻了，它已经失去了原先的比拟功能，而且获得了新的定义。福勒（Fowler）的《现代英语用法》（*Modern English Usage*）使用了“筛除”（sift）这个词来表示死隐喻，即“被用得过于频繁，以至于说者和听者都没有意识到所使用的词不是其字面意义”。

> 因此，在“the men were sifting the meal”（男人们在精心挑选晚餐）中，我们知道“sift”用的是字面意义；在“Satan hath desired to have you，that he may sift you as wheat”（撒旦想把你吃了，他会像筛小麦那样对待你）中，“sift”是活隐喻；在“the sifting of evidence”（仔细筛查证据）中，由于这个隐喻过于熟悉，感觉用“sifting”（筛查）和“examination”（查证）都差不多，所以“筛查”（sieve）这个词也许就不是我们首先想到的。

英语中存在丰富的死隐喻。充裕（abounds）就是一种死隐喻，我们首先想到的不是液体溢流这一隐喻含义。说某人冲向（runs）办公室，我们首先想到的不是人的脚；当我们说起某人的“目标”时，我们也不会想到“箭”这个词；我们经历“煎熬”时也不会想到“火中的石头”（hot stones）。虽然从隐喻的源头我们还是能感觉到残留的隐喻含义，但我们是不会费力去破解这点张力的。英语孕育了大量的死隐喻（就包括这里说的“孕育”一词，以及土豆的“眼睛”），而这些死隐喻又以习语的形式复活了，即“一种说话的方式”。只要张口说英语，几乎免不了要用到死隐喻，这也使成年人很难把英语作为第二语言给学好。

> 隐喻或许是人类最富裕的潜能，它的效能近乎魔法。隐喻也许是上帝在创造人类的时候不小心遗留在人体内的一件工具。
>
> ——何塞·奥尔特加·盖塞特（José Ortegay Gasset）

语言学家兼哲学家史蒂芬·平克（Steven Pinker）在《语言本能》（*The Language Instinct*）中表明了死隐喻无处不在，他认为一门语言中“思想是物品，句子是容器，而交际是发送”：

> 我们“收集”自己的思想，把它们“装进”词里。如果我们的言语不是“空的”，我们就能“传递”这些思想或者“使”这些思想被听者“理解”，听者能够“拆开”我们的语词，“提取”语词的“内容”。

与此类似，我的小说《生丝》的女主角在日本时试图用英语进行交流，在使用习语这一死隐喻时遇到了交际困难：

> 你不耐烦了吗？你到底行不行？我把他惹火了，他给我找了个地方稍事休息，他决定过一会儿再做。你被惹恼了，来跟我握个手。他插嘴，他插了进来，他还狡辩：来打我呀。我想知道有没有人听得懂英语。①

## 比喻应避免的错误

比喻不是轻浮之举，不可随意而为之；相反，它是人类大脑的主要活动。一些19世纪的哲学家将人类的大脑比作“白板”（tabula rasa），人在这张白板上对各种感觉和印象进行记录、比较和分类。现在我们很多人更愿意把人的大脑比作一台“存储和加工数据的电脑”。这两种比喻都赞同一点，即比喻是人类学习和推理分析的基础。当一个小孩的手被炉子烫到时，他妈妈会告诉他“炉子很烫”；当这个小孩第二次接近炉子，再次听到他妈妈说“炉子很烫”时，小孩就不会再去碰炉子而被烫伤了。现实生活中很浅显的比喻的目的是表达事实，教

---

① 作者借助原文“Are you put out，do you put out，I put him out，he put me up，he put it off，you are put off，put'er there，he put in，he put it in，he put it to me；put'em up. I wonder that anybody learns English，including the English”表明英语习语的含义很丰富，能够增强作品的文学色彩。为了准确理解引文的含义，译者通过电子邮件咨询了作者珍妮特·伯罗薇在原文中想表达的意思，并得到了作者及时的解答。

会人们某种行为方式。相反，文学比喻的目的不是表达事实，而是表达一种认知，从而扩大我们的认知范围。当我们说到“痛苦的火焰”时，我们的本能反应是理解和同情。

> 隐喻是杰出的物理学家用来塑造宇宙新理论的黏合剂。爱因斯坦最初谈到了火车和钟表，再把意象进行扩展，把时间和空间编织进一个单一的结构。
>
> ——杰克·哈特（Jack Hart）

尽管如此，由于被滥用，“隐喻”在一些评论圈里是一个恶俗的字眼。那些使用不当、晦涩难懂或过分夸张的陈词滥调、混合隐喻（mixed metaphor）和明喻会毁掉一篇佳作，让最有兴致的读者都不胜其烦。如果一个隐喻过于为人熟知，那么它已经成为一个抽象概念，而不再是用来打比方的细节。另外，如果隐喻过于牵强附会，读者会将注意力转移到作者身上而非隐喻的意义上，从而给读者投入故事造成一定的困难。好的隐喻能恰到好处地融入并彰显意义。一般而言，但凡涉及隐喻，原则就是少即是多。如果拿不准，最好不要用隐喻。

注意到了吗？前面的段落有很多死隐喻，都增加了某个物体或行为的思想重度——压力、追求、扼杀、破坏、承受、操作、牵强、转移、贴合、融入、彰显。每个词都获得了新的意义，与各自的语境也很和谐。而且这些具体词语的隐喻意义比起它们的抽象同义词更能引起读者的阅读兴趣。我使用了一个活隐喻——“给读者投入故事造成一定的困难”（a hiccup in the reader's involvement）①，我就不打算做过多说明了。

当然，创造明喻和隐喻的“禁忌”比“建议”还要多，因为每一个好的比喻都因为新颖且恰到好处而不言自明。

① hiccup 的含义是“打嗝，一连串的小问题”，这里是隐喻用法。

要写出好的隐喻，必须多阅读，同时，要避免下面的问题：使用陈词滥调式的隐喻（cliché metaphor），即那些因为大家过于熟悉而已经失去其最初意义的隐喻。这类隐喻肯定是恰当的——如果它们不恰当，也不可能被大家反复使用，直至沦为陈词滥调，但这些隐喻的意象却失去了新意，不能给读者任何惊喜。于是，我们鄙夷使用陈腐隐喻的作者，因为他们不愿动脑，贪图省力。或者，用更糟糕的方式来表达这个意思：

> 陈词滥调是糟糕写作的“末日遗言”。你这个“初生牛犊”用一些“老调重弹”的成语，毁掉了你的本可以“永垂不朽”的文章。你必须“埋头苦干”，因为只有“另辟蹊径”的人才能品尝到“成功的滋味”。

很不幸，文学史发展到现阶段，你已经不能再说眼睛“像一汪清泉”或“像闪烁的星星”了，而且你还要非常小心，最好少说“泪如泉涌”，因为这些比喻已经被用滥了，它们已经成了表达情感的“速记法”（前两个比喻表达眼睛很迷人，第三个比喻表达人很痛苦），所以无法充分传达这些比喻最初想要传达的情感了。作为一名作家，一旦你在作品中表达了某种情绪却无法说服我们、让我们感受到这种情绪，那么在作家和读者之间就会产生致命的距离感。因此，不要说你的故事人物眼睛如鹰一样犀利，也不要说他们有着红宝石一般的双唇、像梨一样洁白的牙齿、如桃花般的面色、如奶油般细腻而白皙的皮肤、如天鹅般修长的脖子或像火腿一样的大腿，不要说他们“独自泪流”或“呆若木鸡”。当你觉得（你可能时常遇到这种情况）特别需要用很多比喻的时候，你可能得仔细筛选最先从你脑海里冒出来的那一大串老套的表达。换句话说，有时候你需要自由写作，给自己的心灵一些玩耍的空间。也许你内心的那位批评家会认为某个比喻太过于古怪奇异，但仔细一看，你会发现这个比喻非常新颖而且恰如其分。

尽管“一汪清泉”和“闪烁的星星”抓住和表现了眼睛的某种本质特征，但不管怎样，它们已经沦为了陈词滥调。要表达眼睛水灵或放光，总会有新的表达方式。使用崭新的隐喻可以让作家和读者对熟悉的意象产生共鸣。在威廉·戈尔丁的《继承者》（*The Inheritors*）中，作者描写了故事主角尼安德特人的第一滴眼泪，这眼泪标志着他进化成了人类：

> 现在每一个洞穴里都有光线，那些光线就像是折射在花岗岩悬崖的晶体上的星光那样微弱。那些光线增强了，渐而可以辨识，终于明亮起来，各自停留在一个洞穴的下边缘那里闪烁着。突然，悄然无声地，那些光线变成了薄薄的新月形，消失了，然后每个脸颊上都有一些条纹在闪闪发光。它们悬挂着，拉长着，从一缕卷毛跌落到另一缕卷毛，然后汇聚在最下面的末梢上。两个面颊上的那些条纹随着水滴在它们上面涌下，一抖一抖地跳动着，一个巨大的水滴在那胡须的一根毛发上隆起，颤颤巍巍，十分明亮。它分离开自己，然后下落，闪起一线银白色。[①]

在上面这段文字中，戈尔丁通过引起读者注意不同而熟悉的光线意境，以高度聚焦和通透的方式将眼睛比喻为洞穴——星光、晶体、新月、银白色。尽管并没有提到眼睛和泪水，但与眼睛相联系的光线意境跟与眼泪相联系的水的意境是相通的。虽然隐隐约约有陈词滥调的影子，但事实上并没有，戈尔丁通过熟悉的意境对比拟和情感力量做了新的巧妙利用。

不管是在严肃写作中还是在滑稽写作中，使读者意识到熟悉意境是一个附带的好处，前提是你要能用新的方法来加以运用。虽然你不会说“她的眼睛像清泉”，但你可能会说“她那无神的眼睛好像满是浮垢的鸭塘”，我们能够读出这句话的滑稽味来，部分是因为我们都能理解“浮垢”这个老套说法所隐含的意思。

不过，陈词滥调也可以作为制造作者和读者之间距离感的一种手段。如果作者自己告诉我们“罗马不是一天建成的”，我们可能就会认

① 威廉·戈尔丁．继承者．刁俊春，译．杭州：浙江文艺出版社，2016：204－205．

为作者拘于窠臼，不求新意，但如果作品中的角色在对话或独白中这样说，那么我们的评判就会放在角色而非作者身上。

在菲尔·克莱（Phil Klay）的《以金钱为武器》（“Money as a Weapons System”）中，一名外国军官由于没搞懂“完事”（accomplished）这个军事政治口号而误打误撞地来到了伊拉克。一次，他收到了棒球队服的包装盒和一封来自“古德温参议员”的邮件，该参议员是“堪萨斯北部的床垫大王”，他提议通过教伊拉克人玩棒球的方式实现和平：

> 我强调的是，首先你得改变他们的文化。没有什么比美国棒球更好的了，一个人就可以单挑整个世界，手握球棒，准备好创造历史，来一场一对一的比赛。击球手对投球手，跑垒对一垒……但是!!! 棒球是集体项目！没有队友你什么都不是!!!
>
> ……这就像我们做床垫生意的人说的：成功等于动力加决心加床垫。

在苦乐参半的故事结尾，与上面这些老套的说辞相呼应，军官学会了用伪造名牌上儿童照片的手法来获取他想得到的东西。

牵强隐喻（far-fetched metaphor）正好和陈词滥调相反：这类比喻能让读者觉得奇异，却不恰当。正如“牵强”（far-fetched）① 这一死隐喻字面意思告诉我们的那样：读者的思想必须走很远（far）才能把握（fetch）本体和喻体之间的相似性，但在“带回来”的途中，很多东西都丢失殆尽了。如果这个比喻奏效了，我们美其名曰“想象力的飞越”，但如果这个比喻没有达到效果，那么我们看到的实际上就是一个失败的巧喻：对本体和喻体之间相似性的解释无法让读者信服。优秀的作家为了追求比喻的独创性，有时会有些牵强。欧内斯特·海明威的才华不在于运用隐喻，当他偶尔用了隐喻时，有时会给人牵强之感。在下面这段从海明威的小说《永别了，武器》（*A Farewell to Arms*）中

---

① far-fetched 这一单词的意思是“牵强附会”，far 的意思是“远”，fetch 的意思是“取得；拿”。

摘出的文字里，故事主角从一支正在交火的队伍中逃了出来，准备逃离战争。

> 你的车没了，你的士兵也牺牲了，就像百货商店的巡视员在火灾中失去了他的部门一样。然而，没有保险。现在，你从大火中逃了出来，你已经不再有责任了。如果他们因为巡视员用一贯的口音讲话而将巡视员枪毙，那么当百货商店重新开业时，这些巡视员将不会再回到商店。他们可能会另谋生路——如果有其他的工作可干，而且警察不会抓捕他们的话。

在我看来，这个比喻说不通。读者可能很愿意找到火灾中损失的货物和军事行动中失去的战友、车子之间有什么相似性，但“他们”不会像意大利军队将战败指挥官击毙那样将商店巡视员枪毙。而且，尽管操外国口音在战争中可能是一种劣势，但我们很难搞懂为什么一个商店巡视员会因为操不同口音而被枪毙；尽管要开除他首先就是一件很难的事，但如果……读者绞尽脑汁，想要找到士兵和百货商店巡视员之间到底有何明确的、实质性的逻辑联系，但最后只是徒劳，那么故事主角的处境在读者努力寻找联系的过程中就显得微不足道了。

> 这些天灵感的迸发令人吃惊不已。为何会有如此这般隐喻思维的跳跃？我无从知晓。想起了王维在一千多年前说过的：“谁能知晓心门因何故而开合？”①
>
> ——吉姆·哈里森（Jim Harrison）

混合隐喻，顾名思义，就是将本体比作两个或两个以上来自不同类别的事物，比如，“走在人生的路上，不要因为和无知触礁而沉没”。

① 引号中的英文为“Who knows what causes the opening and closing of the door?”，作者声称此话为王维所说，译者遍寻《王维全集》，未能找到与这句英文对应的诗句，暂且根据整段引文的意思翻译如上。

生命可以比作道路或海洋，但它不可以同时既是道路又是海洋。隐喻的意义在于将两个意象融合在一起，读者本能地不愿意将三个意象糅合在一起。

当明喻或隐喻的本体和喻体关系离得太远或太近，尤其是当它们属于在意义或语气上相差很大的不同类别时，它们会像混合隐喻一样让读者感到困惑。读者的思维不会跳跃，只会困顿。

> 他们像布鲁克林下水道里的老鼠一样打了一架。尽管如此，她的出现就像他心里的几何定理；当她不在的时候，只见他在街上来回游荡，拖着他像懒小子的棍子一样的手杖，慢慢走过尖桩篱笆。

这几个比喻中的任何一个单独拿出来，也许都可以接受，但老鼠、几何定理和小男孩的棍子属于三个完全不同的语义范围，短短两个句子根本无法容纳它们。同时，指向多个方向，只会让读者的注意力无所适从。作家有时会忍不住把隐喻混合起来，然后又用“把隐喻混合了”或者是“如果可以用混合隐喻的话”这样的语言来为自己开脱。这是无效的，不用道歉，也不要使用混合隐喻。

模糊隐喻（obscure metaphor）或过度夸张隐喻（overdone metaphor）的失误之处在于作者误判了比喻的理解难度，其结果是要么让读者困惑不解，要么让读者觉得作者侮辱了自己的智商。在模糊隐喻的情形中，作者心里所想的事物的相似性没有清楚地跃然纸上。例如，一位学生把满身带刺的仙人掌描写为“细长得像一个胖子的手指”，这让我十分困惑。这是在说反话吗，即仙人掌的刺并不细长？但这个学生说他并非在说反话。如果你看到一个胖子有着皮包骨的手指，你难道不会觉得古怪吗？这里的问题是，作者清楚自己想要表达的意思，却忽略了这个比喻所包含的本质概念，即这个比方的怪异性——饱满圆润的仙人掌身上的刺就像胖子身上瘦长的手指。

在上面这个例子中，比喻没有解释到位。但我们更为普遍的一种倾向是，我们太想确保读者能读懂我们的比喻，所以过度地去解释本已经一目了然的比喻。在我的小说《生丝》中，故事叙述者讲述了她和丈夫经常吵架："过去，我非常自信地认为，我们很快就能澄清误会（clear the air），但现在却无法澄清了，因为我们住在浑浊的洛杉矶，它的空气（air）已经被污染，它已经中了毒。"① 我的一个朋友是文学评论家，他向我指出：对于不了解洛杉矶的人，不管你怎么解释，他还是不清楚你的比喻的含义，所以你最后的解释只会将这个比喻硬塞进读者的喉咙里。他说得对。我改写了这个句子："……我们的误会现在无法澄清了，因为我们住在浑浊的洛杉矶，而洛杉矶的空气是无法澄清的。"

> 不管什么修辞手法，用多了就会让作品读起来很好笑，不过要搞清楚过多和刚刚好的界限并不容易。不妨遵循这个指导原则：如果读者觉察到的原因多于结果，就说明修辞过了头。
>
> ——保拉·拉洛克（Paula LaRocque）

使用了专有名称（包括品牌名称、生僻的事物或名人的姓名等）的隐喻只有在将本体和喻体之间的关系解释清楚的情况下才能产生效果。别指望读者在不了解相关背景知识的前提下能领会比喻的内涵。"姐妹三个就像狄克西女子三人组（Dixie Chicks）"这个比喻是想通过该组合的特点来形容姐妹仨，但如果读者碰巧是一名贝多芬爱好者，或者是一个匈牙利人，或者是20多年以后的读者读到这句话，可能他们根本不知道这个比喻的意义何在。如果将这句话改为"她们有着狄克西女子三人组一般耀眼的金发和放肆不羁的举止"，那么即使是一个不看乡村音乐频道的读者也能知道你想要表达的意思。同理，你可能不大理解"她和蒂达·巴拉一样漂亮"这句话，但如果我说"她有着

① air一词本意是"空气"，而短语clear the air表示"澄清误会"，所以作者用洛杉矶空气污染很难消除来比喻说话人和丈夫之间的矛盾无法化解。

蒂达·巴拉一样的又大又圆的眼睛和柔顺如缎的头发”，你就能完全理解这个比喻了。

## 讽喻

讽喻作为一种叙述形式，所采用的比拟是结构性的而不是文体性的。讽喻是对事件进行连续性的虚构比拟，故事中的行为表征的是另一种行为或哲学思想。寓言故事是对讽喻最直接的明证，例如龟兔赛跑常用来说明哲学概念：“胜利不总是属于跑得快的那一方。”这个故事可以被看作一种延伸的明喻，其原有的比拟含义被压缩：龟兔赛跑代表了不同类型的人，但故事中绝口不提人，需要由读者来激发这一比拟。乔治·奥威尔的《动物庄园》是一部严肃的动物讽喻作品，它要搞清楚的是一个民主社会对腐败的看法。穆里尔·斯巴克（Muriel Spark）的《修道院》（*The Abbey*）是一部历史讽喻作品，虽然没有直接提到理查德·尼克松（Richard Nixon），但通过修道院里的讽喻性阴谋，说的正是发生在尼克松总统任期内的事。这些故事的情节是自成一体的，但其意义在于参照了情节之外的事件或思想。

讽喻是一种高超的写作形式。在但丁（Dante）、约翰·班扬（John Bunyan）、埃德蒙·斯宾塞（Edmund Spenser）、约翰·济慈、弗朗茨·卡夫卡（Franz Kafka）、亨利克·易卜生（Henrik Ibsen）和塞缪尔·贝克特的手中，讽喻赋予了作品极高的哲学洞察力。但很多讽喻都显得很傻。与其用幼稚的哲学寓言故事来诱导出笨拙的思想，还不如直接用简单的一句话来得痛快；用读者熟悉的事件，比如“水门丑闻”或本地足球队的苦难来进行历史性的讽喻叙事，只能吸引有限而狭窄的读者。

## 象征

象征与隐喻和明喻的不同之处在于它不需要比拟。象征是通过联想来利用一个物体或事件表征超越其本身的或不是其本身的事物。有时，某个物品被赋予的意义是任意的，就像旗帜代表了国家和爱国主义。有时，一个单独的事件代表着一系列复杂的事件，就像耶稣受难也代表着复活和救赎。有时，某个物体通过与事件的联系被赋予了一系列复杂的特征，比如十字架。这些象征不是隐喻，十字架代表救赎，但与救赎没有相似之处，救赎不是木制的或 T 字形的。在弗兰纳里·奥康纳的《上升的一切必将汇合》一书中，主人公的母亲遇见了一位黑人妇女，那黑人妇女戴着一顶跟她一样的、曾让她引以为傲的搞笑的帽子。这顶帽子绝不“代表”废除种族隔离，但随着故事的发展，它代表着对高贵出身的强烈怀旧和新的黑人中产阶级的抱负，因此也代表了未被承认的平等的“汇合”。然而，大多数的文学象征，包括上面这一象征，在故事发展过程中从情感或意识形态抽象层面的某种相似性中获得了超越其本身的意义。这顶帽子跟废除种族隔离没有相似之处，但故事中人物的行为表明，两位妇女都能够选择这样一顶帽子并购买它，这是平等的具体例子，从而也代表了更广泛的平等概念。

玛格丽特·德拉布尔（Margaret Drabble）的小说《加里克年》（*The Garrick Year*）讲述了一位年轻的妻子兼母亲因觉得无法摆脱自己的困境而幻想破灭的故事。故事以一家人在英国草地上野餐，然后回家结尾。

> 在回车上的路上，弗洛拉冲向一只躺在路上的羊。和其他的羊不同，它没有站起来走开，而是病弱而悲愤地看着我们。弗洛拉急匆匆地走过去了，她为了要面子而假装没有看见那只羊的挣扎。在我经过的时候，有大卫在旁边，我放慢脚步，仔细地看了看，发现一条蛇蜷缩着盘在羊的肚子上。我没有对大卫说，因为我不想承认我看见了，但是我确实看见了，我看见它就在那儿。这是我见过的唯一一条野蛇。我在关于赫里福德郡的书中写道，这个地区因盛产蛇而声名远播。然而，我只能说：“哦，好吧，那又怎么样？”伊甸园还不是爬满了蛇？我和大卫不也是在蛇窝中愉快地躺了一个下午？为了孩子，生活还得继续，你还得继续装下

去，装作没看见。否则，干脆待在家里好了。

羊是年轻女子情感处境的象征。羊的确与她有相似之处，但只是在抽象的层面上：病弱、悲愤和屈从于人类致命危险的境况。这样就产生了一种隐喻的表达（她如绵羊般病弱而悲曲）。但象征的优点是不会在字面上这样表达，我们将绵羊置于那位年轻女子的位置，来实现更广泛的意义。

象征也可以从隐喻开始并从中发展，从而使它最终包含了比隐喻更丰富的特质。在约翰·欧文（John Irving）的小说《盖普眼中的世界》（*The World According to Garp*）中，年轻的盖普把“回头浪”（undertow）误认为“在蟾蜍下面”（under toad），而把大海的危险和他年幼的想象中隐藏的幻想相提并论。在整部小说中，“在蟾蜍下面”的概念一直存在，象征性地代表着普通生活中所有潜在的危险，当盖普觉得靠他自己也能游泳时，随时有可能把他拖下水。同样，在《黑暗之心》一书中，非洲大陆如同野蛮灵魂的触角般黑暗，但在这部中篇小说中，我们逐步领悟到黑暗与光明是交织在一起的，野蛮与文明是相生相伴的，黑暗之心即是心之黑暗。

在使用文学象征时，有一个重要的区别，即人物意识到且“属于”他或者她的象征与只有作家和读者意识到且“属于”作品的象征。这种区别对人物塑造、主题和距离而言往往是很重要的。在《加里克年》中，叙述者清楚地意识到了羊这一象征的存在，这一意识表明她是聪明的并最终接受了自身的处境，最终我们在得知这一象征的同时对她感同身受。而在《上升的一切必将汇合》中，母亲未能识别帽子的象征意义，这便使我们与她的感知产生了疏离。她只是对一个黑人妇女亦可戴着与她同样风格的帽子而感到不安和愤怒，而对于作家和读者而言，这种穿戴的巧合则象征着更大的融合。

当人物意识到他们自己的象征时，这种意识便可以形成并界定关系。在丽莎·哈利迪（Lisa Halliday）的《不对称》（*Asymmetry*）中，一个 20 多岁的女人和比自己年长得多且有名气的情人开玩笑时，男人不小心泄露了自己丰富的情场经验和始乱终弃的毛病，而女人虽然愤愤不平，对此却也毫无办法：

> “我爱你。”爱丽丝咕哝着说。
>
> “你爱的人是维柯丁。我们已经结束了。”他走向壁橱。
>
> “你还带了谁过来？”
>
> “你不愿意知道的。”
>
> “我想知道。”
>
> “好几个女孩。应付不过来了。”
>
> “几个？”
>
> “三个。”
>
> “她们叫什么名字？……让我猜猜。凯蒂和……艾米莉？艾米莉也在吗？”
>
> “是的。”
>
> “米兰达呢？”
>
> “也在。”
>
> “那些女孩真不可救药。”
>
> “不可救药。”他重复道，好像他头一回听到这个词似的。

有时，这些由人物识别的象征与只有作家和读者识别的象征之间的相互作用，可以从范围或讽刺上使故事得以丰富。在《继承者》中，戈尔丁笔下的尼安德特人部落有着自己的宗教象征——一条树根、一个坟墓、冰盖的形状，代表着他们所崇拜的生命周期。而在故事发展过程中，由洪水、大火和瀑布引起的《圣经》的象征，会让读者自己去填补附加的宗教阐释，而这是人物所做不到的。同样，上面的对话作为隐喻也代表了小说的标题《不对称》，只是没有或尚未被人物识别。再者，在《上升的一切必将汇合》中，那位母亲认为她的帽子首先代表的是她的品位和荣耀，其次才是黑人心目中的蛮横无理。而对读者来说，帽子具有相反的、讽刺性的意义，它是平等的象征。

象征免不了与隐喻一样要遭人诟病：陈词滥调、死板、晦涩、故弄玄虚，以及画蛇添足。出于这些原因，以及“象征主义”一词描述了19世纪晚期法国诗歌中的一场运动，使其带有晦涩、梦境和魔咒的含义。“象征主义”作为一种方法在顽固的当代标准中不时遭受蔑视，而平淡、多余和不起眼的散文则被称颂为真实多了。

写作过程的本质是象征性的，我对这一点深信不疑。在把事件组织起来，人物和氛围的创设，对象、细节和语言的选择上，你都在朝着一个目标不停地做出选择和安排，从而使这些元素代表超越其物质存在的意义。如果不是这样的话，你的选择就是无原则的，你所写下的事件、人物和对象就跟其他的事件、人物和对象别无二致。如果你就这样表述——“像白菜一样清白”，这个形象就是微妙的象征，这不是陈述事实，而是选择来表达更深的含义和超越形象本身的东西。

人的功能常常也是象征性的。我们必须这样，是因为我们其实并不真正知道我们想表达的意思；如果我们知道了，我们就不愿意表达出来；而如果我们愿意表达，我们又会无法表达；如果我们表达出来了，别人又会不听我们的；而如果别人听到了我们说的，他们又会不理解我们。词语其实是笨拙而固执的，我们可以用直觉、肢体语言、语调和符号来克服这些局限。“烤箱是不是还开着呢?”他问。他恐怕不只是对烤箱是否还开着感到不解。他其实是在发牢骚：“你对我辛辛苦苦挣来的钱毫不在意，挥霍无度。”“如果我不预热烤箱，松饼就泡不起来。”她说。意思是：“这次你误解我了！你总是抱怨饭菜不好吃，鬼知道我为了让你高兴有多操劳。”他回忆说：“我们以前夏天吃的是意大利香肠。”意思是：“别以为你说的有道理。你还是铺张浪费，你还没真正理解我们年轻时吃的苦头。”“我们以前有一个花园。”她说。意思是：“你周末总是出去，没有时间和我做任何事，因为你不再爱我了，我觉得你是另有新欢了。”“你要我怎么样?”他勃然大怒。烤箱、松饼、沙拉、花园通通瞬间成为导火线也就不会让两人感到意外了。如果有人说“我们没有为任何事争吵”，这是真的，因为他们是为象征而争吵。

## 客观对应物

但小说的冲突不可能是“毫无缘由”的。身为作家，你必须从外在世界找到具体事物来充分表现无法表达的情感。在《圣木》（*The Sacred Wood*）中，T. S. 艾略特用“客观对应物”（objective correlative）来描述这一过程和必要性：

> 表达情感的唯一的艺术形式是为这个情感找到一个“客观对应物”，换句话说，就是用一组物象、一个情境、一连串事件来表达这个情感。这样，一旦有了止于感官体验的外在现实，立即就能把情感激发出来。

一些评论家认为，艾略特的“客观对应物”只不过是“象征”的另一种说法，但这个术语及其定义有几个显著的不同之处：

（1）“客观对应物”包含并能激发某种情感。与其他各种类型的象征（如科学公式、音乐的音符、字母表中的字母）不同，艺术象征的目的是激发情感。

（2）某些象征，如宗教的或政治的象征，也能激发情感，但这种情感是由于人们接受了一种普遍的大众信仰，并不是由象征引起的。代表基督之血的葡萄酒在威尼斯、布宜诺斯艾利斯和纽约也能唤起同样普遍的情感。但艺术象征唤起的是专属于作品的情感，与作品之外的同情或信仰无关。在故事中提及圣餐仪式的酒，不能指望读者产生宗教情感，事实上，作者这样做的目的可能是想唤起一种全然不同的情感。

（3）故事的要素是相互关联的，特定的物象、情境和事件会产生特定的情感。《罗密欧与朱丽叶》所唤起的“浪漫”和“怜悯”与《安娜·卡列尼娜》或《乱世佳人》所唤起的“浪漫”和“怜悯”是不同的，因为每部作品中的外在表现（即外在的、“止于感官体验”的）定义了情感的本质。

（4）特定作品的物象、情境和事件带有特定效果，相反，如果它们不带有那种情感效果，无论是通过抽象的陈述还是通过诉诸外部的象征，作品都不会产生预想的情感效果。“客观”的感官体验（物象、情境、事件）必须与情感“对应”——相互对应，这是艺术表达情感的唯一方式。

文学象征未能达到预期的效果往往是由于没有处理好这种困难而又必要的相互关系。举一个典型的例子：我们以一个房间为故事的开头，里面只住着一个快要咽气的女人，还有她收集的香水瓶。故事的内容包括她富有而奢靡的生活。故事的结尾，我们把目光集中在一个空的香水瓶上。这个瓶子存在的目的是让我们为女人的死而动容，但并没有使我们感动。问题并不在于香水瓶。使用恰当的话，香水瓶可以用来象征死亡，这和帽子可以象征种族平等是一个道理。错就错在没有把象征用好，未能使其与故事融为一体。正如邦妮·弗里德曼(Bonnie Friedman) 在《克服写作中的黑暗面》(*Writing Past Dark*)①一书中所说的：“在一个事物成为象征之前，它必须首先是一个事物。它必须在你把意义投射到它身上之前、期间和之后，做好自己作为一个事物的本分。”在香水瓶的例子里，作者或许应该让读者深信不疑，即那个女人对香味这一事物的痴迷，要让读者知道收集香水这一爱好在她的生活中究竟是何等重要，也许还要让读者看到她都奄奄一息了还在伸手去拿自己喜爱的收藏品，这样我们就可以产生情感的共鸣，知道香水的溢出或挥发就是她灵魂的死亡。

一个象征性的物象、情境或事件，如果它没有充分融入故事中，就是错误的，它似乎是为了自身而存在，而不是自然地源于人物的生活。出错的原因是，客观对应物与其应激发的情感是不匹配的。要么是因为客观对应物的分量过重或者用得过了头，也就是作者老是把象征往我们面前推，还拿手肘戳着我们的肋骨问：“感觉到了吗？”遇到

① 该书全名为 *Writing Past Dark*：*Envy*，*Fear*，*Distraction and Other Dilemmas in the Writer's Life*，翻译为《克服写作中的黑暗面：作家生活中的嫉妒、恐惧、干扰和其他困顿》，作者在书中讨论了作家面临的情感问题和各种困顿，以及如何在失落的时候重新获得写作的动力。

这种情况，我们都会说，如此象征太做作——在文学批评用语中，“做作”是一个不寻常的词，类似于指责情节有点公式化，因为“艺术”这个词和“形式”一词一样，都表示褒扬。所有的写作都是“做作”的，当我们指责写作是“做作”时，我们的意思是它还不够“做作”，“做作”得还不精深微妙，还不能给人一种以假乱真的感觉，所以“做作”的人必须继续“做作”下去。

## 写作练习

1. 梳理自己的日志并把老套的语言找出来。把找到的老套语言用具体的细节性语言或者更新颖的明喻或暗喻替换掉。

2. 写两个一页纸的场景，每个场景包含一个延伸性隐喻（参见第208页第1段）。在其中一个场景用普通物品来比拟尺寸和重要性更大的事物；在另一个场景用某个主要的事物或现象来比拟某样更小且更平凡的事物。

3. 列举所有你能想到的描写眼睛的老套语言，然后写一段话，里面要包含一个描写眼睛的新鲜暗喻。

4. 把自己对某个童话故事的理解写下来，以当前为背景来构建一个讽喻。如何才能在把当代技术、政治、关系或社会所关注的其他问题融合进去的同时，又清晰地保留童话故事的本质？

5. 用某个比点心盒还小的东西来象征中心人物的希望、救赎或爱，再用这个东西来象征对读者而言完全是另一回事的事物。

6. 用某个死隐喻来写作一个严肃的或滑稽的场景，写作的时候要运用这个隐喻原本具有的比喻意义（筛查证据：律师用滤锅、滤网、两个咖啡过滤器和一个压蒜器来判定这个案子）。试试下面的任一场景，也可以自己创造：公共车站、真人秀、别糟蹋你的午餐、除了网没有别的、截止日期、破碎的家。

## 推荐阅读

[1] 加西亚·马尔克斯．蓝狗的眼睛．陶玉平，译．海口：南海出版

公司，2015.

[2] "Lost in the Funhouse"

John Barth

[3] "San"

Lan Samantha Chang

[4] "The Crane Child"

David Leavitt

[5] "The Ones Who Walked Away from Omelas"

Ursula K. Le Guin

[6] "Menagerie"

Charles Johnson

[7] "Before the Change"

Alice Munro

[8] "Underground Women"

Jesse Lee Kercheval

[9] "Wolf of White Forest"

Anthony Marra

[10] "Signs and Symbols"

Vladimir Nabokov

# 第九章　“萨姆，再来一遍”：修改与主题

- 重读一遍

  先疑虑，后搁置

  他人批评和小说研讨班

  修改时应思考的问题

- 主题

  问一个重要的问题：我写了什么东西？

  让小说要素有助于表现主题

  修改过程记述

  附言

- 写作练习
- 推荐阅读

契诃夫说过：“天才就是漫长的耐心等待。”这句话承认了这样一个道理：创作过程并非都是天才的发明，它远远不止刚开始的心血来潮。小说的修改包括改正、批评、滋养和发展，它旨在使小说达到最好的状态。威廉·C. 诺特（William C. Knott）在《小说的技艺》（*The Craft of Fiction*）一书中中肯地说道：“任何一个人都会写作，然而，只有作家能够重写或改写。重写或改写使写作得以完成，是写作活动的关键，别人是不能为你代劳的。”

## 重读一遍

修改是一个让作家觉得比可怕实际上更可怕的过程。如果要说有什么区别的话，对修改小说的抗拒心理比对写小说的抗拒心理更加强烈。然而，一旦你完成了初稿，如果它还有缺陷，不能让你满意，你往往就不能放着它不管，因为只要它还不够完善，你心里就会不痛快。要使它完善，就需要从头再读一遍，并借助“重读一遍”的优势，进行重新创作。贯穿本书的构思、充实和使小说充满活力的方法无不与修改息息相关。艾丽丝·门罗在她的《短篇小说选》（*Selected Stories*）的序言中描述了小说修改的风险、必要性和益处。她说：

> 小说恰恰是在你认为已经完成的时候面临失败的最大危险……虽然它是我最初计划的产物，但我发现我的计划是个彻底的错误……我不管去到哪里都会整天闷闷不乐，忧心忡忡，苦苦思索解决问题的方法。通常，合适的方法就在这个过程中突然冒出来。
>
> 然后，我会感到巨大的慰藉，重新充满能量，仿佛得到了重生。
>
> 只可惜，那不是合适的方法，也许只能算是通往合适方法的方法。如今，我不得不将我写的东西几页几页地删掉……但这时候，我已经上路了，且没有退路。我只需要继续努力，直到找出达到完善的最好方法。

要找到“达到完善的最好方法”，你可能得重读两遍以上。修改的过程需要内在和外在的洞察力。你需要你意识里的那个批评家、你的创作直觉和你信任的读者的帮忙。你可能需要他们不止一次地帮忙，当然，帮忙的顺序不分先后。一则小说要变得更好，不仅要打磨润色，这儿改进措辞、那儿优化意象，还要敢于冒险，调整小说的结构，重新构想，增加小说的新意义。安妮·迪拉德用推倒“一堵承重墙”这个比喻来形容作家在修改对作品的创作具有开创意义的部分时的那种不舍。这个说法听起来比较极端，但这是很多成就斐然的作家都熟悉的经历：

> 你不得不舍弃的那部分不仅仅是写得最好的部分，奇怪的是，这部分还是非常关键的一部分。它是源头性的关键段落，其他部分必须依靠这个部分，你正是依靠这个部分才获得了开始写作的勇气。
>
> ——安妮·迪拉德：《写作生活》（*The Writing Life*）

> 该说的都说了，但由于没有人听，所以必须全部再说一遍。
>
> ——安德烈·纪德

## 先疑虑，后搁置

写初稿的时候，你内心的那个批评家被你放逐了。现在，把这位批评家请回来吧。修改是你的任务，但你会发现你可以在这项任务上专心很长时间，这个时间比你在自由写作时的时间长很多。我曾有过这样一个想法：写初稿很像打网球或垒球，我需要非常兴奋，我的能量消耗急剧增加，注意力高度集中，从头到脚都很活跃，所以我最多也就能写几个小时，最后筋疲力尽。修改小说就像精细的木匠活，如果已经临近截稿日期，或下定决心将小说变成出色的精心之作，我可以连续写 12 个小时。

> 不需要冷静，也不需要头脑清醒，你要做的就是不半途而废。
>
> ——大卫·马梅特

第一轮修改主要是要让你的各种疑虑都浮出水面。抽时间专注于那些显得不当的、过于冗长的、不充分的、乏味无趣的和过于花哨的地方，对其进行修补、压缩或删减。在这一阶段，比润色某一页或某个短语更重要的是，你得充分了解你的小说故事，使它有更多新的可能性。在这个过程中，你可能会厌烦，会感到困惑。

然后，将小说搁在一边，几天或几个星期不要再看它，直到你觉得你对它又充满了新鲜感。除了与你的小说保持一定距离外，你可以将它交给你的潜意识——不要故意去挑毛病，暂时不要去管它们。罗洛·梅（Rollo May）在《创造的勇气》（*The Courage to Create*）中描述了接下来通常要做的事情：

> 每个人都时常会有这样的表达：“一个想法突然冒了出来”，一个灵感“忽然涌现”，“顿悟”，“好似从梦中得来”，或“灵机一动”。这些表达描述了一种常见的经历，即有突破的想法从潜意识里突然出现。

我的经验是，在创作短篇小说或长篇小说的过程中，这样的顿悟一次又一次地发生。通常我会相信顿悟出来的东西，因为我清楚我的角色是什么样的人、他们经历了什么，我清楚我的小说的主要内容是什么，但我经常发现自己错了，或发现自己的认识太肤浅或不全面。

例如，在我的一部小说《穿石》的初稿中，开篇第一句话是“喝了 112 瓶香槟酒后，我为年轻的波因德克斯特夫妇送行，送他们前往亚利桑那州”。在小说的第二页，一个角色小声地对另一个角色说，年轻的波因德克斯特先生有“肺结核”。这个小说我写了一年多（其间，我小说中的角色到亚利桑那州后，在那儿忍受了沙漠的炙热、缺水，我还写到他们嗜酒、丧失宗教信仰，培养了他们对采矿以及建筑行业的兴趣），然后才发现“肺结核”与“香槟”之间的联系。当我明白了这两者之间的简单联系后，我也看出了统领整个小说的主题——由肺结核、精神渴求、消费主义、酗酒等来共同表现，这些都是有关消费的问题。当然，这一主题肯定在我获得灵感的那一刻起就已经潜伏在我的潜意识中了。

> 对写作感到绝望时，不妨先搁置一下。拿出一张纸，写下当天发生的三件你为之感恩的事。记住你受到的启发，思考所有对你深信不疑的人，再重新开始写作。
>
> ——高雅竹（Frances Ya-Chu Cowhig）

只有当你把小说写完时，你可能才会知道你的小说主要想表现什么。这似乎有点让人沮丧。但努力去试试吧，你会喜欢它的。没有什么比发现一个潜伏在你心里等待展露的复杂构思更让人惊喜的了。

在修改的最初阶段，疑虑和搁置小说都是很有必要的。也许正是困惑将我们推向潜意识的空间，让我们找到了答案。

### 他人批评和小说研讨班

当你完成小说的构思和初稿，并竭尽全力将其完善后，请他人帮你看一看，这能帮助你获得新的视野。充分利用他人批评的诀窍在于持完全利己的态度，贪婪地将其全部吸收。最后，在任何关于你的小说的争论中，你要做仲裁人和主导者，从而能够认真考虑别人提出的任何问题以及解决问题的办法。我们大部分人对自己写出来的东西很自信，而且会时时处处为其辩护——只想听到别人赞美自己的作品是天才之作，或者至少也算是差强人意。因此，小说修改的第一要务就是学会倾听、吸收和接受他人的批评。

小说家罗伯特·斯通（Robert Stone）说过：“修改小说就像自己给自己理发。”你感觉还需改进，但你就是很难下手修改，因为你永远无法完整地看清自己。这就是小说研讨班的主要优势所在：你的同行也许无法告诉你应该如何设计最适合你的小说的材料，但至少可以帮你“托着镜子”，从一个更远的视角审视你的小说。聪明的职业作家在这时候会依赖经纪人或编辑的帮助（当然，最聪明的作家对别人的批评不见得照单全收），多数作家会通过一些常规的会面来寻求其他作家的反馈意见。因此，假如你参加不了写作研讨班，不妨创办一个自己的研讨班。你可以经常向其他作家请教，只消在当地的报纸或社交媒体上发布消息即可。面对面的交流效果最好，但在线讨论组也同样有效。

那么，该如何获得如此多的观点，更别说选择其中有用的观点呢？首先，对于那两三个你之前基本赞同其观点的研讨班成员的评价，尤其要认真考虑。然而，最好的（或者至少是最有用的）批评恰恰就是你之前已经感觉到但仍想侥幸略过的地方。弗兰纳里·奥康纳也极其坦率地指出，在小说创作中，“你可以做任何侥幸的事，但没有人能最终侥幸地略过太多”。

曾经有段时间，人们热衷于讨论“建设性批评”和“破坏性批评”，但这两个术语具有误导性，因为它们暗示积极的建议是有用的，而消极的建议是无用的。在实践中，恰恰与此相反，你会发现，一个读者能做的建设性的事情就是说“我不相信这个地方”“我不喜欢这里”“这个地方我看不懂”，诸如此类的评价准确地指出了你自己感觉不对劲的地方。这种直指问题之所在的评价会让你心里感到不快，但它同时让你感到宽慰，因为这样一来你就知道从哪里着手去修改小说。通常，读者做出的最具破坏性的事情就是给你一个正面的建议，如：“你干吗不让那个角色撞上汽车呢？”这可能跟你对小说的看法毫不相关。对过于夸张的赞美以及太过笼统的批评，要持怀疑态度。一旦你有为你的小说或为你自己辩护的冲动，一定要忍住。要把不好的建议当作好的建议来对待，好好予以考虑。对于这些建议，你可以采取取其精华、去其糟粕的态度。

小说研讨班成员常常对同一个稿子发表截然不同的看法，这常常会让作者感到困惑和沮丧。美国阿岗昆出版社（Algonquin Books）的编辑邓肯·默雷尔（Duncan Murrell）建议作家们：

> 对于读者感到困惑不解的地方要特别留意，但忽略读者提出的大部分解决建议。好的读者能凭着直觉发现小说存在问题，但他们通常不知道问题具体出在哪里，或者不知道该如何解决问题。然而，一旦小说的薄弱环节被指出来后，小说作者几乎总能想出比读者或编辑的建议好很多的解决办法。所以，当读者告诉你应该如何改进你的小说时，最好保持沉默，但是注意小说中需要改进的地方。

事实上，作者有可能会从同伴的建议中获益，也可能不会，但研讨班里的每一个学员都能从中受益，因为在仔细思索和表达对一篇小说的看法的过程中，每一个成员都逐渐能够更加客观地评价自己的作品。你会注意到，你提出（或收到）的批评越具体，其作用就越大，而且越不容易让人感到难受；同理，对小说中的闪光点的赞美越具体，就越容易让作者强化自己的好习惯，也越容易让其相信。经过几个月的研讨班的学习，你会发现，你在评论小说时可以做到得心应手，清楚谁会说什么、你会赞同谁的观点，能分清哪些是有道理的。

> 艺术不是因为其希望自身困难而变得困难，而是因为其希望自身变成艺术。
>
> ——唐纳德·巴塞尔姆

小说家、剧作家米歇尔·卡特（Michelle Carter）建议，在小说研讨班的头一两天，作者应该试着“重听批评”，即评估读者的反馈具体针对的是什么，因为这仅仅从“改进”二字的表面意义上可能看不出来。例如，如果几个读者都建议将小说的叙事角度从第三人称改成第一人称，卡特可能会将其解读为：小说叙述者可能离小说的各个角色太远了，也就是说，并不是说第一人称的叙事角度真的更好，而是读者想更直接地体验主角的情感困境。

与此类似，如果读者想“更多地了解角色 X”，最好的反应不一定是写出更多的事实和人物经历。读者其实是想进一步理解角色 X 的内在动机，或看到作者对重要情节更加详细的描写。

卡特认为，一定要有很强的心理承受能力，即便当你发现他人的批评是由于误读了自己的小说时。读者误读常常不仅仅是读者的错误，作者应该问问自己：是不是自己的写作技巧不够纯熟，或是轻重详略不得当，从而导致了读者的误读？小说家沃利·兰姆（Wally Lamb）也强调了这一点：

> 通常，我觉得我们过于让作者得过且过了。如果作品不是很清晰，我们往往会再读一遍，直到我们感觉自己读懂了，从而让作者就这样逃脱了责任。而事实上，作品本身首先必须站得住脚才行……你必须不懈地改进你的作品，直至完善，从而让读者不必猜来猜去，费尽心思地去解读。

肯尼思·阿奇蒂（Kenneth Atchity）在《作家的时间》（*A Writer's Time*）一书中建议，在修改作品过程中的关键时刻，作者应该故意给自己“放假”，从而让文学批评不断发酵，直到作者觉得自己已经准备充分，并且迫不及待地重新开始修改工作。所以，学会把作品搁置一些时间，当你觉得与批评和作品已经足够生疏时，再回过头去重新审阅，开始修改。用笔记将你大大小小的计划记录下来。在笔记本中和你自己对话，告诉自己你想取得什么样的结果、你觉得自己的败笔在哪里。发挥你的想象，可以设计一些新的意象或对话。一定要记得备份小说每一稿的打印稿或电子版，以便你随时能查看它，这样你就可以随心所欲地修改小说的复件了。尤多拉·韦尔蒂则建议将打印好的章节剪开，用夹子将其夹在一起，这样就很容易进行重新组合。我个人喜欢在电脑上复制粘贴之前把餐桌的桌面当作剪贴板。有的人则将小说保存在脑袋里，然后直接在电脑上重新组合小说的各个部分，这种做法自然使得小说的重新布局成为一个机动的过程。

## 修改时应思考的问题

在你打算修改和重写你的小说时，你会发现（你的小说评论者也会告诉你）你的小说存在哪些特别的问题。但如果你问一下自己下面这些问题，就可以避免犯一些一般的、共性的错误。

**读者凭什么会从第一页翻到第二页？**

第一句、第一段或第一页是否交代了真正的戏剧冲突？如果答案是否定的，那么你的开头可能是有问题的。如果你没能用合适的方法在第一页交代戏剧冲突，你可能得问问自己，你将要写的东西到底算不算得上小说？

**有没有不必要的简述？**

你常常会忍不住用很少的文字涵盖太多的信息。减少简述和不必要的倒叙，因为它们只会让你白费精力，让你“告诉”读者，而不是“展示”给读者。你是否知道，通过对话、穿着、手势和一个简单的想法不知能传递多少必要的信息？

**你的故事是否新颖？**

几乎每一个作者在开始创作时都会以这样或那样的方式首先想到他所熟悉的、平常的和已有的事物。其结果就是，作品中这个人物有点老套，那种情绪太过单一，那个短语是陈词滥调。写初稿时的错误是在所难免的，但让不容易发现的问题继续存在是一种不诚恳的表现。优秀的作家会好好梳理他的作品，找出其中的陈词滥调，并努力想出准确、真切和新颖的表达。

**基本信息是否清楚明白？**

虽然说文学作品的模糊和神秘能在某种程度上给读者带来很大的乐趣，但新手作家常常无法将神秘感和迷惑性、模糊和凌乱区分开来。

你可能想让你的小说人物充满矛盾性，但我们至少要在进入你的想象世界、身临其境之前，先要了解一些最基本的简单事实：故事发生在哪里？故事的时代背景是什么？故事中的人物是谁？故事的场景是什么样子？故事发生在白天还是晚上？当时的天气如何？当时发生了什么事情？

**写作是否过于刻意？**

对于小说修改者最有名的建议也许是威廉·福克纳的那句话：“让你喜爱的那些技巧和手法都见鬼去！”当你陶醉于辞藻的华丽、由押韵带来的音乐感、因自己的机智而感到的欢喜、思想见解的深刻时，结果可能是你自己写得很畅快，但你的读者并没有体会到你的那种快感。所有读者都不会原谅你，他们也不该原谅你。建议就是，你只管讲故事，等你讲完故事，小说的风格自然而然也就出来了。

**有没有过于冗长的地方？**

我们中的大多数人，甚至那些最优秀的作家都有个毛病，那就是写得太长。我们太急于解释每一个细微的差异，解释角色行为和故事场景的每一个方面，以至于忘记了精挑细选的必要性。在小说尤其是短篇小说中，我们需要语言的犀利和简洁性，需要生动有效的细节。任何超出必要的东西都是多余的。曾经，当我总想道出所有——一点不落时，我的一个朋友帮助了我：他通读了我的一部小说，几乎每隔三段，他就会划掉那一段的最后一句，然后在页边空白处一再批注道：“点到即止，无须赘言。”这对所有作者而言都是一条很好的建议。

**有没有使用过多的场景？**

很多新手作家，尤其是当明白故事发源于真实经历时，就忍不住在每一个情节的转换或者背景变化时安排新的场景。其实，把几个场景融为一个效果更好。头天晚上他们还温柔相待，到了第二天就开始吵架？争吵是发生在拥抱之后，然后上升为喜剧或者紧张局面，或者是二者兼而有之？这条建议不容易做到，但很有效：用最少的场景来讲述你的故事。进行剪切或者融合似乎是不可能做到的，不过只要你思考得够充分，总能找到办法。

**语言是否鲜活？**

有没有一种方法可以使意象更鲜明、对话更精妙、背景更突出呢？意象、对话和背景能不能明亮或者黑暗一些，更集中，离读者更近一些？

**哪些地方人物、行为描写不够充分，意象不够确切，主题不够到位？**

任何一部小说的一稿、二稿甚至三稿中，都会有一些段落虽必不可少，却被粗略带过、简单概括或直接跳过。想想，哪些信息漏掉了？哪些行为描写不完整？哪些行为动机比较模糊？哪些意象不够确切？哪项行为太过突兀，从而失去了其应有的情绪感染力？某个冲突有没有通过情节展现出来？

**哪些地方太过笼统？**

小说的独创性、简洁性和清晰度都可以通过“细节是否有意义”这一判断标准来检验。此外，作者应该学会去发现那些太过笼统、模糊的措辞。每当你看见诸如“有人”“一切”“巨大”“英俊”“非常”“真的”这样的词，一定要持谨慎怀疑的态度，最好寻找一个更具体的事物、更具体的型号或更确切的程度来取代这些笼统的词语。

尽管对“重新修改”的畏惧是真实存在的，也是可以理解的，但修改带给作者的回报远远大于带给作者的痛苦。有时，作者只需添上寥寥几个句子或有意义的细节，一个角色便可死而复生。有时，只需巧妙地删去几处，就可以让一个累赘或冗长的段落变得简洁。有时，删掉第一段，将第七段放在第三段的位置，就可以使一个原本松散的故事变得富有立体感。有时，在小说的修改阶段，作者会就是否要在小说出版之前进行大幅的删减做心理斗争。

我理解得越多，写作就越难。

——克里斯托弗·科克（Christopher Coake）

下面这几种方法值得一试。如果你在电脑上写小说，修改时，从头到尾至少再重新输入一遍，并在这个过程中进行有计划的或随性的修改。电脑的功能很强大，这会使我们禁不住采取“修补”的方式修改小说，但这种在文本中这儿一处那儿一处的插入式的修改，其结果是修改后的小说读起来给人东拼西凑之感。而且，即使是一些很小的修改，其影响也会波及整部小说，如果作者边输入边改写，将更容易产生这样的影响。

修改小说要进行两三次，每一次修改集中解决一个方面的问题。如果一个角色的举止和对话让人感觉不那么真实自然，那么你可能得集中精力解决该角色的行为动机问题，你可能还得集中精力通过场景反映人物情绪，或通过人物对话的情境将人物的身体活动串联起来。将注意力放在某一个目标上有助于你集中精力，而且其他方面也会随着这一方面的改变而自然地有所进展。

在《小说创作访谈录》（*Conversations on Writing Fiction*）的一次面谈中，小说家、教师简·斯迈利说，她让她的学习小说创作的学生克服各种“逃避的借口”。她认为这些借口是一些起阻碍作用的“自我逃避，它们使学生不愿花时间仔细琢磨小说的主题或人物”。例如，在现实生活中，很多人发现冲突很难解决，因而常常以很好的借口逃避它。然而很多作者在小说中也会逃避冲突，即便他们知道有必要将某个角色推入一个决定性的冲突中。如果这听起来很像是你经历过的一次逃避，回顾一下小说中那些即将爆发冲突的地方——那些角色可能会奋起反抗或辩护的地方。这些是不是冲突全面爆发的情节？或者你的角色很巧妙地躲过了冲突，撤退到他们自己的私密思想世界里？是否有另一个角色恰巧在此时敲响了门？

不去清晰地描绘一个事物，而是使用各种比喻以求慰藉，不管比喻多么生动，这也是另一种逃避的形式，它也许反映了作者对其素材的趣味性缺乏信心。

寻求奇异和随性也能反映出类似的作者信心不足或优柔寡断。用过度机智诙谐的对话极力愉悦读者，而不愿花更大的功夫去创作既真实又富有表现力的对话，能反映出作者想要炫耀的意图。

这些自我逃避的情况在其他人的作品中更容易观察到，因此你不妨请一个你信任的研讨班的同学帮忙，以发现你的小说中自我逃避的地方。当你在修改小说时发现了自我逃避和排斥的地方——那些你很不情愿深入挖掘或更细致地描写的地方，问问你自己：这对小说有好处吗？还是仅仅是自己贪图舒适的一种习惯？

## 主题

### 问一个重要的问题：我写了什么东西？

#### 小说意味着什么？

想象性写作终归是一种混合事物，一部分想狂野飞翔，另一部分则紧张得紧紧抓住保护带。在文学批评中，你的目标是尽可能清楚、直接地道出你的意思，而在小说中，你的目标是创造角色，让他们做事情，而且最理想的状况是——从来都不要直接道出你的意思。从理论上讲，提纲挈领式的写法对写论文来说是完全合理的，比如“这是我想讲的，我将从 A、B、C 三点来论述我的观点”，但如果作家通过一部小说只为了说明某一个观点，那么这部小说必然会显得太单薄。即使你像很多作家一样首先为小说列一个提纲，那也应该是小说的情节，而不应该是你的观点。小说的意义要由小说的人物来表现，所以不到小说的最后，可能连你自己都不知道小说最终能表现什么样的意义。你可能会用某个人物形象或某个场景作为小说的开篇，这个人物或场景似乎隐隐约约地要表现某种重要的东西；随着小说情节不断推进，这种东西会逐渐在你的脑海中清晰起来。同样，你想通过小说表达的主题也会让读者在阅读的过程中慢慢地体验到并渐渐地明白，正如小说《黑暗之心》的叙述者评价马洛（Marlow）所讲的一系列故事：“这些故事并非本来有什么内在的核心，而是通过包裹着故事的外在将这个核心表现了出来。”

好的小说是以小问题开头，以更大的问题结尾。

——葆拉·福克斯（Paula Fox）

在小说修改刚开始的时候或者晚些时候，你可能对你的小说主题最感兴趣，或者受其驱使，颇感其压力。你可能已经给自己设置了这项孤独、艰苦而反复的任务，因为你的确想要通过小说表达某种东西。在这个时候，你会而且应该让你大脑中的“筛选—比较—编排”功能区致力于思考小说的内容；不要总想着在小说中“置入主题”，而应该回过头去看看，从动笔写小说到现在，你（多为无意识地）都写了些什么。约翰·加德纳在《小说的艺术》中描述了这一过程：

> 应该注意的是，不应该把主题强加在小说的故事上，而应该从故事中自然地将其诱发出来——起初是一种直觉，但最后变成了小说作者的一种理智的行为。作者要仔细斟酌小说的思想，以发现小说中最吸引自己的东西，思考这种东西为什么值得讲述。一旦作者发现了小说中最吸引自己的东西，以及主要角色所涉及的主要问题……他会尝试各种讲述故事的方式，思考他之前所讲的哪些内容与小说的主题有关，思考每一个联想到的意象，反复掂量，仔细斟酌，寻找它们之间的联系，并在写作前、写作中和反复修改的过程中努力去发现他自己的真正思想……作者只有用这样的方式来思索一篇小说，他的小说才能成为真正的不折不扣的艺术——包含了认真思考的小说艺术——而不是现实的翻版（或对自然的模仿）。

因此，你的小说应该有主题，但这还不够，因为一则小说可能会讲述一个弥留之际的武士或一对吵吵闹闹的夫妻，抑或在蹦床上玩耍的两个小孩，而这些可能并不是小说的主题。一篇小说会“表现”抽象的东西，而且，如果小说颇具价值的话，这种抽象的东西还可能会有广泛的内涵。然而，成千上万的小说以爱为主题，成千上万的小说以死亡为主题，还有成千上万的小说主题既包含了爱也包含了死亡，而要表现这些主题，关于爱、死亡或爱与死亡，小说中提得越少越好。

如果我们能多问如下问题，我们就能更好地理解小说的主题：小说有没有交代故事的主题？要表现小说中包含的思想或抽象内涵，小说故事该如何讲述？小说暗示了什么样的态度或评判？最重要的是，小说的要素是否促使我们很好地感受到了小说中的这些思想和态度？

## 让小说要素有助于表现主题

不管一部小说的主题包含了什么样的思想或态度，小说都必然要用其具体和独特的模式，通过人物的经历将其表现出来。主题涉及情感、逻辑和判断，三者皆有。但表现小说主题的具体人物经历的形成模式是由本书已经讨论过的每一个小说要素组成的，包括小说布局、角色的外貌和行为等细节、环境氛围、独特视角、意象、语言的节奏等。

作者探索其小说主题的过程——一直为其操心，直至主题变得清晰、各种关系变得明确、意象和模式得以确定的过程——比读者想象的要刻意得多，不仅新手作家认同这一点，成熟作家也承认这一点。作家们会宣称他们并不清楚自己作品的意义，这种现象很常见，甚至成了他们的套话。他们会说："不要问我，你自己去读作品吧。""我要是知道小说要表达的意义，我就不会把它写出来了。""小说的意义就是它的字面意义。"当一个作家这样说的时候，他真正的意思并非说自己的作品没有主题、思想或意义，而是说作品的主题、思想或意义与小说虚构的人物经历的模式密不可分，它们是通过具体的人物经历表现出来的。

> 有人说，你应该写自己知道的东西，但我的写作动力是去书写我学到的东西。
>
> ——艾比·金妮（Abby Geni）

刚开始写评论的评论者也反感做文学评论。那些厌烦了文学分析的学生常常问道：“你怎么知道作者是有意那样写的？”“你怎么知道那不是偶然的巧合？”对于这样的问题，答案是你不知道。但是，写出来的东西就是写出来的东西。对于小说中的模式，读者和评论者并不比作者看得更清楚，而且，作者不但可能也必须巧妙地处理。当你写出某个东西时，你有且只有两种选择：要么将其删去，要么全力以赴将其写好。

## 修改过程记述

假如你没有被自己震惊，那就不算真正的写作。

——尤多拉·韦尔蒂

同样，我只能从自身的经历来演示修改和发现这一辛苦的劳作过程。当写这篇文章时，我正在修改我的小说《印第安舞者》（*Indian Dancer*）。这则小说讲述了一个1930年出生于比利时的女孩，她在“二战”期间逃到了英格兰，后来又移民美国。小说主要讲述了她童年和成年后的生活经历。但当我写完小说后面部分的多数情节时，我似乎意识到，小说应该以小女孩童年逃离的情景作为开头，因为童年的逃离经历对女孩后来所做的所有事情都产生了影响。一天早上醒来时，我顿生灵感，便敲出了下面这段文字：

自始至终

她一直记得那艘船上的情景——对一个人的记忆来说太短，但对一个梦来说又太长，就像从电影放映机上剪下的几张胶片一样。当时，她就站在船尾，一个女人从身后抱着她，用一块粗糙的毯子之类的东西将她裹住。她的鞋子和膝盖以上的外衣的边缘已经湿了。她知道，那个女人很善良，但焦虑的情绪和太多个晚上的流汗使得她在判断任何事物时都比较阴暗。那天晚上没有一丝月光——正是逃亡的好天气，但她还是能看见船向前行驶时留在身后不断变宽的水痕。她还知道，她的父亲此时正在岸上流着血——这让她的心冰冷而麻木。船尾后面的水痕让人恐惧——黑漆漆的一片，紧跟不舍，向海岸扩散开去，而她就像是一个正从伤口被洗去的污点。“我再也不回去了！永远不会回去！”她心想。这是一种悲痛，而不是一句誓言。

过了一两天，我觉得这样写过于夸张——那句“她在判断任何事物时都比较阴暗”，她父亲“此时正在岸上流着血”，“让人恐惧”“紧跟不舍”的大海。我注意到“电影放映机”有点突兀，像是在炫耀。我觉得应该用更多的笔墨描写那个女人如何帮助小女孩，以及船上的其他人。过去时态也让我感觉困惑——如果她“一直记得那艘船上的情景”，那么她的回忆不是应该用现在时吗？

自始至终

她一直站在那艘船的船尾，一个女人从身后抱着她，用一块粗糙的毯子之类的东西将她裹住。她的鞋子和膝盖以上的外衣的边缘已经湿了。那天晚上没有一丝月光——正是逃亡的好天气——但她还是能看见船向前行驶时留在身后不断变宽的水痕；甲板上，她旁边的一个男孩摔断了胫骨，肌肉下的骨头像是脸颊里面的舌头一样在动。有个穿了罗登呢防水外套的男人（不知道是不是男孩的父亲）用前臂将男孩的嘴捂住，以防他哭出声来，尽管他们已经离岸很远，船桨已经开始运转，发动机也开始迅速地转动，发出心脏跳动一般的噼啪声。她的身后，人声鼎沸，乱作一团——你不知道哪些是作战英雄、哪些是难民，他们喝茶喝酒，苹果白兰地酒的香味盖过了海腥味。她将再也见不到这些人了。那个女人的腋窝围住了她的下巴和她已经湿了的旧绒衣，也围住了她那充满恐惧的心。她心里十分清楚，她的父亲已经被落在身后。船尾后面的水痕让人恐惧——黑漆漆的一片，紧跟不舍，一刻不停地向大陆扩散开去，这些水痕像是要将人们从船的锚绳的另一端强行驱走，而那艘船就像是从伤口洗去的一块血凝块。

“我再也不回去了！永远不会回去!”她心想。这是一种悲痛，而不是一句誓言。

这一段我改来改去，但对它的基调仍然不满意，这个基调似乎高出了我给这部小说设定的基调。几个月后，我才突然想到，那个女人应该表现这一情节。我觉得那个男孩“像是脸颊里面的舌头一样”断裂的骨头给了我第一个启发——可以借助那个女人的声音！她是一个英国女人；我假想她属于劳工阶层，是“对抗组织”的一个次要人物，属于那种非常实际而又可靠的类型。这个灵感是我有一次坐飞机时突然产生的（飞机上那种飘忽不定的虚幻感总是让我找到写作的灵感），当时我在一本黄色的便笺簿上信手涂改。

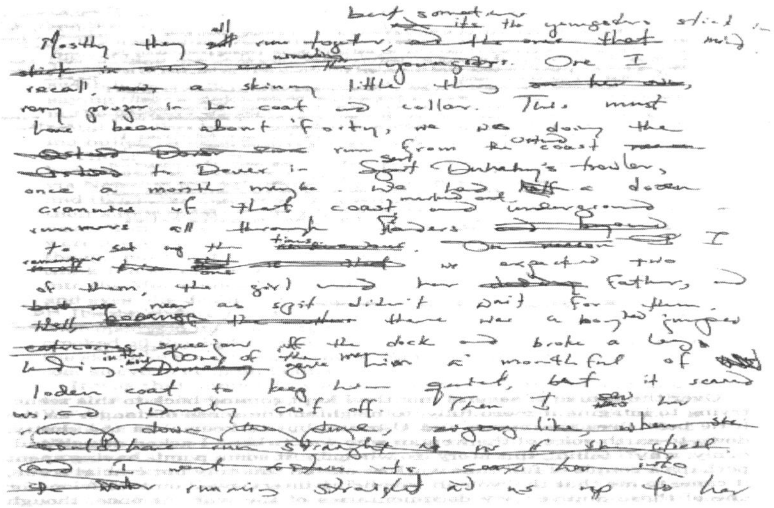

于是，我开始重新修改，把这一情节按时间顺序排列，但总是追寻那个女人的声音。我还阅读了一些有关那个时期和那次战争的历史文献，并跟我住在伦敦的儿子核实了一些英式英语的表达方式。

有好几个月的时间，我反复修改这一情节，试图让我的想象更充分一些，将小船躲避水雷和德国潜水艇时的危险氛围渲染得更加严峻，但这一切都通过那个女人来讲述。（我突然问自己：她什么时候讲这个

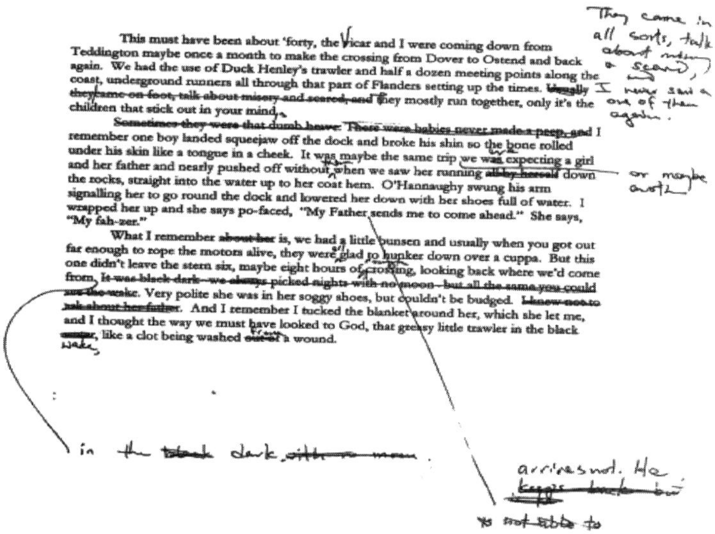

This must have been about 'forty, the Vicar and I were coming down from Teddington maybe once a month to make the crossing from Dover to Ostend and back again. We had the use of Duck Henley's trawler and half a dozen meeting points along the coast, underground runners all through that part of Flanders setting up the times. ~~Usually they came on foot, talk about misery and scared, and~~ they mostly run together, only it's the children that stick out in your mind.

~~Sometimes they were that dumb brave. There were babies never made a peep, and~~ I remember one boy landed squeejaw off the dock and broke his shin so the bone rolled under his skin like a tongue in a cheek. It was maybe the same trip we was expecting a girl and her father and nearly pushed off without when we saw her running ~~all by herself~~ down the rocks, straight into the water up to her coat hem. O'Hannaughy swung his arm signalling her to go round the dock and lowered her down with her shoes full of water. I wrapped her up and she says po-faced, "My Father sends me to come ahead." She says, "My fah-zer."

What I remember ~~about her~~ is, we had a little bunsen and usually when you got out far enough to rope the motors alive, they were glad to hunker down over a cuppa. But this one didn't leave the stern six, maybe eight hours of crossing, looking back where we'd come from. ~~It was black dark - we always picked nights with no moon - but all the same you could see the wake~~. Very polite she was in her soggy shoes, but couldn't be budged. ~~I knew not to ask about her father~~. And I remember I tucked the blanket around her, which she let me, and I thought the way we must have looked to God, that greasy little trawler in the black ~~water~~, like a clot being washed ~~out of~~ a wound.



故事？为什么要讲？对谁讲?）在经过数周对这一细小但十分重要的情节推敲思索后，有那么一刻，我突然想到让那个女人接受电视采访的情节，采访的契机就是电视台想拍摄一部关于战争周年纪念的纪录片。虽然我还没有开始描述采访的情景，但我能更清晰地听到那个女人的声音。

现在，这部小说的开头是这样的：

> 航线：（比利时）奥斯坦德→（英国）多佛
>
> 那年整个春天和夏天，我们运回了整船整船的难民。牧师组织我们大家行动。他们并不介意我是一名妇女，因为我非常结实。我们每月跨海往返英国特丁顿一次，使用的是达克·亨里的拖网渔船，在比利时佛兰德斯海岸有六个聚集点，它们都是比利时全国的秘密组织者建立的。
>
> 我所记住的事情都是奇事怪事。空虚无比的间隙里，时常会有一些愚蠢的事情像遇难船漂浮物一样冒出来。这就好像我从来没有穿过一条裤子，所以当我有一天穿上裤子时，我无法适应那种纺织物在我的两条大腿间沙沙地摩擦的感觉。摄像机在拍摄吗？请不要把我说“大腿”这一段播出去，好吗？然后，船上还有各

种气味：湿漉漉的甲板上的焦油味和放了许久的死鱼的腥味。当然，还会有晕船。我们身上还会有金属的气味，就像烟花燃放时发出的酸味。当人们说“汗味的子弹”时，我想他们所指的气味就和我说的这种气味相似吧。

我们渡运过的人中什么类型的都有：富翁、穷人、修补匠、水手……这些人我再没有见过第二面。我偶尔会途经纽黑文到诺曼底去购物，我环顾四周，心想：除了他们的袖珍书本和久经日晒的皮肤，他们并没有什么不同。让我吃惊的是，在特丁顿，每个人都因为寒冷鼻子被冻破了皮，因为炉火的烘烤而血管膨胀形成了蜘蛛状脉纹；他们看上去总是很虚弱，满脸倦容，就好像他们从来没有出过门似的，尽管大多数人都得干粗活、走夜路。你可能会认为我记错了，只是从哪个新闻纪录片上看来的，我们从来没有把这一切拍成电影，但我清楚地记得当时的景象：他们中每个人都面色灰暗，两眼就像排水孔，眼睛的颜色像是被水冲刷掉了一样。

让我久久不能忘记的是那些孩子——有一个极其瘦小的孩子眼睛睁得大大的，嘴却紧紧地闭着；我记得还有一个小男孩在轮船离岸时摔倒在地，把下巴摔坏了，肌肉里的下巴骨像是脸颊里面的舌头一样在动，有人用外衣袖子捂住他的嘴，才使他没叫出声来。

也就是在那艘船上，我们等着一位父亲和他的女儿，但他们却一直没有出现，于是我们决定不再等了，准备出发。就在此时，我们听见了狗叫的声音。你根本不知道狗叫意味着什么——有可能是巡逻警察来了，也有可能只是私人的杂种狗在狂吠。有一件事，我始终没弄明白。在一个没有一丝月色的晚上，海岸上也没有任何灯光——灯塔已经被废弃，四围黑漆漆一大片，伸手不见五指——真的！突然，仿佛你在眼睛背后按了一下开关，然后你就可以看见东西了！桑迪福德正准备将船从锚桩上解开，这时组织我们行动的牧师说：“先别动，再等等。”达克不愿意再等——

谁都不知道那个男孩什么时候会叫出声来——然后牧师也有些担心了，于是命令大家开始划船。波浪像一层层厚厚的奶油冻，海岸上黑压压的。突然，小女孩出现了！她大概有十二岁，看着有点笨笨的。她扑通一声跳到水里，拼命游向我们的船，海水淹至她的外套下缘。桑迪福德摆手示意小女孩绕过泊位，然后将她一把抓住，拽到船上，她的鞋里全是水。她用一只拳头紧紧按住锁骨的位置。我将她整个抱住，然后她面无表情地说道："我爸爸没赶来，只有我一个人赶到。我爸爸……"我心里非常理解她当时的感受，什么也没问她。

我们从那儿出发，横渡大洋——你知道吗？没有人提及德国潜艇，也没有人提及水雷。大家基本上都不去关注船外的情况，除了达克和桑迪福德（因为那是他俩的职责所在），因为大家都坚信，如果有什么事情，只管喊他俩就是了。尽管如此，所有人还是有些提心吊胆，大家都希望那些孩子不知道他们周围的危险。

我至今还记得，当时我们有一个煤油炉，当我们走向船头围成一圈时，整条船顿时有了些生气——大家通常都喜欢享用一杯茶。但是，在我们大约八小时的艰难航行中，这个小女孩一刻也没有离开过船尾，只是呆呆地在船尾望着船一路在黑暗中航行。她的那只手一直紧紧地护在她的胸前，我猜她可能在那儿放了些钱或者些许珠宝，总之是一件有人让她一定要看好、不能使之受损的东西。你可能会说，要是当时你在那样的情况下，你不会感到有什么可好奇的。但在船上站八个小时，那可是非常漫长的，你的大脑肯定会想点儿什么东西。我记得，我用毛毯将那个小女孩紧紧裹住，一直没松开——她允许我这么做。整个行程的大部分时间，我们都站着，直到地平线上出现了一丝曙光。我感觉她在打瞌睡。她开始靠着我，她放在胸前的那只手也一点点慢慢放松了。里面没有任何东西！什么也没有！我把她的手握在我的手里搓了搓，想给她哪怕一点点的温暖。我想，一路走来，我们一定得到了上帝的保佑——那条小小的充满油污的拖网渔船，在黑漆漆的大海里一路驶来，就像从伤口上洗掉的一个血凝块。

在我的这部小说的文件夹里，小说开头的草稿纸多达40页，也许有点夸张。这似乎有点过于执着，但毕竟那是一部小说的开头啊，所以必须将它写好。在过去的写作生涯中，我发现，通过对某个情节的不断推敲和反复修改，最后发现的往往不仅仅是一个新的意象或是一个更加生动的词语，而是某种远比这些更加深刻的根本性的东西。比如在上面这部小说中，我慢慢意识到，之所以要用小女孩以外的人的口吻来讲述那一情节，是因为女主角——那位小女孩还无法记住当时所发生的一切。逃难已经给她的精神造成了巨大的创伤，她没法回忆自己见证父亲死亡的情景，直到她50岁的时候。当我意识到这一点时，我更加清楚我所讲述的是一个怎样的故事、故事的情节应该如何发展成形。我创造了一个非常好的契机，让我小说的女主人公20年后在电视上看到了那部拍摄于20世纪80年代的纪录片，纪录片中对那个女人的采访不仅让读者对女主人公有了第一印象，也勾起了她的童年记忆。

只要还剩一口气，就可以从头再来。

——贝尔托·布莱希特（Bertolt Brecht）

## 附言

一个小孩学着在一个圆圈上面画上另一个圆圈，再在这个圆圈上面画两个小三角形，在圆圈底部画一条曲线，这些图案的组合产生了一个完全不同的事物：一只猫。这个小孩在一个正方形的顶部又画了一个正方形，然后把长方形的四个角连起来，竟然把两个正方形变成了一个立体图形！虽然这些简单的小把戏是可以教会的，但它们具有创造性的本质，这个过程不是把几个元素组成一个大于部分之和的整体，而是组成一个完全不同的整体。把不同元素组成一个统一整体就是创造性使然，即从洋葱发芽到《格尔尼卡》（*Guernica*）[①] 画作的完成。在人类胚胎或者短篇小说的孕育过程中，发生了两种不同事物的结合，即细胞或者是形象的结合，而这两种事物此前从未被结合过。这一结合促使其他细胞、形象和思想以一种刻意的模式累积。这种模式对这一事物而言是独一无二的，如果这种模式缺乏内在的联系，就会导致事物流产或夭折。

在一部有机统一的文学作品中，具体形象与人物是分不开的，形象通过对话和视角来揭示，形象可经由明喻而变得光彩夺目。形象可以揭示主题。形象就像水分被存储于苹果中一样，是被包含在情节之中的。没有人能告诉你如何做到这一点，自己做到了也无法向别人解释清楚是如何做到的。好的评论家能够让你明白哪种隐喻使人物变得光彩夺目或未能达到这般效果，哪种行为使人物形象逼真或不够逼真。但评论家无法告诉你如何使人物具有生命力。如果你希望写出一个有机统一的故事，这个故事不能被概括为一个主题，而是要体现一个主题；如果你对什么该删减、什么该不惜笔墨了然于胸，就能实现对人物有机统一的刻画。

在一种统一的小说模式中，有些东西还可以用“魔法”二字来形容：一个空的词变出了更多的词，一条燃烧的围巾或者一个长着长耳朵的愿望被从黑色的心脏里拽了出来。这种魔法的最神奇之处在于，一旦被说破了，它反而变得神秘莫测了，你越知道它的奥秘，它就变得越厉害。

思想不一定是新的，但用来表达思想的形式常常是可以更新的，新的形式使人们挂在嘴边的不变的真理获得了新的生命。开创性的作家努力去锻造模具，后来者努力去完善它。形式本身要表达的就是与

---

① 《格尔尼卡》是西班牙著名画家毕加索于 20 世纪 30 年代创作的一幅巨型油画，长 7.76 米，高 3.49 米，现收藏于马德里国家索菲亚王妃美术馆。该画采用了写实的象征性手法和单纯的黑、白、灰三色营造出低沉悲凉的氛围，渲染了悲剧性色彩，表现了法西斯战争带给人类的灾难。

意义融合在一起的那些形式。

## 写作练习

1. 你有一部小说已经被录用，前提是必须删除25%内容，算一下你要删除多少字，然后把该删除的删掉。删除的时候既要舍得删，也要好好斟酌，把不必要的字词删掉，把可以合并的场景合并起来，把某个段落删掉。删除工作做得如何？删改以后，小说有没有变得更好了？

2. 如果你做了第六章末“写作练习”中的在明信片上写短故事这个练习，请回到这个故事，重新把它写成一个8～10页的小说，把人物写得更丰满，要有人物对话，使冲突加剧，把危机增强。

下面四个练习题目（3～6题）是按由易到难的顺序安排的。第一个是最简单的，估计写不出什么好故事来。如果要写出好故事，你要做比题目要求难得多的工作。第二个题目应该可以写出更好的故事。如果你选择后面两个题目中的任何一个，那么你注定要从事写作而且会贫穷几年才能在你的写作生涯中走出这种困境。

3. 选一个跟政治、宗教、科学或者道德有关的简单而具体的思想，要能够用一句简单的话来陈述。写一则短篇小说来证明这个思想。不要直接说明这个思想，但要让读者明白这个思想是什么，还要让读者去践行这个思想。

4. 用一句通俗的谚语或者格言来做标题，比如“权力导致腐败”“脚步温柔，大棒在手”或“欲速则不达”。写一个讽刺这个标题的故事。

5. 把一则你深藏于心而且坚信不疑的信条表露出来，写一个故事来表明这则信条靠不住的某个时刻。

6. 把你一个学期都想写，但因为知道这个故事太难驾驭，写则有可能失败，所以迟迟没有动手的故事写出来。虽然还有可能失败，但坚持把它写出来。

## 推荐阅读


［1］艾丽丝·门罗．逃离．李文俊，译．北京：北京十月文艺出版社，2016.

［2］“Ad Infinitum”
John Barth

［3］“The Library of Babel”
Jorge Luis Borges

［4］“The Mandelbrot Set”
Janet Burroway

［5］“Ralph the Duck”
Frederick Busch

［6］“Cathedral”
Raymond Carver

［7］“The Babysitter”
Robert Coover

［8］“Town and Country Lovers”
Nadine Gordimer

［9］“Mobius the Stripper”
Gabriel Josipovici

［10］“A Man Told Me the Story of His Life”
Grace Paley

# 创意写作书系

这是一套广受读者喜爱的写作丛书，系统引进国外创意写作成果，推动本土化发展。它为读者提供了一把通往作家之路的钥匙，帮助读者克服写作障碍，学习写作技巧，规划写作生涯。从开始写，到写得更好，都可以使用这套书。

| 综合写作 | | |
|---|---|---|
| 书名 | 作者 | 出版日期 |
| **成为作家** | 多萝西娅·布兰德 | 2011 年 1 月 |
| **一年通往作家路——提高写作技巧的 12 堂课** | 苏珊·M. 蒂贝尔吉安 | 2013 年 5 月 |
| 创意写作大师课 | 于尔根·沃尔夫 | 2013 年 6 月 |
| 作家创意手册 | 杰克·赫弗伦 | 2015 年 1 月 |
| 与逝者协商——布克奖得主玛格丽特·阿特伍德谈写作 | 玛格丽特·阿特伍德 | 2019 年 10 月 |
| 心灵旷野——活出作家人生 | 纳塔莉·戈德堡 | 2018 年 2 月 |
| 诗性的寻找——文学作品的创作与欣赏 | 刁克利 | 2013 年 10 月 |
| 写好前五页——出版人眼中的好作品 | 诺亚·卢克曼 | 2013 年 1 月 |
| 写好前五十页 | 杰夫·格尔克 | 2015 年 1 月 |
| 从创意到畅销书——修改与自我编辑 | 詹姆斯·斯科特·贝尔 | 2016 年 1 月 |
| 来稿恕难录用——为什么你总是被退稿 | 杰西卡·佩奇·莫雷尔 | 2018 年 1 月 |
| 虚构写作 | | |
| **小说写作教程——虚构文学速成全攻略** | 杰里·克里弗 | 2011 年 1 月 |
| **开始写吧！——虚构文学创作** | 雪莉·艾利斯 | 2011 年 1 月 |
| **冲突与悬念——小说创作的要素** | 詹姆斯·斯科特·贝尔 | 2014 年 6 月 |
| **情节与人物——找到伟大小说的平衡点** | 杰夫·格尔克 | 2014 年 6 月 |
| 人物与视角——小说创作的要素 | 奥森·斯科特·卡德 | 2019 年 3 月 |
| **情节线——通过悬念、故事策略与结构吸引你的读者** | 简·K. 克莱兰 | 2022 年 3 月 |
| **经典人物原型 45 种——创造独特角色的神话模型（第三版）** | 维多利亚·林恩·施密特 | 2014 年 6 月 |
| 经典情节 20 种（第二版） | 罗纳德·B. 托比亚斯 | 2015 年 4 月 |
| **情节！情节！——通过人物、悬念与冲突赋予故事生命力** | 诺亚·卢克曼 | 2012 年 7 月 |
| 如何创作炫人耳目的对话 | 詹姆斯·斯科特·贝尔 | 2016 年 11 月 |
| 超级结构——解锁故事能量的钥匙 | 詹姆斯·斯科特·贝尔 | 2019 年 6 月 |
| 故事工程——掌握成功写作的六大核心技能 | 拉里·布鲁克斯 | 2014 年 6 月 |
| 故事力学——掌握故事创作的内在动力 | 拉里·布鲁克斯 | 2016 年 3 月 |
| **畅销书写作技巧** | 德怀特·V. 斯温 | 2013 年 1 月 |
| 30 天写小说 | 克里斯·巴蒂 | 2013 年 5 月 |
| 从生活到小说（第二版） | 罗宾·赫姆利 | 2018 年 1 月 |
| 小说创作谈 | 大卫·姚斯 | 2016 年 11 月 |
| 写小说的艺术 | 安德鲁·考恩 | 2015 年 10 月 |
| 成为小说家 | 约翰·加德纳 | 2016 年 11 月 |

| | | |
|---|---|---|
| 小说的艺术 | 约翰·加德纳 | 2021 年 7 月 |
| **非虚构写作** | | |
| **开始写吧！——非虚构文学创作** | 雪莉·艾利斯 | 2011 年 1 月 |
| **写作法宝——非虚构写作指南** | 威廉·津瑟 | 2013 年 9 月 |
| **故事技巧——叙事性非虚构文学写作指南** | 杰克·哈特 | 2012 年 7 月 |
| 光与热——新一代媒体人不可不知的新闻法则 | 迈克·华莱士 | 2017 年 3 月 |
| 自我与面具——回忆录写作的艺术 | 玛丽·卡尔 | 2017 年 10 月 |
| 写出心灵深处的故事——非虚构创作指南 | 李华 | 2014 年 1 月 |
| 写我人生诗 | 塞琪·科恩 | 2014 年 10 月 |
| **类型及影视写作** | | |
| **金牌编剧——美剧编剧访谈录** | 克里斯蒂娜·卡拉斯 | 2022 年 3 月 |
| 开始写吧！——影视剧本创作 | 雪莉·艾利斯 | 2012 年 7 月 |
| 开始写吧！——科幻、奇幻、惊悚小说创作 | 劳丽·拉姆森 | 2016 年 1 月 |
| 开始写吧！——推理小说创作 | 劳丽·拉姆森 | 2016 年 7 月 |
| 弗雷的小说写作坊——悬疑小说创作指导 | 詹姆斯·N. 弗雷 | 2015 年 10 月 |
| 好剧本如何讲故事 | 罗伯·托宾 | 2015 年 3 月 |
| 经典电影如何讲故事 | 许道军 | 2021 年 5 月 |
| 童书写作指南 | 玛丽·科尔 | 2018 年 7 月 |
| 网络文学创作原理 | 王祥 | 2015 年 4 月 |
| **写作教学** | | |
| **小说写作——叙事技巧指南（第十版）** | 珍妮特·伯罗薇 | 2021 年 6 月 |
| 你的写作教练（第二版） | 于尔根·沃尔夫 | 2014 年 1 月 |
| 创意写作教学——实用方法 50 例 | 伊莱恩·沃尔克 | 2014 年 3 月 |
| 故事工坊（修订版） | 许道军 | 2022 年 1 月 |
| 大学创意写作·文学写作篇 | 葛红兵 许道军 | 2017 年 4 月 |
| 大学创意写作·应用写作篇 | 葛红兵 许道军 | 2017 年 10 月 |
| 小说创作技能拓展 | 陈鸣 | 2016 年 4 月 |
| **青少年写作** | | |
| 会写作的大脑 1——梵高和面包车（修订版） | 邦妮·纽鲍尔 | 2018 年 7 月 |
| 会写作的大脑 2——怪物大碰撞（修订版） | 邦妮·纽鲍尔 | 2018 年 7 月 |
| 会写作的大脑 3——33 个我（修订版） | 邦妮·纽鲍尔 | 2018 年 7 月 |
| 会写作的大脑 4——亲爱的日记（修订版） | 邦妮·纽鲍尔 | 2018 年 7 月 |
| 奇妙的创意写作——让你的故事和诗飞起来 | 卡伦·本基 | 2019 年 3 月 |
| 成为小作家 | 李君 | 2020 年 12 月 |
| 写作魔法书——让故事飞起来 | 加尔·卡尔森·莱文 | 2014 年 6 月 |
| 写作魔法书——28 个创意写作练习，让你玩转写作（修订版） | 白铅笔 | 2019 年 6 月 |
| 写作大冒险——惊喜不断的创作之旅 | 凯伦·本克 | 2018 年 10 月 |
| 小作家手册——故事在身边 | 维多利亚·汉利 | 2019 年 2 月 |
| 北大附中创意写作课 | 李韧 | 2020 年 1 月 |
| 北大附中说理写作课 | 李亦辰 | 2019 年 12 月 |

Writing Fiction: A Guide to Narrative Craft, 10e by Janet Burroway, Elizabeth Stuckey-French, Ned Stuckey-French

Licensed by The University of Chicago Press, Chicago, Illinois, U. S. A.

图书在版编目（CIP）数据

小说写作：叙事技巧指南：第十版/（美）珍妮特·伯罗薇，（美）伊丽莎白·斯塔基-弗伦奇，（美）内德·斯塔基-弗伦奇著；赵俊海译．-- 北京：中国人民大学出版社，2021.6

（创意写作书系）

书名原文：Writing Fiction：A Guide to Narrative Craft（Tenth Edition）

ISBN 978-7-300-28613-6

Ⅰ.①小… Ⅱ.①珍…②伊…③内…④赵… Ⅲ.①小说创作—创作方法 Ⅳ.①I054

中国版本图书馆 CIP 数据核字（2020）第 195396 号

创意写作书系

小说写作

叙事技巧指南（第十版）

珍妮特·伯罗薇（Janet Burroway）

［美］伊丽莎白·斯塔基-弗伦奇（Elizabeth Stuckey-French） 著

内德·斯塔基-弗伦奇（Ned Stuckey-French）

赵俊海 译

Xiaoshuo Xiezuo

| | | | |
|---|---|---|---|
| 出版发行 | 中国人民大学出版社 | | |
| 社　　址 | 北京中关村大街 31 号 | 邮政编码 | 100080 |
| 电　　话 | 010－62511242（总编室） | | 010－62511770（质管部） |
| | 010－82501766（邮购部） | | 010－62514148（门市部） |
| | 010－62515195（发行公司） | | 010－62515275（盗版举报） |
| 网　　址 | http://www.crup.com.cn | | |
| 经　　销 | 新华书店 | | |
| 印　　刷 | 天津中印联印务有限公司 | | |
| 规　　格 | 160 mm×235 mm　16 开本 | 版　　次 | 2021 年 6 月第 1 版 |
| 印　　张 | 17.5 插页 1 | 印　　次 | 2024 年 4 月第 4 次印刷 |
| 字　　数 | 218 000 | 定　　价 | 59.00 元 |